MW01362588

Ma vie selon Moi

Sylvaine Jaoui
Illustrations de Colonel Moutarde

Ma vie selon Moi

Le jour où tout a commencé

RAGEOT

Cet ouvrage a été imprimé sur un papier
issu de forêts gérées durablement,
de sources contrôlées.

Une première édition de ces textes
a paru sous les titres
Les baskets de Cendrillon, *Grasse mat'* et
Un dimanche au paradis (Bac and Love).

Notes et articles de Sylvaine Jaoui.

Conception graphique intérieure : Anaïs Louvet.

ISBN : 978-2-7002-3757-3

Pour Antoine.

LE CASTING

Le club des CIK (lire cinq ou « c'est un cas » au choix)

Justine : seize ans. Un mètre soixante-dix pour cinquante kilos. Toujours en jean et en Converse. Fleur bleue, gaffeuse et rêveuse. Aime les films et les chansons d'amour. Vit avec ses parents et son frère Théo. Terminale S sans conviction. Meilleure amie : Léa (et aussi Patou, la girafe du zoo).

Léa : dix-sept ans. Petite et plutôt ronde. Porte de la dentelle noire, des Doc et de gros bijoux d'argent. Surnommée la sorcière, elle s'intéresse à la voyance et au paranormal. Vit avec sa mère et sa grand-mère depuis la mort de son père. Terminale L spécialité théâtre.

Nicolas : dix-sept ans. Dom Juan. A un langage de charretier. Adore tout ce qui est informatique et bricolage. Cousin de Justine et meilleur ami de Jim. Vit avec son père depuis un an à cause de disputes fréquentes avec sa mère. Terminale STI.

Jim : dix-sept ans. Brun musclé. Vrai gentil qui a toujours des attentions pour chacun mais grand nerveux. A arrêté ses études et travaille au *Paradisio* en attendant de passer son monitorat de judo. A traversé une période difficile (fugues nombreuses) et a avec son père une relation exécrable.

LE CASTING

Ingrid : dix-sept ans. Bimbo du groupe. Passe son temps à tester son pouvoir de séduction sur tous les garçons, ce qui a le don d'agacer toutes les filles. Enfant unique d'un couple âgé. Préoccupée par la mode, les vêtements et les chanteuses à succès. Est sortie avec Jim et Nicolas, il y a longtemps. Terminale ES.

Les autres personnages

Thibault : beau garçon châtain, élégant et énigmatique.
Adam : étudiant en lettres. Très attiré par Léa.
Peter : prof d'art dramatique de Léa. Joue avec son cœur.
Anna : double d'Yseult, son amie. Vit pour chanter.
Yseult : double d'Anna, son amie. Vit pour chanter. (Anna et Yseult sont surnommées les jumelles.)
Patou : la girafe du zoo, animal fétiche de Justine.
Claire : mère de Léa.
Eugénie : grand-mère infernale et géniale de Léa.
Laurent et Sophie : parents de Justine.
Théo : petit frère surdoué de Justine.

La maison bleue

C'était encore l'été. Les filles portaient des débardeurs qui laissent apparaître les bretelles des soutiens-gorge et les garçons étaient pieds nus dans leurs baskets. Il faisait chaud, même très chaud. Le Coca était tiède à peine sorti du frigo et la glace vanille pécan fondait en faisant des flaques boueuses dans le fond des verres.

Oui, c'était encore l'été, pourtant en ces derniers jours d'août, ça sentait déjà le lycée. Au Monop, ils avaient supprimé le rayon maillots de bain, bouées, serviettes de plage pour le remplacer par celui des outils de torture : cahiers grands carreaux/grand format, équerres, compas et agendas. L'horreur, quoi !

Ce jour-là, j'avais donné rendez-vous à tout le monde chez moi à dix heures pétantes. D'accord, dix heures pour un des derniers jours de vacances, c'est dur, mais il faut dire que l'enjeu était de taille.

Mieux qu'une après-midi filles à lire *20 ans* ou *Cosmo* pour critiquer les stars à seins refaits, mieux qu'une soirée à regarder un film d'amour en mangeant des Dragibus, on attendait, ce jour-là, l'arrivée du nouvel habitant de la maison bleue.

Je ne sais pas si vous vous rendez compte.

Non, évidemment, vous ne pouvez pas vous rendre compte.

Parce que, pour comprendre l'importance de l'événement, il faut déjà savoir qui nous sommes et ce qu'est la maison bleue.

Alors voilà, j'explique : je m'appelle Justine, j'ai seize ans. J'occupe avec mes parents et mon petit frère Théo le premier étage d'une grande maison du milieu XIXe siècle appelée la maison bleue. C'est la curiosité du quartier.

Il faut avouer qu'elle est splendide : toit d'ardoise, fenêtres gigantesques s'ouvrant sur des balcons à l'italienne avec angelots tendant leur arc. On raconte qu'elle a été construite pour une comtesse aux yeux bleus, une dénommée Gigi.

Son amant, un homme très riche et très marié, lui aurait fait édifier cette grande bâtisse avec des pierres bleutées en hommage à son regard turquoise, lui promettant de l'y rejoindre bientôt. On dit aussi qu'après avoir attendu l'amour de sa vie de longues années, la belle aurait disparu un beau matin en laissant là toutes ses affaires. Elle se serait enfuie avec un corsaire espagnol à l'autre bout des mers.

À l'époque, une autre version de sa disparition avait circulé : l'amant se sachant cocufié, par un pirate de surcroît, avait tué la comtesse et l'avait enterrée en toute discrétion. Comme elle n'avait pas de famille proche, personne n'avait cherché à la retrouver. L'assassin avait porté le deuil quelque temps avant de vendre la maison et les effets personnels de la belle.

Quoi qu'il en soit, un siècle et demi après, la maison est divisée en quatre appartements.

Au premier donc, c'est nous.

Au deuxième étage, le vieux pervers. J'aurai l'occasion de vous en reparler. Une espèce de sale type dont personne ne sait rien, qui ne sort jamais de chez lui et passe son temps à surveiller tout ce qui se passe.

Mon oncle et mon cousin Nicolas vivent dans l'appartement du troisième et dernier étage. Enfin, en dessous des combles mais personne n'y va jamais, c'est trop dangereux, il paraît qu'il y a des trous dans le sol.

Jusqu'alors, le rez-de-chaussée était occupé par la famille Sourdillon, le genre « tout va bien, merci bien ». Ils sont partis quand le père a été muté dans le nord de la France. On ne peut pas dire que leur départ ait provoqué une grande émotion. Enfin si, une : nous avions hâte de savoir qui allait leur succéder.

Quand je dis nous, je parle évidemment du club des CIK... Pas les gamins des livres de la bibliothèque rose qu'on lisait quand on était petits. Non, il s'agit des « inséparables », de « l'association de malfaiteurs » comme les profs nous appelaient au collège : Léa, Nicolas, Jim et moi. Oh pardon, ça ne fait que quatre. Et Ingrid...

Eux aussi, j'en reparlerai plus tard parce que sinon, vous allez confondre tout le monde.

Nous attendions donc de savoir qui allait remplacer les Sourdillon et, une semaine avant ce fameux jour où j'avais convoqué tout le monde à dix heures précises, un agent immobilier a fait visiter l'appartement du rez-de-chaussée à un couple.

Vous pensez bien que je suis restée sur le balcon à espionner pour avoir un maximum d'informations. Il en est ressorti que M. de l'Amétrine, diplomate en poste au Liban, et sa femme cherchaient un appartement dans lequel ils pourraient installer leur fils Thibault.

Ce dernier devait passer son bac et ne pouvait continuer à suivre ses parents aux quatre coins du monde. S'il avait le sourire de sa mère et la classe de son père, je voulais bien lui servir de baby-sitter.

L'affaire a été conclue rapidement et madame a annoncé que le déménagement de leur fils aurait lieu le mardi suivant.

Il ne m'en a pas fallu davantage pour imaginer que l'arrivée de ce prince charmant dans la maison bleue allait changer ma vie. Oh oui, c'est exactement ce dont je rêvais depuis toujours : un amoureux séduisant, libre, qui n'aurait pas de comptes à rendre à papa-maman et qui vivrait seul dans son propre appart. J'ai téléphoné à Léa totalement hystérique.

Léa, c'est mon amie depuis le CP. Je l'adore même si on se dispute tout le temps.

Justine – Allô, Léa, c'est moi... Ça y est, je sais !!!

Léa – Tu sais quoi ?

Justine – L'identité des nouveaux habitants du rez-de-chaussée.

Léa – Alors ???

J'ai attendu un petit moment, histoire de faire valoir mon information. C'est vrai, c'est quand même pas tous les jours qu'on peut annoncer à sa meilleure amie qu'un prince s'installe en dessous de chez vous.

Léa – Bon alors, tu la révèles ton info top secrète ?

Justine – Pourquoi tu ne la vois pas dans ta boule de cristal ?

Léa – Ah ! très drôle...

J'adore taquiner Léa sur ses dons de voyance. Il faut dire que depuis la mort de son père, il y a quelques années, elle s'est transformée en Mme Irma.

Tarots, pendules, pierres magiques, tout y passe. Ma sorcière bien-aimée fait tourner les tables et convoque les esprits. Elle prédit aussi l'avenir et le pire c'est que, souvent, elle tombe juste.

Léa – Juju, tu me réponds ?

Justine – Non, tu ne me dis pas : « Juju, tu me réponds » mais « Justine de l'Amétrine, auriez-vous l'obligeance de me répondre ? ».

Léa – C'est quoi encore ce plan ? Tu te prends pour la comtesse aux yeux bleus avec ta particule ? Tu sais qu'il y a des chances pour que l'aristocrate repose sous les rosiers du jardin.

Justine – Stop ! Un agent immobilier vient de faire visiter le rez-de-chaussée et a signé avec un couple : monsieur et madame de l'Amétrine.

Léa – Et c'est ça qui te rend joyeuse ? Tu sais que si ce que tu dis est vrai, ils vont nous gâcher la vie. Pas de cris, pas de musique et surtout, finie la bronzette dans le jardin. Ils vont vouloir de l'ordre.

Justine – Ça m'étonnerait... Ou alors, il faudra qu'on fasse beaucoup de bruit pour qu'ils nous entendent depuis Beyrouth.

Léa – Comment ça ?

Justine – Monsieur et madame résideront au Liban durant toute cette année.

Léa – Et l'appart, ils le louent pour leur chien ?

Justine – Non, pour l'homme de ma vie : l'irrésistible Thibault de l'Amétrine. Le petit chou passe son bac et ne peut donc pas continuer à manger des loukoums avec papa et maman. Il s'installe seul en bas. Enfin, pas tout à fait seul, je suis là !!!

Léa a fait son « C'était donc ça » de la fille qui avait eu des flashs sur l'avenir et a raccroché sans me dire au revoir.

Je ne suis pas restée longtemps sans nouvelles, dix minutes après elle était là. Elle avait apporté son tarot de divination.

Elle n'avait pas commencé à tirer les cartes qu'on a entendu Nicolas qui hurlait par sa fenêtre :

Nicolas – Justiiiiine ! T'es làààààà ?

Il faudra qu'un jour quelqu'un explique à mon cousin que M. Bell a inventé le téléphone. D'accord, Nicolas habite deux étages au-dessus et on l'entend quand il crie mais ce n'est pas une raison. J'ai foncé sur le balcon pour savoir ce qu'il voulait.

Justine – Oui, je suis là.

Nicolas – T'as du pain qui ressemble pas à un bout de bois et du lait ? Y a rien à bouffer chez mon père. S'il y a bien un truc que je regrette chez ma mère, c'est sa bouffe. Elle n'oubliait jamais mes yaourts à la mangue ni le pain frais le matin. Ici, c'est la dèche. Putain, fait chier...

Je vous présente Nicolas, mon cousin adoré réputé pour son langage délicat et raffiné...

Mon cousin chéri, au cas où tu ne serais pas au courant, le téléphone existe ! Je t'ai fait un copié collé Wikipédia, ça nous évitera peut-être le panier à clochette.

Ta cousine 

Le 14 février 1876, l'Américain d'origine anglaise Alexander Graham Bell dépose un brevet pour un système de transmission de la voix. Le 10 mars de la même année, Bell réussit à transmettre, avec son montage électrique, une phrase entière que son assistant, Thomas Watson, situé dans une pièce voisine, entend distinctement.

Je ne sais pas pourquoi je m'étais demandé trois secondes auparavant ce que désirait mon cousin parce que, lorsqu'il hurle vers onze heures du matin, c'est qu'il a faim et qu'il n'y a rien dans son frigo.

Justine – Descends ton panier, je m'occupe de ta livraison.

Ah oui, autre particularité de Nicolas : c'est le roi de la bidouille. Il nous a installé un système de poulie qui va de balcon à balcon. Lorsque monsieur veut quelque chose, il envoie son petit panier à clochette.

Léa – Justine, viens t'asseoir. C'est important que je te fasse ton jeu maintenant.

Justine – Nicolas n'a rien à manger.

Léa – À dix-sept ans, il devrait être capable de descendre deux étages pour chercher son petit-déjeuner. Allez, viens t'asseoir.

J'ai obéi.

Léa a fermé les yeux et a soufflé sur son jeu de cartes. Derrière elle, le panier de mon cousin s'est agité lamentablement dans le vide en faisant tinter la clochette. J'ai éclaté de rire. La sorcière m'a regardée avec un air contrarié.

Léa – Tu te concentres ?

Je lui ai montré la fenêtre.

Elle s'est levée et a mis, après l'avoir choisie avec beaucoup de soin, une carte dans le panier. Ensuite, elle a tiré sur la corde et on a vu repartir en sens inverse le panier voyageur.

Il n'a pas fallu deux secondes à mon cousin pour se rendre compte qu'il n'y avait rien à manger et que c'était un coup de Léa. On l'a entendu hurler.

Nicolas – Eh Crueléa, tu te magnes de me renvoyer à bouffer ou je descends !

Léa a levé les yeux au ciel. Elle déteste quand Nicolas l'appelle Crueléa.

Pourtant je trouve ça drôle ce mélange de Cruella et de Léa. Surtout que si on regarde comment elle s'habille, il faut avouer qu'elle mérite son surnom. Ma meilleure amie a un look de sorcière. Elle ne porte que du noir et met, sous ses mitaines, de grosses bagues en argent avec salamandres, crucifix et serpents. Elle s'est teint les cheveux noir corbeau avec juste une mèche blanche devant. Mais il y a une chose qu'il faut lui reconnaître c'est que même si elle se la joue sorcière, c'est une sorcière super sexy. Avec ses longues robes noires sous lesquelles elle planque ses rondeurs, elle porte des jupons de dentelle qui dépassent et des petits tops hyper décolletés qui mettent en valeur son 95 C.

Bref, quand tu te balades avec elle dans la rue, tu ne risques pas de passer inaperçue.

Moi, à côté, j'ai l'air d'une pauvre fille. Je n'arrive pas à choisir autre chose que mes jeans et mes Converse. Je rêverais de sortir une fois avec une robe moulante et des chaussures à talon mais c'est pas pour moi. Avec mon mètre soixante-dix et mes cinquante kilos, je ne peux pas me le permettre. J'appartiens à la catégorie planche à pain alors autant me la jouer fille sportive et décontractée.

Nicolas a déboulé dans le salon, vêtu d'un seul caleçon, au moment où Léa finissait de disposer les cartes sur la table. Comme d'hab, elle avait allumé deux encens japonais de part et d'autre d'une petite pyramide en verre.

Nicolas – Putain, Léa, éteins-moi ces puanteurs, tu vas nous intoxiquer !

Léa – Premièrement, je souhaiterais que tu parles autrement. Tu ne crois pas que tu as passé l'âge de dire « putain » et « chier » tous les trois mots ? Secundo, j'aimerais que tu enfiles un jean au plus vite pour nous éviter la vision lamentable de ton caleçon à fleurs, tertio je crains que tes ondes négatives soient plus toxiques pour notre santé que mes bâtonnets de fleurs de lune au printemps. Alors, si tu avais la gentillesse d'aller manger tes croquettes dans la cuisine et d'arrêter d'aboyer, tu nous rendrais un grand service.

Mon cousin m'a regardée, l'air très agacé.

Nicolas – Elle m'énerve ta copine avec ses remarques de prof à la retraite, et puis j'aimerais bien petit-déjeuner tranquille sans être menacé par une attaque chimique.

Je ne suis pas intervenue. Nicolas et Léa passent leur temps à se chamailler mais si tu t'en mêles en faisant une remarque à l'un ou à l'autre, tu te retrouves avec les deux sur le dos. Il faut juste les laisser se calmer, ils finissent toujours par se réconcilier.

Léa – C'est bien ce que je pensais, Justine, tu as le Mat et la Lune dans ton jeu.

Justine – Et alors ?

Nicolas – Et alors, ça veut dire qu'il faut me filer du pain et du lait, sinon je vais crever de faim sur ton parquet.

Léa – Cela veut dire qu'il y a un départ ou une arrivée dans ta vie et que...

Justine – C'est mon Thibault !

Nicolas – C'est qui « mon Thibault » ?

Léa – Je n'ai pas fini, il y a un départ ou une arrivée qui risque de provoquer une déception.

Justine – Oh non...

Léa – Attends, on ne sait pas pour qui est la déception. C'est pas forcément la tienne et pas forcément dans ta relation avec lui.

Justine – Ah, ouf... Je ne supporterais pas que mon prince oriental me déçoive.

Léa – Ah mais c'est possible aussi...

Justine – Je t'en prie, Léa, fais quelque chose. Lance-lui un sort, pique-le avec des aiguilles.

Nicolas – Est-ce que quelqu'un peut m'expliquer ce qui se passe ? C'est qui encore ce pauvre mec qui va se faire trouer la peau par deux hystériques ?

Justine – Thibault de l'Amétrine, mon futur mari et accessoirement le nouvel habitant de la maison bleue.

Comme mon cousin avait l'air très intéressé, je lui ai raconté la venue de l'agent immobilier, de mes « beaux-parents » et le prochain emménagement de mon homme.

Nicolas – Et donc, il va s'installer seul dans le grand appart en bas avec personne pour l'emmerder ? Putain, le pot...

Justine – Oui, à moins que monsieur l'ambassadeur engage James Bond en personne pour le surveiller.

Léa – Si ça ne vous dérange pas, je vous laisse Thibault et je me réserve James Bond. Je demanderai à Jim de m'entraîner et je deviendrai une vraie James Bond girl.

Jim, c'est le quatrième larron de la bande. C'est un fondu d'arts martiaux. Il prépare son diplôme pour devenir prof de judo. En attendant, il travaille au *Paradisio*, un club de fitness. Il était avec nous au collège mais il s'est rapidement fait renvoyer du lycée. Il faut dire que si Jim pense avec son cœur, il parle souvent avec

ses poings, donc la discussion est rarement nuancée. C'est drôle parce qu'au fond, je crois que c'est le garçon le plus sensible que je connaisse seulement il ne peut pas s'empêcher de s'énerver pour un rien.

Avec Nicolas, ils sont amis depuis une éternité. On ne les a jamais vus se disputer. Enfin si... Moi... je les ai vus une fois ! Le jour où Nicolas a su que j'étais sortie avec Jim. J'étais en quatrième, évidemment je louchais sur le copain de mon cousin depuis toujours. Il n'avait pas encore son physique de Musclor mais il était déjà super sexy. Il sortait avec toutes les filles qu'il voulait alors qu'il me choisisse, moi, ça m'avait électrisée. Je marchais à dix mètres du sol le jour où il m'a embrassée et je n'ai pas pu m'empêcher de le dire à Léa qui l'a répété à Nicolas. Le lendemain, alors que Jim passait me dire coucou à la maison, ça a été le drame. Je les ai entendus qui se disputaient dans la cuisine.

Nicolas – Putain Jim, tu déconnes. Tu peux te faire toutes les meufs que tu veux au collège et tu choisis ma cousine !

Jim – Je ne vois pas où est le problème. Tu l'as dit c'est ta cousine, pas ta petite amie.

Nicolas – Joue pas sur les mots.

Jim – T'inquiète Nico, je vais lui faire du bien à ta cousine.

Là, c'est parti d'un coup. Nicolas a décroché un direct du droit à Jim qui s'est défendu. Ils sont tombés sur le sol et se sont battus comme deux enragés. Je ne savais pas quoi faire, alors j'ai hurlé. Une espèce de cri strident comme les filles dans les films d'horreur au moment où l'assassin arrive avec sa tronçonneuse. Ça a produit son effet.

Ils se sont relevés et Jim est parti sans un mot.

Deux jours après, mon prince charmant m'a dit qu'il valait mieux qu'on reste copains comme avant et qu'on oublie les baisers échangés et il est parti jouer au foot avec Nicolas. J'ai tout fait pour qu'il change d'avis : je l'ai littéralement harcelé au téléphone, je l'ai attendu en bas de chez lui, à la sortie de ses salles de cours, je l'ai collé à la cantine mais il n'a pas changé d'avis.

Je n'ai plus adressé la parole à mon cousin pendant des semaines. Je lui en voulais terriblement. Et puis le temps a fait son œuvre.

On n'a jamais reparlé de cette histoire. Ce qui est certain c'est qu'entre Jim et moi, la relation est toujours assez floue. On n'est pas ensemble mais je déteste toutes ses petites amies et il montre les dents à tous les garçons qui tentent de m'approcher. Léa m'a prédit qu'un jour, on aurait de nouveau une histoire ensemble, je ne sais plus si j'en ai très envie.

Nicolas – Si tu veux devenir une James Bond girl, il va falloir renoncer au look famille Addams et envisager un petit régime, ma chérie.

Évidemment, mon cousin n'allait pas louper une occasion de se moquer de Léa. Elle ne supporte pas les salles de sport et déteste faire le moindre effort physique. Alors son entraînement intensif de James Bond girl, il y avait de quoi rire.

Nicolas – Remarque, si tu gardes tes bagues de la Castafiore, ça peut faire coup de poing américain.

Léa – En ce qui te concerne, je préférerais un M16 comme ça je serais sûre de te liquider une bonne fois pour toutes.

Nicolas – Ouh... Mais qu'est-ce qui lui arrive à ma sorcière ? Elle n'est plus zen ? C'est ses bâtonnets « fleurs de merde » qui lui sont montés au cerveau ?

Je comptais, comme à mon habitude, ne pas me mêler de leur dispute niveau première année de maternelle, mais les bâtonnets « fleurs de merde », je ne m'y attendais pas. J'ai éclaté de rire.

Léa m'a regardée avec un petit sourire naissant au coin des lèvres. J'ai bien vu qu'elle se retenait pour ne pas se marrer et puis elle a explosé de rire à son tour.

Nicolas, très fier de son effet, lui a tendu en l'embrassant la carte qu'elle lui avait envoyée dans le petit panier : celle du Diable...

Bon, maintenant vous saisissez l'importance de l'arrivée du nouvel habitant dans la maison bleue et l'agitation dans laquelle j'étais en ce dernier mardi du mois d'août. Il était dix heures moins le quart, j'étais seule. Mes parents étaient partis travailler et avaient déposé mon petit frère Théo au centre de loisirs, les autres n'étaient pas encore arrivés.

En avalant mes tartines, je guettais le camion de déménagement par la fenêtre de la cuisine. Elle donne côté rue.

Pourvu qu'il soit beau et sympa... Brun et musclé comme Jim... Non, il me faut un changement radical. Un grand blond avec des yeux azur et des longues mains fines. Trop beau...

Pourvu qu'il soit inscrit au lycée Colette en terminale S avec moi... On sera dans la même classe, je n'écouterai pas un mot du cours pendant que, sous la table, il me caressera délicatement les jambes. Dès que le prof tournera le dos, il m'embrassera.

Pourvu qu'il aime les filles grandes avec les seins comme deux œufs au plat...

Pourvu qu'il ne devienne pas trop copain avec Nicolas...

Pourvu qu'il soit ma première fois...

Léa – Mais qu'est-ce que tu fais, le nez collé contre la vitre ? On dirait une mouche sur un pot de confiture.

J'ai sursauté. J'étais en train d'écouter *Aimer jusqu'à l'impossible* sur mon MP3 et je n'avais pas entendu Léa arriver.

Justine – Je réfléchissais.

Léa – Je suis passée par le jardin, les volets sont encore fermés au rez-de-chaussée. Le mystérieux inconnu n'est pas arrivé.

Justine – Je sais, j'attends depuis sept heures et demie ce matin. Ma mère a eu peur quand elle m'a vue dans la cuisine. Elle a cru que j'étais malade. Faut dire que sept heures et demie en vacances, c'est le milieu de la nuit.

Léa – Et on peut savoir à quoi tu pensais quand je suis arrivée ?

Justine – À lui... à moi...

Léa – À vous, quoi.

Justine – Tu me trouves nulle ?

Léa – Non, juste un peu fleur bleue. Attends avant de fantasmer. Si ça se trouve, il est stupide, prétentieux et physiquement immonde.

Justine – T'as vu ça dans tes cartes ???

Léa – Non, j'ai vu ça dans la vie. Des filles qui se font des films et qui ont du mal à se relever après.

Léa a baissé la voix en disant cela. Je n'ai pas insisté. Je savais exactement à quoi elle faisait référence : une histoire d'amour qui lui brise le cœur depuis bientôt un an.

Léa était en première L section théâtre quand elle est tombée amoureuse de Peter, son prof d'art dramatique. Un vieux de vingt-huit ans qui lui faisait cours trois heures par semaine et qui se la joue artiste maudit.

Le genre qui déclame du Racine avec la voix cassée et qui refait son catogan en se mettant de profil pour qu'on voie bien ses larmes. Je le sais parce que Léa m'a invitée un jour à une classe ouverte. Je l'avais trouvé ridicule.

Le problème c'est que ma meilleure amie est raide dingue de ce type. Elle le regarde comme s'il était un dieu sur terre. Il ne s'est jamais rien passé entre eux mais il a eu une attitude hyper ambiguë avec elle. Il l'invitait souvent à boire un verre après les cours et il l'appelait sur son portable pour lui parler de spectacles à aller voir. Il lui répétait qu'elle avait une sensibilité littéraire hors du commun.

Alors évidemment, il n'en fallait pas plus à Léa pour avoir le cœur qui s'affole. Remarquez, dans ce domaine, je n'ai pas grand-chose à dire, je ne vaux guère mieux.

Bref elle ne pense qu'à lui, elle ne vit que pour les moments où elle va le revoir en tête à tête et elle me parle pendant des heures de ses yeux verts, de son teint mat et de la finesse de ses mains d'artiste. Évidemment pour rester disponible, elle envoie balader tous les garçons qui s'approchent d'elle. Résultat, ça fait un an qu'elle est toute seule.

Quand je lui dis que son bellâtre n'est pas autre chose qu'un sale vieux qui l'allume de temps en temps pour s'amuser, elle me répond que je ne comprends rien.

Moi, malheureusement, je crois que je comprends trop bien.

Il ne s'agit pas comme Peter le lui affirme d'une relation « particulière », « unique », « d'âme à âme » entre « deux êtres blessés », mais bien d'un pervers qui profite de son statut de prof et d'artiste pour manipuler une fille un peu paumée qui a onze ans de moins que lui.

Si Léa ne m'avait pas fait jurer de ne jamais m'en mêler, je me serais arrangée depuis longtemps pour lui régler son compte en live.

Justine – Au fait, tu as eu de ses nouvelles ?

Léa – Non, rien depuis son coup de fil pour connaître mes notes de français du bac, début juillet.

Justine – Tu ne l'appelles jamais, toi ?

Léa – Non, il ne m'a pas donné son numéro.

Justine – Et ça ne s'affiche pas quand il appelle ?

Léa – Non, il téléphone en masqué.

Justine – Courageux le bonhomme !

Léa – Je t'en prie Justine, n'en rajoute pas. Je suis déjà assez triste comme ça.

On est restées un bon moment à regarder par la fenêtre ouverte, sans un mot, les yeux dans le vague. Je ne supporte pas quand Léa est triste, ça me rappelle des mauvais souvenirs. Je préfère quand on se dispute.

Léa – Oh non... Mais tu as vu qui arrive ! Elle sort de boîte ou quoi ? Mate comment elle est habillée !

Justine – Je rêve ou elle a oublié de mettre une jupe ?

Léa – Non, elle a une espèce de bandeau bleu qui cache un peu son string. Ça doit être ça... Pourquoi tu l'as prévenue pour aujourd'hui ? Elle va encore tout faire pour nous voler la vedette.

Justine – Parce que tu crois que c'est moi qui lui ai dit ? Tu rigoles ? C'est Jim qui a gaffé quand elle est passée à son club dimanche. Cette andouille lui a dit : « À mardi dix heures chez Justine. » Quand il a vu l'air ahuri de l'autre, il a compris qu'il

avait gaffé. Trop tard ! La peste m'a appelée et comme je n'ai pas répondu, elle a torturé Nicolas.

Et voilà, je vous avais gardé LA meilleure pour la fin : INGRID.

Le boulet du club des CIK. Élue à l'unanimité miss Bimbo du lycée Colette. Un seul problème existentiel dans la vie : « Suis-je la plus belle du royaume ? », un seul conseiller : son miroir, une seule cible : tout individu de sexe masculin s'approchant à moins d'un milliard de kilomètres de son décolleté. Un seul modèle : la chanteuse la plus vulgaire du moment. La classe quoi !!!

Le genre de fille qui n'a aucune amie et n'en aura jamais. Ou alors peut-être une religieuse bénédictine ayant définitivement renoncé aux hommes et aveuglée par l'amour de son prochain... Et encore ! Je suis sûre qu'elle finirait par la détester.

Alors bien sûr, j'attends votre question : « Pourquoi fait-elle partie de votre groupe d'amis ? »

Je n'ai aucune réponse à vous apporter sinon que nous n'avons jamais réussi à nous en débarrasser. En cinquième, elle est sortie avec Jim donc on a été obligés de la traîner après les cours et le week-end. Plus tard en quatrième, elle s'est jetée sur Nicolas, donc rebelote...

Dans les années qui ont suivi, elle s'est amusée à les allumer façon clignotant. Les deux ahuris totalement manipulés l'ont imposée au groupe. Du coup, on se la traîne. Avec Léa, on ne la supporte pas : elle, ses décolletés, ses strings et sa fausse blondeur. On ne peut pas dire qu'elle soit jolie, mais elle met tout en œuvre pour qu'on la remarque.

Lorsqu'on fait des réflexions justifiées sur son comportement, les garçons nous disent qu'on est jalouses. On n'est pas jalouses, on voit clair dans son jeu, c'est tout.

Je sais déjà que Justine va répondre : 1x, 2x, 3x. Son cousin chéri.

ÊTES-VOUS JALOUSE ?

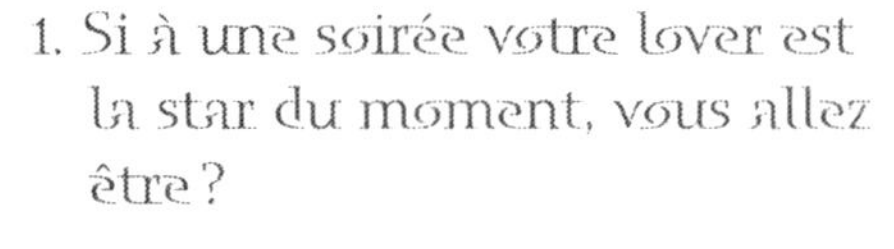

1. Si à une soirée votre lover est la star du moment, vous allez être ?

◆ super fière.

× total hystéro.

✳ plutôt surprise.

2. Si une copine vous dit que vous avez de la chance d'avoir un lover comme le vôtre, vous lui répondez ?

◆ Je sais, je suis trop une chanceuse.

✳ c'est parce que tu le supportes pas au quotidien.

× si tu t'approches, je te massacre en live.

3. Si lors de votre premier rendez-vous, son portable avait sonné toutes les cinq minutes, vous auriez pensé :

◆ quelle star, elles le veulent toutes.

× quel sale type, il pourrait l'éteindre.

✳ quel flambeur, il se la joue overbooké.

Je ne sais pas si elle nous avait entendues la critiquer mais Ingrid a levé la tête et nous a fait un petit coucou de la main, façon star sous les flashs sur les marches à Cannes.

Léa – Qu'est-ce qu'elle est lourde !

Justine – Je crois qu'on n'a encore rien vu. Attends que Thibault arrive, elle va nous faire le show du siècle.

Léa – Oui mais moi, cette fois-ci, je lui dis ce que je pense de sa façon d'agir. On ne va pas la laisser indéfiniment faire ce qu'elle veut sans réagir.

Justine – Tu as raison. On n'a qu'à la prévenir tout de suite.

Léa – Ouais dès qu'elle est là, tu lui annonces : « Je te préviens, Thibault c'est chasse gardée. Si tu y touches, je t'arrache les rembourrages de ton Wonderbra. Tout le monde saura que tu es plate comme une limande. »

Justine – Génial.

– Coucou les copines... Qu'est-ce qui est génial ???

J'ai fait un bond de ma chaise façon Marsupilami en entendant sa voix juste derrière moi. Il faudrait quand même que les gens prennent l'habitude de sonner avant d'entrer. C'est un vrai moulin ici.

Léa – Ah Ingrid, tu tombes bien. Justine et moi on a des choses à te dire avant que les autres arrivent.

Ingrid – Ouais... Super, les secrets de filles, j'adore ! Mais ne vous donnez pas cette peine, je suis au courant pour le prince libanais, Nico m'a tout raconté. Vous avez vu, je me suis habillée à l'orientale pour lui faire honneur. J'espère qu'il va aimer... Remarque, je vois pas comment il pourrait faire autrement ! De chez moi à ici, j'ai provoqué une émeute. Ils sont tous devenus fous.

J'ai regardé Léa et on n'a pas eu besoin de se concerter pour comprendre que nos avertissements ne serviraient à rien. La seule solution pour qu'elle ne nous gêne plus était de la bâillonner et de l'enfermer dans le garage jusqu'à ce que mort s'ensuive.

Ingrid – Alors qu'est-ce qui est génial ???

Léa – Mais que tu aies réussi à échapper à tous ces hommes en rut pour venir attendre avec nous le futur mari de Justine !

Ingrid – Comment ça le futur mari de Justine ? Elle ne le connaît même pas !

Léa – Oui mais c'est déjà décidé. Il va habiter dans cette maison, c'est le territoire de Justine, il est donc pour elle.

Ingrid – Alors là, les filles, vous allez un peu vite en bastogne.

Léa – En besogne, Ingrid. Nous allons un peu vite en besogne, parce que bastogne ça ressemble à baston.

Ingrid – Oui, enfin, vous m'avez comprise.

Léa – Justement un peu trop. Il va donc falloir que tu...

– Salut les filles...

Jim est apparu dans l'embrasure de la porte. Il ne s'était pas rasé et avait plaqué ses cheveux en arrière. Il portait un tee-shirt sans manches blanc ultra moulant qui mettait en valeur ses biceps et un treillis beige. Ça nous a paralysées. À force de le voir en jogging quand il revient du club, on oublie parfois que c'est une bombe. Comme d'habitude, il nous avait apporté une petite surprise. Jim, c'est le roi des attentions. À voir le paquet, c'étaient des gâteaux.

Évidemment Ingrid lui a sauté dessus à la seconde.

Ingrid – Salut beau gosse. Comment tu me trouves dans ma nouvelle jupe ?

Jim – Parce que tu as une jupe, là ? T'avais plus de sous pour le tissu ?

Ah bien fait... Il était temps que quelqu'un lui fasse la remarque.

Je pensais que la réflexion de Jim allait la vexer à mort, pas du tout ! Elle lui a pris la main et l'a collée sur ses hanches.

Ingrid – Alors mon grand, tu es devenu aveugle ? Tu ne fais plus la différence entre une jupe et pas de jupe ?

Jim a eu les yeux qui lui sont sortis de la tête façon dessins animés de Tex Avery, c'est tout juste si sa langue ne s'est pas déroulée jusqu'au sol. Qu'est-ce que les garçons sont facilement manipulables...

– Je peux toucher, moi aussi ?

Et voilà, il ne manquait plus que lui. Nicolas venait de faire son entrée.

Nicolas – Putain Ingrid, t'es top comme ça.

Et il n'a pas pu s'empêcher de lui faire un petit smack. Avec Léa, on n'avait aucune envie d'en voir davantage. On s'est réfugiées dans le salon.

Mon cousin nous a rejointes deux minutes après.

Nicolas – Justine, il n'y a plus de Nutella dans le frigo ?

C'était plutôt rassurant de savoir que le string d'Ingrid avait un rival de taille : le Nutella.

On apprend beaucoup en vivant avec les garçons, par exemple qu'une fille, même la plus sexy, ne tient pas la route devant deux cents grammes de noisettes et de chocolat. Je n'ai pas répondu à sa question, s'il avait des yeux pour loucher sur un string, il pouvait s'en servir pour trouver son pot de Nutella.

Nicolas – Qu'est-ce que t'as ma Justine, tu boudes ?

Ça aussi, on l'apprend en vivant avec les garçons. Ils ne voient jamais rien des manigances des allumeuses. Ils jouent leur jeu sans s'en rendre compte et vous demandent d'un air ahuri ce qu'il vous arrive lorsque ça vous énerve. Léa s'est chargée de la réponse.

Léa – Elle ne boude pas, elle se maîtrise. Nous sommes à deux doigts d'étrangler Ingrid.

Nicolas – Quoi ? Vous en êtes encore là ? Mais vous ne pouvez pas lui foutre la paix un peu ! Depuis le temps que vous la persécutez...

Je pense que mon cousin n'aurait pas survécu à sa remarque s'il n'avait été sauvé in extremis par les cris de souris qu'Ingrid a poussés.

Ingrid – Vite, vite, venez voir. Il y a un camion de déménagement qui vient de se garer en bas. Ouiiiiiii !!!!!! Il y a un type en scooter juste derrière.

On a foncé dans la cuisine, percutant au passage Nicolas qui était resté planté en plein milieu. On l'a entendu qui bougonnait.

Nicolas – Oui bon ben ça va, on se calme... C'est qu'un mec...

Mon cœur battait à se rompre quand l'inconnu est descendu de son scooter. Je me disais que ce visage caché sous le casque allait être celui de mon bonheur.

Thibault a adressé quelques mots aux déménageurs en relevant sa visière et puis il a levé les yeux pour regarder la maison bleue. Il nous a tous aperçus, agglutinés à la fenêtre, et a fait un léger signe de la tête pour nous saluer. Les garçons lui ont répondu avec un « salut » plutôt froid et Ingrid a ri bêtement, en remontant d'une main experte la bretelle de son soutien-gorge.

Il a enlevé son casque mais je n'ai pas eu le temps de voir son visage parce qu'il est rentré aussitôt dans son nouveau chez lui.

Ingrid – Waouh... Il a l'air vraiment classe, vous avez vu ce petit signe de tête pour dire bonjour. Qu'est-ce qu'on fait, on descend pour l'aider ?

Nicolas – Ça va, laisse-lui le temps d'arriver. Tu ne vas pas lui sauter dessus immédiatement.

Jim – C'est vrai, Nico a raison, il va habiter ici. Tu trouveras vite l'occasion de lui montrer ton string.

La peste a dégluti avec difficulté mais n'a pas dit un mot. Pour la première fois de l'histoire du club des CIK, elle venait de se faire remettre à sa place par les garçons. Et même s'il était certain qu'ils exprimaient là leur petite jalousie de coqs qui voient pénétrer un nouveau mâle dans leur basse-cour, je ne pouvais pas m'empêcher, moi, d'y voir un signe. Il était certain qu'en ce mardi 25 août, la vie de la maison bleue allait définitivement changer.

J'ai regardé tout le monde et j'ai dit avec une détermination que je ne me connaissais pas :

– Moi, je descends.

Nicolas
in love
Balzac
La femme
abandonnée

Finalement, le jour de l'installation de mon nouveau voisin au rez-de-chaussée de la maison bleue, je n'ai pas eu le courage d'aller me présenter.

Il faut avouer que les autres ne m'y ont pas beaucoup aidée.

À peine avais-je osé prononcer avec une détermination que je ne me connaissais pas : « Moi, je descends », que j'ai eu droit à des commentaires.

C'est évidemment Nicolas qui a ouvert les hostilités.

Nicolas – Mais qu'est-ce que vous avez toutes ? Entre Ingrid qui veut lui faire un défilé lingerie et toi qui fonces direct avec tes valises pour t'installer chez lui, il faudrait peut-être vous calmer ! Vous êtes incroyables les meufs ! Vous dites que les mecs sont lourds quand ils veulent une fille mais vous ne vous êtes pas vues. De vraies furies ! Franchement, il y a de quoi se sauver en courant...

Léa – Ah oui, vraiment ???

Ouh là là, lorsque Léa pose une question avec cet air faussement calme et qu'elle fait semblant de s'intéresser à ce que l'autre dit, c'est qu'en général elle est très énervée et qu'elle prépare une attaque de destruction massive.

Remarquez, Nicolas pouvait s'y attendre. Léa est une ultra-féministe qui ne supporte pas la moindre remarque sexiste. Il ne faut pas oublier qu'elle a été élevée en partie par Eugénie.

Eugénie, c'est sa grand-mère. Elle a accueilli Léa et sa mère, à la mort du père de ma copine.

J'étais petite mais je me souviens qu'à la sortie du cimetière, elle a attrapé sa fille par le bras et elle a déclaré : « Claire, je te donne un an pour pleurer ton mari. D'ailleurs, durant cette période, vous viendrez, Léa et toi, vivre chez moi. Je m'occuperai de tout. Mais après, ma fille, tu peux compter sur moi pour te secouer. On n'est plus au temps des Égyptiens où on enterrait les veuves en même temps que leur mari. Tu me feras le plaisir de retourner danser. »

Une semaine après, Léa et sa mère s'installaient dans la grande maison d'Eugénie. Et elles y sont encore ! On ne sait plus très bien aujourd'hui qui s'occupe de qui, mais c'est un vrai bonheur d'aller là-bas. C'est une maison de femmes, ça sent l'amour et la tarte aux pommes chaude. Et même si parfois, il y a des tensions, cela se termine toujours dans les baisers et les « Excuse-moi, je n'ai pas fait exprès ».

Justine

Ma Léa, j'ai trouvé l'ancêtre d'Eugénie !!! Lis ça, tu vas la reconnaître…

Marie Gouze, dite Marie-Olympe de Gouges, est l'auteur de la Déclaration des droits de la femme et de la citoyenne. *Elle est devenue emblématique des mouvements pour la libération des femmes. Elle est morte guillotinée.*

Aujourd'hui, 9h10 · J'aime · Commenter

Léa aime ça.

Quand Eugénie nous raconte sa vie, on dirait un film de propagande pour le Mouvement de Libération de la Femme. On a droit à des moments palpitants comme la gifle donnée à son banquier en « 1960 je sais pas combien » parce qu'il refusait de lui ouvrir un compte en banque sans l'accord de son mari ou la fois où elle s'est enchaînée à un feu rouge, en face de l'Assemblée nationale pour que ces messieurs votent oui à la loi pour l'avortement. Et je vous passe la liste impressionnante de ses histoires d'amour avec des artistes connus : des peintres, des romanciers, des pianistes...

« Je n'en ai oublié aucun, lance-t-elle toujours avec son sourire coquin, ou alors cinq ou six qui n'ont pas compté. » Et elle ajoute en baissant la voix : « Il faut dire que mon pauvre mari m'en a laissé le temps, il est mort si vite ! »

C'est la grand-mère la plus jeune dans sa tête que je connaisse. Elle n'a aucun préjugé et continue à se mobiliser pour toutes les causes qui lui semblent justes. Vous pouvez être sûrs que dès qu'il y a une manifestation, elle est au premier rang avec sa banderole. Et comme elle a été avocate (et l'est encore parfois), il ne faut pas lui raconter d'histoires : elle dégaine son *Code civil* et son *Code pénal* plus vite que son ombre.

Alors dire à Léa, petite-fille d'Eugénie, que les filles sont des furies qui s'accrochent aux garçons comme des CP à leur BN, c'était déclencher à coup sûr sa fureur de féministe convaincue. Nicolas ne s'est pas méfié, il a continué sur sa lancée.

Nicolas – Ouais, vous avez tellement la trouille d'être des superwomen dont personne ne veut que vous êtes prêtes à vous jeter à la tête du premier crétin qui passe.

Léa – Ah oui !!! Et c'est toi qui dis ça ??? Est-ce qu'il faut que je te rappelle ton histoire d'amour avec Anastasia, la merveilleuse inconnue ?

Ouh là, je m'attendais à une riposte musclée de Léa mais je ne pensais pas qu'elle oserait reparler de cette histoire maudite. Je vais avoir le temps de vous la raconter, parce qu'au rappel de sa malheureuse aventure Nicolas s'est levé et a claqué la porte, suivi de près par Jim. Ingrid comprenant que la rencontre avec Thibault ne serait pas pour aujourd'hui a fait semblant d'être solidaire. Elle a lancé un théâtral : « C'était complètement inutile de lui ressortir cette histoire. Ce que tu peux être mauvaise, parfois » et a claqué à son tour la porte d'entrée.

Je suis restée seule avec une Léa pas très à l'aise dans ses Doc Martens.

Léa – Je sais que je n'aurais pas dû, mais il m'a cherchée avec ses remarques nullissimes sur les femmes. Il m'énerve à chaque fois avec ça. Tu crois que je dois aller m'excuser ?

Justine – Laisse-le se calmer d'abord, sinon il va t'envoyer balader méchamment. Il n'a toujours pas digéré son grand amour déçu.

C'était l'an dernier, Nicolas traversait une période difficile. Comme il n'arrêtait pas de se disputer avec sa mère et sa sœur, il a décidé de venir vivre chez son père à la maison bleue. Bien sûr, jusque-là il y venait souvent : le mercredi soir, les week-ends et les vacances mais à chaque fois il retournait chez sa mère où il laissait toutes ses affaires. En septembre dernier, après une dispute mémorable durant laquelle ses mots ont largement dépassé sa pensée, il a décidé de s'installer à la maison bleue.

Même s'il ne l'a pas dit, il a eu du mal à se séparer de sa mère et de sa sœur. Elles lui manquaient beaucoup. Il jouait les gros durs indépendants mais moi, je voyais bien qu'il avait souvent les yeux dans le vague. C'est à ce moment-là qu'il a pris l'habitude de passer ses soirées sur le Net.

Il chattait des heures avec des inconnus. Et puis les choses ont pris un drôle de tour. Je me souviens, il est arrivé un dimanche matin, dans la cuisine, avec un air que je ne lui connaissais pas.

Nicolas – T'as cinq minutes ?

Justine – Tu tombes mal, j'ai un programme super chargé. Ce matin, je dois choisir entre confiture de groseilles ou miel pour ma tartine. Mon programme de l'après-midi est encore plus lourd : est-ce que je regarde un feuilleton débile dans lequel Sabrina a trahi Samantha en sortant avec Jos alors qu'elle savait très bien que Jos voulait sortir avec Samantha avant qu'elle-même sorte avec Brandon sur TF1, ou un reportage sur la reproduction des crevettes grises en eau douce dans la région arctique sud sur Arte ?

Nicolas – J'ai besoin de ton avis sur un problème important.

Ça m'a fait drôle d'entendre mon cousin parler d'un air grave et sans dire une seule grossièreté. En temps normal, il a tendance à tout prendre à la légère et à ne jamais demander d'aide. J'ai voulu alléger l'atmosphère.

Justine – Je choisis le miel et le feuilleton débile tout de suite, comme ça je peux te consacrer ma journée.

Je pensais que je le ferais rire mais pas du tout. Il a gardé son air sérieux et a posé sur la table un paquet de feuilles imprimées.

Nicolas – Je t'ai tout apporté pour que tu lises et que tu me donnes ton avis. Je ne sais pas si je dois prévenir les keufs.

Là, c'est moi qui ai pris une mine catastrophée. Des milliards de scénarios me sont passés par la tête et j'ai eu peur que mon cousin se soit fourré dans une histoire dangereuse.

Nicolas – Avant toute chose, Justine, je veux que tu me promettes que ce que je vais te raconter ne sortira pas d'ici. Je te demande ton avis, pas ton aide. J'aimerais que tu me jures que tu ne tenteras rien et surtout que Léa, Ingrid et Jim ne seront pas au courant.

J'ai juré et Nicolas m'a tendu son paquet de feuilles. C'étaient des mails, la correspondance de deux mois entre mon cousin et une fille prénommée Anastasia.

Nicolas – Au début, on discutait sur MSN mais un jour son père l'a surprise, alors on s'envoie des mails. Enfin, quand elle peut...

Justine – Tu ne l'as jamais rencontrée ?

Nicolas – Non. Je lui ai demandé plein de fois son numéro de téléphone pour qu'on se parle et qu'on décide d'un rendez-vous, mais elle s'est toujours arrangée pour changer de sujet.

Justine – Tu ne sais pas quelle tête elle a ?

Nicolas – Si. Elle m'a envoyé ça.

Nicolas a sorti de sa poche une photo imprimée en couleur. Il est resté un moment à la regarder puis il me l'a tendue. Je n'ai pas eu besoin de poser davantage de questions pour comprendre que mon cousin était raide dingue amoureux. Remarquez, il y avait de quoi. Anastasia en maillot sur la plage souriait. Côté silhouette, il n'y avait rien à redire, pas la moindre petite critique. Tout était parfait. Pour le reste, même chose. Ses cheveux roux faisaient une cascade de boucles autour de son visage. Ce sont ses yeux qui attiraient le plus l'attention : deux grands lacs clairs qui reflétaient quelque chose de très mystérieux.

Justine – Waouh... c'est une bombe !

Nicolas – Ouais, mais ce n'est pas le plus important. C'est surtout une meuf géniale comme je n'en ai jamais rencontré.

Justine – Bien sûr, c'est normal, tu ne l'as jamais rencontrée.

Pour la deuxième fois en cinq minutes, ma blague est tombée à plat.

Nicolas – Elle n'a rien à voir avec les autres filles. Elle ne pense pas de la même façon. C'est incroyable, on croirait qu'elle prévoit ce que je vais dire. Elle devine ce que j'aime sans que j'aie besoin de le lui expliquer. Elle a compris que je vivais seul avec mon père sans que je lui raconte mes problèmes avec ma mère.

Si Nicolas ne m'avait pas parlé de la police juste avant, je pense que je me serais moquée de son grand amour de papier. C'est vrai, elle commençait déjà à m'agacer l'inconnue avec son corps de top model et sa psychologie extraordinaire. Trop facile d'être parfaite quand on est virtuelle. Moi, je suis peut-être pleine de défauts mais au moins je suis vraie.

Nicolas – Lis les mails, tu comprendras mieux qui elle est et dans quelle situation elle se trouve.

De : Anastasia
À : Nicolas
Objet : désolée

Désolée, Nicolas, pour l'autre nuit... Mais j'ai entendu mon père se lever alors j'ai été obligée de tout éteindre. J'espère que tu n'as pas attendu et que tu es allé te coucher. Nos discussions sur MSN me manquent. Il me faut maintenant attendre tes réponses. Parfois, tes mails arrivent après plusieurs heures. Je crois que cela dépend de l'heure à laquelle tu m'écris. Même sur le Net, il y a des embouteillages !!!

De : Nicolas
À : Anastasia
Objet : pas grave

Pas de souci pour l'autre soir. J'ai chatté avec des copains et quand, vers une heure du mat, j'ai vu que tu ne m'avais toujours rien écrit, j'ai éteint. Pourquoi est-ce que ton père ne te laisse pas discuter sur Internet ? Il a peur de quoi ??? Ça craint...
À moi aussi, nos discussions sur MSN me manquent, c'est bizarre mais même sans te connaître, t'es devenue quelqu'un qui compte. C'est certainement nul de dire ça à une meuf mais savoir que tu existes suffit à me rendre heureux...

Je me suis arrêtée net de lire. Je me sentais super mal. Je ne sais pas si c'était parce que je me trouvais en position de voyeuse, si c'était parce qu'une inconnue me piquait mon cousin ou parce qu'aucun garçon ne m'avait jamais dit qu'il lui suffisait que j'existe pour être heureux. Nicolas m'a regardée, très ennuyé.

Nicolas – Il y a quelque chose qui ne va pas ? Je lui ai écrit un truc qui se dit pas ?

Justine – Non, t'inquiète, je réfléchissais juste.

J'ai continué la lecture.

Parle-moi de ta vie. J'ai besoin de savoir un peu ce que tu fais. La dernière fois, tu me disais que tu préparais ton bac par correspondance. Pourquoi est-ce que tu ne vas pas au lycée ? Tu m'as confié que tu avais lu tout Balzac, une fille qui lit un écrivain aussi chiant sans y être obligée ne peut pas être une mauvaise élève. Alors quoi ??? T'es agente secrète ??? :-)

De : Anastasia
À : Nicolas
Objet : Mata Hari for ever

J'aimerais bien être un agent secret, crois-moi... Mais la réalité est tout autre. Il y a des choses dont je ne peux pas te parler et pourtant si tu savais comme ça me ferait du bien de me confier à toi.
Et toi, alors, raconte-moi ta maison bleue... Je trouve ça drôle cette maison où tout le monde se connaît et où les copains viennent. Quelle chance tu as d'appartenir à un clan !
PS : Balzac n'est pas un auteur chiant, c'est l'écrivain le plus merveilleux que je connaisse. En général, les élèves ne l'aiment pas parce que ce sont les profs qui le donnent à lire mais crois-moi, emprunte à la bibliothèque une nouvelle intitulée *La Femme abandonnée* et tu verras ce que c'est que le génie. Je donnerais ma vie pour écrire une fois dans mon existence un chef-d'œuvre pareil. Et je ne te parle pas de *La Femme de trente ans*, c'est magnifique : l'histoire d'une femme massacrée par un homme. Elle va gâcher sa vie et passer à côté de l'amour à cause de lui.

J'ai levé la tête brusquement et j'ai regardé mon cousin droit dans les yeux.

Justine – Tu as raison, faut prévenir la police. Cette fille est en danger. Si elle est capable de se tuer pour écrire un truc que les élèves achètent en « Profil d'une œuvre » tellement c'est pénible à lire, c'est qu'elle est vraiment atteinte...

Nicolas m'a massacrée du regard et a fait mine de me reprendre les mails des mains. J'ai replongé le nez dans les feuilles façon fille hyper concentrée.

De : Nicolas
À : Anastasia
Objet : je te crois sur parole

Pour Balzac, je te crois sur parole. L'idée de me taper la description d'une chaise en paille pendant trois plombes me flingue d'avance.
En ce qui concerne mon clan comme tu dis, c'est vrai que c'est une chance énorme. On se connaît depuis presque toujours et je peux compter sur eux. Tu sais, si tu les rencontrais, ils t'adopteraient toi aussi. Je ne leur ai pas encore parlé de toi mais, si tu venais, ce serait l'occasion. On n'a jamais abordé le sujet mais est-ce que tu serais d'accord pour qu'on se voie ? Ça fait des semaines qu'on s'écrit maintenant et j'aimerais bien... Comment dire ? J'ai envie de t'avoir près de moi.
Ne crois pas que je te fais un plan drague à la con, c'est juste que... Oh merde, je sais pas comment dire les choses sans passer pour le pauvre type qui veut conclure.
En plus, je crève de peur de te voir. Si ça se trouve, tu vas me trouver nul et, après m'avoir rencontré, tu ne voudras plus jamais m'écrire. J'aurai tout perdu.
Je crois que je vais effacer tout ce que je viens d'écrire.
Oui, mais si toi aussi, tu as envie qu'on se voie et que tu n'oses pas me le dire, on va rester comme deux débiles à s'écrire.
Bon, j'efface rien et je boxe à mort dans mon punching-ball pour me calmer, jusqu'à ton prochain mail.

De : Nicolas
À : Anastasia
Objet : je suis puni ?

Aucune réponse depuis deux jours. J'ai les mains en doigts détachés à force de boxer. Je me réveille avant mon réveil (ce qui dans mon cas relève de l'exploit) et je n'arrive plus à avaler la moindre tartine de Nutella au petit-déjeuner. OK, on se voit pas mais s'il te plaît, écris-moi...

Pauvre Nicolas ! J'ai fait semblant de continuer à lire mais j'avais le cœur en miettes. Je ne l'avais jamais imaginé dans le rôle de l'amoureux plaqué. C'est vrai, il faut le voir au lycée, il a plutôt un comportement de dom Juan.

D'habitude, il a tendance à larguer vite fait bien fait les filles avec lesquelles il sort. J'en ai vu couler des larmes et il m'est même arrivé de me fâcher avec lui à cause de son comportement de macho.

Mais après ce mail j'ai eu envie de le consoler, de lui dire que cette fille ne le méritait pas, que même j'étais d'accord pour le laisser gagner au pouilleux massacreur... Tout ce qu'il voudrait du moment qu'il se remette à sourire.

Seulement j'ai vite réalisé qu'on était devenus grands et que le temps où je pouvais effacer ses larmes en lui donnant la moitié de mon Malabar était révolu.

J'ai donc repris la lecture des mails en me disant que je lui serais plus utile si j'analysais avec intelligence la situation. Sa question était : « Est-ce que je dois appeler les keufs ? », il fallait que je fasse preuve de bon sens au lieu de me laisser aller à mes sentiments guimauve et à mes commentaires perso.

De : Anastasia
À : Nicolas
Objet : c'est moi qui suis punie

Non Nicolas, ne crois pas un instant que je veuille te punir pour ta demande. Si tu savais comme j'aimerais venir dans ta maison bleue, rencontrer tes amis et ta cousine, boire un Coca light dans la cuisine en critiquant avec vous les filles qui passent dans la rue. Ma situation en ce moment est catastrophique. J'ai de plus en plus de mal à trouver l'occasion de t'écrire, mon père ne me laisse aucun répit. Il y a des fois où je me demande comment tout cela va finir. Es-tu allé chercher *La Femme abandonnée* à la bibliothèque de ton lycée ? J'aimerais vraiment que tu lises cette nouvelle. Le héros est un beau brun comme toi !!!

De : Nicolas
À : Anastasia
Objet : ouf !!!

J'ai respiré en voyant ton mail. Moi aussi, j'aimerais que tu sois là, avec nous dans la cuisine, à critiquer les filles qui passent en bas. D'ailleurs comment sais-tu que c'est notre activité favorite ?
En fait, pour être honnête, les filles critiquent et avec Jim, mon meilleur copain, on mate. Plus exactement, je matais... Ouais, je ne sais pas ce qui m'arrive mais depuis un certain temps je n'ai plus envie de rien. Enfin si... que tu m'écrives ! Je te promets que demain, à la première heure, je vais au CDI chercher ton livre. Je vais essayer de le lire. C'est pas gagné !!!

Je suis sûr qu'il n'y a pas d'images.
J'ai un peu peur maintenant de te poser des questions privées parce que tu as pris l'habitude de disparaître à chaque fois, mais je ne peux pas m'empêcher de te demander ce qui se passe avec ton père. Je n'ai pas une boule de cristal comme toi, je ne devine pas tes chagrins comme tu le fais avec moi. Tu peux me faire confiance, tu sais, je ne dirai rien à personne.

De : **Anastasia**
À : **Nicolas**
Objet : **merci**

Avant toute chose, merci Nicolas. Merci d'être là et d'être à l'écoute. Je n'ai pas l'habitude qu'un garçon s'intéresse à moi de cette manière. Puisque tu tiens à savoir ce qu'est ma vie et que je veux te prouver que j'ai une confiance aveugle en toi, je vais tout te raconter.
Ma mère est partie il y a deux ans sans laisser d'adresse. Je crois qu'elle a rencontré un homme dont elle est tombée amoureuse. Je ne peux pas la blâmer, son existence, ici, était devenue un enfer. Mon père est un homme violent et lorsqu'il a bu, c'est pire. Depuis six mois, il est au chômage et m'interdit de sortir de la maison. Il est persuadé que je vais rejoindre ma mère et me surveille en permanence. C'est lui qui a eu l'idée de m'inscrire au CNED (les cours par correspondance). J'ai tellement honte de vivre comme ça que je n'ose en parler à personne.
Je ne sais pas si je fais bien de te confier tout cela, maintenant c'est moi qui ai peur que tu ne m'écrives plus.

De : Nicolas
À : Anastasia
Objet : ???

C'est quoi ce délire ??? Pourquoi est-ce que je ne t'écrirais plus parce que des adultes font mal leur boulot de parents ? Je rêve !!!
Je comprends mieux certaines choses maintenant. Tu as l'air de vraiment galérer. T'es sûre que le silence soit la meilleure solution ? Ça va peut-être te sembler bizarre comme proposition mais je suis certain que si je demandais à mon père, il serait d'accord pour t'héberger. Il y a la chambre de ma sœur. Elle vient seulement un week-end sur deux. Je ne t'ai jamais demandé ton âge mais si tu passes ton bac, tu ne dois pas être loin de la majorité. Il suffirait de te planquer jusque-là et hop... Qu'en penses-tu ?
Je suis allé chercher ton livre au CDI, j'ai commencé à le lire. Elle est prise de tête, la fille... Elle veut, elle veut pas !!!
Il y a quand même un truc qui m'a fait marrer, une fille qui a emprunté le bouquin avant moi a fait des commentaires au crayon. Ton beau brun, le fameux Gaston de Nueil, s'en prend plein les dents.

De : Nicolas
À : Anastasia
Objet : ah non !!!

Tu vas pas me refaire le coup du silence... Écoute, Anastasia, je comprends bien que ta situation n'est pas facile mais tu ne peux pas disparaître à chaque fois que je te propose quelque

chose qui ressemble à la réalité. Ça devient vraiment systématique. Tu n'imagines pas l'état d'inquiétude dans lequel je suis depuis cinq jours que tu ne donnes pas de tes nouvelles.

De : **Nicolas**
À : **Anastasia**
Objet : **pardon**

Je suis désolé. Efface le mail que je t'ai envoyé hier. Je ne pense qu'à moi et je t'écris des horreurs. Dis-moi juste que tu vas bien.

De : **Anastasia**
À : **Nicolas**
Objet : **re-pardon**

Nicolas, est-ce que ta proposition d'hébergement tient toujours ? Seulement pour quelques jours. Mon père a dépassé les limites. Même si je tolérais ses accès de colère, ce qu'il m'a fait subir hier n'est pas justifiable. Je t'attendrai à la gare demain, à cinq heures précises.
Comme je ne sais pas exactement à quoi tu ressembles, pourrais-tu porter un signe distinctif ? (Je n'ai pas envie de sourire à tous les garçons bruns qui me regarderont.)
Je ne sais pas, moi... Une écharpe orange par exemple, comme j'en ai une aussi, on se reconnaîtra immédiatement. Surtout ne me réponds pas, j'ai trop peur que mon père tombe sur ton mail et découvre mon départ. J'espère que jusque-là il ne se passera rien de grave.

J'ai vérifié la date du dernier mail, il datait de jeudi. Nous étions dimanche, Anastasia devait donc être arrivée depuis deux jours.

J'ai levé les yeux vers Nicolas.

Justine – Elle est où ?

Nicolas – Je ne sais pas. Je suis allé l'attendre à la gare vendredi à cinq heures comme convenu, je suis resté jusqu'à neuf heures, elle n'est pas venue. J'ai laissé un mot à l'accueil. J'y suis retourné hier, le matin, le midi, le soir, toujours rien. Ça craint... Putain, si ça se trouve, son père l'a enfermée ou l'a tellement tabassée qu'elle ne peut pas bouger. Je sais pas quoi faire. J'ai rien, pas une adresse ni un numéro de portable. Je suis comme un con. Qu'est-ce que je fais ? Je préviens les keufs ?

J'essayais de trouver à toute allure une réponse sensée quand on a entendu la porte d'entrée s'ouvrir et deux voix crier en simultané : « Ohé, il y a quelqu'un ici ? » J'ai aussitôt reconnu Léa et Ingrid. Nicolas a ramassé ses mails à la hâte et m'a fait signe de ne pas en parler.

Ingrid – On dérange ? On s'est croisées en bas avec Léa, et on a pensé que ça ferait plaisir à Jim si on allait ensemble le chercher au club. Il déprime de bosser le dimanche... Ça vous dit ? Je suis pas d'enfer avec mon petit jupon rose Morgan ? Bon... Aucune réponse... Bonjour l'ambiance ! Vous en êtes encore au p'tit-déj ? Mmm, il y a du miel, je peux me faire une tartine ? Non, c'est pas raisonnable. Bon, allez juste une mini.

Tandis que Léa s'asseyait sur le rebord de la fenêtre pour profiter, comme un chat, des rayons du soleil, Ingrid s'est installée à côté de moi et a commencé à recouvrir son pain de miel.

Cette fille a un rapport très étrange à la nourriture. Elle est capable de jeûner des journées entières et de se jeter sur des tonnes de sucreries après. Elle en était à la moitié du pot quand je l'ai vue prendre en main la photo d'Anastasia que Nicolas avait oubliée sur la table.

Ingrid – Qu'est-ce qu'elle est belle cette fille !

Si la situation n'avait pas été aussi grave, j'aurais été vraiment stupéfaite d'entendre Ingrid faire un compliment, une fois dans sa vie, sur un être de sexe féminin. Mais les yeux de Nicolas lançant des SOS m'ont obligée à réagir.

Justine – Ouais, c'est une copine à moi.

Ingrid a éclaté de rire.

Ingrid – Ah oui ? Tu connais Cynthia Dicker, le top brésilien repéré par l'agence Marilyn ? Et elle t'a invitée dans son loft new-yorkais sur la Cinquième Avenue ?

Nicolas est devenu blanc comme un linge. J'ai cru qu'il allait vomir.

Justine – Cintia qui ? Tu dois confondre.

Ingrid – Ah non, certainement pas. J'ai des photos de cette fille dans un de mes books à la maison. Elle a été shootée par les plus grands aux États-Unis.

S'il y a un domaine dans lequel on peut faire confiance à Ingrid, c'est celui des top models. Elle sait tout. Les âges, les tailles, les poids, les tours de poitrine et de hanches, la couleur des cheveux, des yeux. Elle achète *Vogue*, *Elle* et compagnie et peut parler pendant des heures des photographes, des agences et des collections de tous les créateurs.

En temps normal, ça me saoule mais là, l'information était de taille.

J'ai questionné Ingrid façon interrogatoire de police. Trop contente de briller devant nous, elle nous a révélé ce qu'on voulait savoir sur la fille de la photo. Il n'y avait aucun doute, Anastasia avait menti : elle avait envoyé la photo du top à la place de la sienne.

La tête complètement désespérée de Nicolas n'a pas échappé à Léa.

Léa – Il se passe quoi avec cette fille ?

Comme je ne répondais pas, mon cousin a demandé à Léa de le suivre dans le salon. On les a entendus chuchoter. Ingrid, très agacée par cette mise à l'écart après sa brillante prestation, s'est levée pour les rejoindre.

Justine – Je pense qu'il vaudrait mieux que tu les laisses. Nicolas doit parler avec Léa.

Ingrid – Et moi, j'ai pas le droit de savoir ? C'est quoi le problème ?

Justine – Sois sympa, on n'a plus douze ans. Tu peux comprendre que Nicolas ait besoin de parler seulement à Léa.

Ingrid – Seulement à Léa et à toi. Ce qui veut dire surtout pas à moi. De toute façon, vous le faites exprès, vous aimez bien votre petit duo à trois.

Justine – Trio.

Ingrid – Quoi trio ?

Justine – Quand on est trois, c'est un trio. Un duo à trois, c'est impossible.

Ingrid – Oh c'est facile de me reprendre sur les mots... Bon, ben je vous laisse à vos petits secrets, je vais chercher Jim. Avec un peu de chance, il y aura de beaux garçons au club. Salut tout le monde !

Sur ce, elle a embarqué une tranche de pain qu'elle avait pris soin de napper de confiture de groseille et elle est partie. J'ai rejoint les autres dans le salon. Léa lisait les mails d'un air très concentré.

Nicolas – T'en penses quoi ?

Justine – Elle est peut-être complexée physiquement et elle a envoyé cette photo pour que tu ne la quittes pas.

Nicolas – Pourquoi elle n'est pas venue, alors ?

Justine – Eh ben justement, si ça se trouve, elle est venue et tu ne l'as même pas regardée. Essaye de te rappeler, sur le quai il n'y avait pas une fille qui attendait ?

Nicolas – Non, juste une mamie assise sur un banc.

Justine – Et si c'était elle ? Après tout, elle ne t'a jamais dit son âge.

Nicolas – Je te rappelle qu'elle passe son bac et que son père l'empêche de sortir.

Justine – Et alors ? Elle est peut-être très en retard. Si elle a redoublé cinq fois chaque classe depuis le CP, ça doit lui faire dans les quatre-vingts ans !

Je ne sais pas si c'était à cause de la tension accumulée depuis le début de la matinée mais on est partis dans un fou rire monstrueux. Léa, qui lisait toujours attentivement les mails, s'est fâchée.

Léa – Comment voulez-vous que je me concentre ?

J'ai regardé Nicolas et j'ai chuchoté à son oreille.

Justine – Elle a sorti son pendule et ses tarots ?

Léa – Justine, tes remarques stupides, tu peux te les garder. Reprenez plutôt les mails depuis le début et cherchez des infos.

Nicolas – Sur quoi ?

Léa – Je ne sais pas... Mais je suis sûre qu'on y trouvera des réponses. Ce matin, ta question était : « Est-ce que je dois prévenir la police qu'une fille avec laquelle je suis en correspondance depuis des semaines est en danger ? » Il y a cinq minutes, la question est devenue « Pourquoi cette fille a-t-elle envoyé une fausse photo ? » Mais à présent, on peut se demander : « Est-ce son seul mensonge ? »

Nicolas – Comment ça ?

Léa – Est-ce que tu te souviens de tout ce que tu lui as écrit ?

Nicolas – Tu as les mails sous les yeux

Léa – Non, je te parle de vos discussions sur MSN.

Nicolas – Je ne sais plus...

Léa – Que lui as-tu révélé sur la maison bleue ?

Nicolas – Je lui ai dit que je vivais là, que Justine habitait en dessous, que vous y veniez souvent.

Léa – Est-ce que tu te souviens lui avoir écrit qu'on restait dans la cuisine pour critiquer les filles qui passent ?

Nicolas – Oui, puisqu'elle en parle dans un de ses mails.

Léa – Je ne te demande pas si elle en parle, je te demande si toi, tu lui en as parlé. Je te rappelle que tu lui réponds à un moment : « Comment est-ce que tu sais que c'est notre activité favorite ? »

Nicolas – Je me souviens plus. Je ne crois pas lui avoir dit. C'est quand même un peu louche de raconter à une fille que je reste comme un naze à critiquer les meufs qui passent.

Justine – Et c'est quoi, Léa, l'intérêt de savoir ça ?

Léa – Vous ne comprenez pas ? Si Nicolas ne le lui a pas raconté, comment le sait-elle ? Si elle le sait, c'est qu'elle vit forcément dans cette ville et qu'elle est déjà venue ici.

Ça a fait comme une attaque nucléaire dans le salon. Une sorte de grande lumière qui grille tout le monde sur place. On croit que les gens sont vivants, mais en réalité ils sont momifiés pour l'éternité.

Nicolas – Putain, c'est une meuf que je connais ?

Léa – Il y a de fortes chances.

Justine – C'est pour ça qu'elle devinait des choses sans que tu aies besoin de lui dire : le fait que tu vives tout seul avec ton père, les problèmes avec ta mère... Elle le savait de source sûre.

Nicolas – Bien sûr ! Je comprends plein de trucs, maintenant. Des détails à la con qu'elle ne pouvait pas savoir si elle ne me connaissait pas. Donc tout ce qu'elle m'a raconté sur sa mère partie, son père alcoolo et ses cours par correspondance, ça serait des mythos ? Mais pourquoi une fille raconterait des trucs pareils si c'est pas vrai ?

Léa – C'est LA question à se poser. Quelle fille voudrait se venger de toi ?

On s'est regardés avec Nicolas, et après quelques secondes de stupeur on a éclaté de rire. Plus de la moitié des filles du lycée avaient des raisons de vouloir se venger de mon cousin. Ce dom Juan de Monoprix les avait toutes abandonnées après un laps de temps allant d'une journée à deux semaines. Si on devait faire une enquête, ce n'était pas gagné !

Léa – Il faut relire les mails, je suis sûre qu'on peut remonter à leur auteur. Attachons-nous à tous les détails.

On s'est assis côte à côte sur le canapé avec Léa au centre. Elle tenait une feuille et on lisait silencieusement. À un moment, je me suis rendu compte que ma meilleure amie avait les yeux fermés.

Justine – Léa, tu dors ?

Léa – Non, je lis avec les yeux de l'intérieur et crois-moi, je vois parfois plus de choses qu'avec mes yeux.

J'ai fait un petit signe discret à Nicolas, histoire de me moquer gentiment de notre sorcière bien-aimée.

Léa – Justine, réfléchis au lieu de t'agiter.

Elle est incroyable, Léa. Il y a des fois où je me demande si elle n'a pas réellement des dons. À part avec son prof d'art dramatique, rien ne lui échappe...

Ça faisait une demi-heure qu'on lisait assis sur le canapé quand elle a dit en souriant :

Léa – Nicolas, est-ce que tu as encore ton exemplaire de *La Femme abandonnée* emprunté à la bibliothèque ?

Nicolas – Ouais...

Léa – Va le chercher. Il y a fort à parier que l'élève qui a écrit des commentaires sur le livre soit ta chère inconnue. Les remarques sur le beau Gaston de Nueil te seraient alors directement adressées. Si c'est le cas, on va trouver des indices.

Justine – Mais c'est une folledingue si elle a fait ça !

Léa – Je pencherais plutôt pour une fille très amoureuse qui a un désir de vengeance énorme. Je vous rappelle que les deux romans dont elle parle sont *La Femme abandonnée* et *La Femme*

de trente ans. Deux histoires dans lesquelles les héroïnes sont trahies par des hommes.

– Et surtout deux livres que les premières S2 ont sur leur liste de français pour le bac.

On s'est retournés tous les trois en même temps. Derrière nous, Ingrid, accompagnée de Jim, était de retour. Pour la deuxième fois de la matinée et sans le savoir, elle venait de nous donner un renseignement essentiel.

Léa – Tu es sûre de ce que tu dis, Ingrid ?

Ingrid – Ah oui, absolument sûre. Ils ont Sidonie en français et elle donne toujours des histoires d'amour qui finissent mal. En plus, j'étais avec Zoé la dernière fois en perm et elle bossait dessus. Pourquoi tu me demandes ça ?

Léa a interrogé Nicolas du regard pour savoir si elle pouvait mettre au courant le reste de la bande. Il était évident qu'Ingrid et Jim nous seraient utiles dans la recherche d'indices pour identifier la mystérieuse inconnue. Mon cousin a donné son accord d'un mouvement de menton. Léa a raconté les choses très sobrement de façon à ne pas trop ridiculiser Nicolas. La réaction d'Ingrid n'a pas tardé.

Ingrid – Alors là, Nicolas, tu t'es fait avoir comme un ver !

Léa – Comme un bleu, Ingrid, il s'est fait avoir comme un bleu. On est nu comme un ver et on se fait avoir comme un bleu. En même temps, personne ne te demande d'en rajouter.

Jim, qui n'avait pas encore ouvert la bouche, n'a pas supporté qu'une fille fasse un coup pareil à son meilleur copain, il a hurlé.

Jim – On la repère et on lui fait la misère. C'est quoi cette combine ?

Léa – Stop, vous arrêtez les remarques personnelles et on se met au travail. Nicolas, va chercher ton exemplaire de *La Femme abandonnée* et vous, essayez de dresser la liste des filles de première S2. On va procéder à l'identification de la coupable.

Je ne me souviens pas d'avoir passé une meilleure après-midi de toute ma vie. On a noté les phrases écrites en marge du livre de Balzac puis extrait de la liste des élèves de première S2 celles qui étaient sorties avec Nicolas. Ensuite, on a établi une short list de suspectes. Mes parents qui, dans l'intervalle, étaient revenus de leur activité barque avec mon petit frère sont repartis aussi sec quand ils ont vu l'agitation qui régnait dans leur salon.

À cinq heures, on avait deux suspectes possibles : Meryl ou Vanessa. Il avait trompé Meryl avec sa meilleure amie, Vanessa, et il avait largué Vanessa le jour de son anniversaire sans se donner la peine de l'avertir qu'il ne viendrait pas à sa fête.

Justine – Qu'est-ce qu'on fait maintenant ?

Jim – On débarque chez elles et on les fait avouer.

Ingrid – Si vous voulez, je peux y aller et je prends des infos, l'air de rien.

Léa – Non, je ne crois pas que ce soit une bonne idée. Nicolas, tu t'es mal conduit avec ces deux filles et l'une d'elles nous a prouvé qu'elle est prête à courir des risques pour te le faire payer. Il faut continuer à jouer avec elle en lui écrivant à l'adresse e-mail habituelle et la prendre à son propre jeu. Il ne faut pas qu'elle sache que tu as compris.

Nicolas – Pas question, je vais leur envoyer à chacune un mail d'injures et la première qui réagira sera la bonne.

Léa – Je ne te le conseille pas, Nicolas, tu ne sais pas quelles sont maintenant les intentions de cette fille et je ne pressens rien de bon.

Nicolas – Rien à battre, Léa, elle s'est assez foutue de moi comme ça.

Mon cousin nous a plantés dans le salon et est remonté très énervé chez lui pour mettre son plan à exécution sans attendre une seconde. L'après-midi touchait à sa fin et tout le monde est parti.

La suite de l'histoire a donné raison à Léa. Mon cousin n'aurait jamais dû écrire ces mails d'insultes.

Le lundi matin lorsque nous sommes arrivés au lycée, Vanessa – puisqu'il s'agissait bien d'elle – a posé un point final à son infernale entreprise. Elle a placardé, dans toute la cour, des photos de Nicolas l'attendant à la gare.

En moins de dix minutes, tout le lycée était au courant du piège dans lequel elle avait pris le briseur de cœurs. Elle s'est fait beaucoup de nouvelles amies. À se demander si toutes ces filles plaquées n'ont pas fondé un club. Mon cousin est devenu la risée du lycée Colette. Il ne pouvait plus se promener dans les couloirs sans que quelqu'un lui demande pourquoi il n'avait pas mis son écharpe orange.

Pendant les jours qui ont suivi, Vanessa a révélé des secrets que Nicolas lui avait confiés. De temps en temps, elle s'amusait même à afficher un de ses mails. Elle n'a jamais voulu avoir une explication avec mon cousin. Elle l'a fui à chaque fois qu'il cherchait à lui parler.

Un jour, Léa, trouvant que la comédie avait assez duré, a décidé d'aller la voir. On n'a jamais su ce qui s'était passé, mais Vanessa a arrêté net de harceler mon cousin.

J'ai supplié ma meilleure amie de me confier ce qu'elle lui avait dit, elle m'a juste répondu : « Je ne lui ai rien dit, il n'y a pas que les mots dans la vie. On peut accéder à la souffrance de l'autre par d'autres chemins. »

Voilà comment s'est terminée l'histoire incroyable de Nicolas et de Vanessa alias Anastasia.

Vous comprenez pourquoi mon cousin n'a jamais digéré cet épisode douloureux de sa vie. Il n'a pas eu son droit de réponse et a juré devant témoins que, je cite, « cette garce ne s'en sortira pas comme ça et la vengeance tombera au moment où elle s'y attendra le moins ». Et comme Nicolas tient toujours parole, nous savons tous qu'un jour ou l'autre Vanessa paiera cher sa mise en scène diabolique !

Recherche Théo désespérément

– Justine chérie...

Je me suis réveillée en sursaut. Arghh !!! La voix de ma mère qui me chuchote doucereusement mon prénom à l'oreille, au petit matin, un jour de vacances, ça ne présage rien de bon. J'ai ouvert les yeux, les abdos totalement crispés, en attendant l'information qui allait faire de moi une victime.

La mère – J'ai un gros souci, ma fille...

Qu'est-ce que je disais ! Je lui donne trois secondes pour m'annoncer une course à faire à l'autre bout du monde, un plombier qui va venir quand il veut, entre maintenant et neuf heures du soir et que je vais être obligée d'attendre assise derrière la porte pour ne pas le louper. Bref, une galère qui va me gâcher cette belle journée de vacances.

La mère – Je reviens du centre de loisirs où je devais déposer ton frère, mais il y a eu une inondation cette nuit. Les pompiers sont encore en train d'évacuer l'eau. Les animateurs ne peuvent pas accueillir les enfants.

Justine – Et donc ?

La mère – Et donc, il va falloir que tu gardes Théo, je dois aller travailler et je suis déjà très en retard.

Justine – Et tu ne peux pas le déposer chez son copain Oscar ? Il adore être là-bas.

La mère – Quelle égoïste tu fais, Justine. Ton frère se lève tous les matins à huit heures alors qu'il est en vacances et qu'il pourrait dormir. Tout ça pour quoi ? Pour que mademoiselle Princesse soit libre de son temps. Aujourd'hui, je ne peux pas m'absenter et ton père est en déplacement alors tu peux bien le garder. Pour une fois que je te demande un service !

Et elle est partie en claquant violemment la porte de ma chambre.

Je croyais en avoir fini avec ses hurlements matinaux, mais elle a rouvert la porte comme une furie trois minutes après, encore plus déchaînée. Elle avait dû se chauffer toute seule... C'est tout à fait ma mère, elle dit un truc qui l'énerve et plus elle en parle, plus la pression monte. En cinq minutes, ça devient un conflit familial interplanétaire. Elle ressort des dossiers vieux de six mois : « Oui, c'est comme le jour où tu n'as pas fait les courses alors que je t'avais dit que... »

Bref, elle est réapparue et j'ai eu droit à un couplet sur le rangement de ma chambre. Lorsque les parents cherchent un prétexte pour se fâcher avec leurs enfants (et ça, quel que soit leur âge), l'état de la chambre en est un tout trouvé !

La mère – Et tu as vu ta chambre ? Profite de ta dernière semaine de vacances pour la nettoyer. C'est un vrai taudis... Et fais-moi le plaisir de passer un chiffon sur tes girafes, elles sont couvertes de poussière.

Je ne lui ai rien répondu, ce qui, pour ma mère, est pire que de mal lui répondre. Elle est montée d'un degré, je l'ai laissée s'énerver toute seule. Elle a fini par partir en claquant de nouveau la porte. Mes girafes africaines en bois en sont tombées de leur étagère.

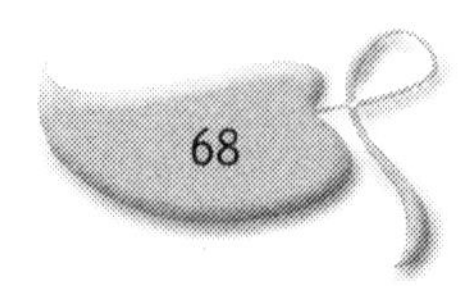

S'il y a une chose qui m'insupporte, c'est qu'on touche à mes girafes. J'ai une véritable passion pour cet animal depuis l'histoire incroyable qui m'est arrivée quand j'étais petite.

Je devais avoir quatre ou cinq ans, on était allés au zoo avec mes parents. Il faisait très chaud et ils m'avaient acheté une glace. À un moment, j'ai buté contre un gros caillou et je suis tombée. Ma glace chocolat noix de coco a fait un vol plané et s'est écrasée lamentablement sur le sol. Je me suis mise à pleurer, et malgré l'assurance de mes parents que j'allais en avoir une autre je suis restée inconsolable. J'étais en train de verser toutes les larmes de mon corps quand je me suis retrouvée nez à nez avec une girafe.

Les adultes autour de moi ont hurlé. L'animal avait enjambé son enclos et baissé son long cou jusqu'à moi. Je n'oublierai jamais son beau regard bienveillant et son petit coup de museau sur mon bras.

Mon chagrin a aussitôt disparu. Elle s'est redressée et est repartie au ralenti dans son enclos. Évidemment, ça a été le branle-bas de combat dans le zoo, mes parents étaient totalement affolés et le directeur est venu, en personne, présenter ses excuses.

Moi, j'étais sous le charme.

J'ai décidé que Patou la girafe serait désormais ma meilleure amie. Pendant des mois, j'ai réclamé chaque dimanche de retourner la voir et ma mère a accepté, ravie que je n'aie pas développé une phobie des animaux.

Par la suite, rien ne m'a fait plus plaisir que des objets, des livres, des posters à l'effigie de mon animal fétiche. Je suis devenue une véritable girafe addict !

Aujourd'hui encore, je collectionne tout ce que je trouve sur les girafes et, quand j'ai le cafard à cause d'un amoureux, je vais au zoo voir ma copine. Tout le monde me connaît là-bas et Alfred, le vieux caissier, me salue toujours en disant : « Bonjour le girafon, on vient voir sa maman ? »

Il y a de ça... Patou m'écoute quand je vais mal. Je lui raconte mes soucis pendant qu'elle mâche ses feuilles, lorsque j'ai fini elle se penche vers moi et me regarde avec ses grands yeux, ensuite je vais mieux.

Après tout, ce n'est pas plus dingue que de s'allonger sur un divan pour raconter sa vie à un psy qu'on ne connaît pas.

On va dire que moi, je fais une girafe thérapie.

J'ai attendu que ma mère soit partie de la maison pour ramasser ma collection. Un vrai carnage ! La plus grande de mes girafes avait été guillotinée. J'étais énervée mais j'avais un problème plus grave à régler : « Comment je vais faire ? Ce n'est pas que je ne veuille pas garder Théo mais j'ai promis à Léa que je serai à onze heures pile chez elle et je dois l'aider à choisir sa tenue pour son rendez-vous avec son professeur supra dramatique, pardon... son professeur d'art dramatique. »

Ah oui, je ne vous ai pas dit. Mister manipulateur l'avait enfin appelée, après deux mois de silence, pour lui demander de venir au lycée la veille de la rentrée. Il voulait, soi-disant, lui soumettre les pièces de théâtre qu'il avait choisies pour ses cours. Évidemment Léa avait été totalement électrisée par son appel et avait accepté l'invitation sans la moindre hésitation. Dans le

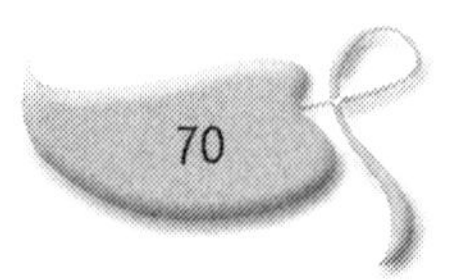

quart de seconde suivant, j'avais été désignée pour venir l'aider à choisir les vêtements qu'elle porterait pour sa rencontre avec le grand artiste.

Il fallait donc que je traîne Théo chez Léa et on pouvait être sûres qu'il allait nous mener une vie d'enfer. Ici au moins, il avait ses DVD, sa Wii et ses livres. J'ai appelé Léa pour lui annoncer la nouvelle.

Justine – Allô Léa ?

Léa – Oui, c'est moi, bien que, depuis le coup de fil de Peter, je ne sache plus très bien qui je suis, ni où j'habite.

Justine – Eh bien, j'ai une nouvelle qui va te ramener sur terre : je dois garder Théo toute la journée. Il a mis le feu au centre de loisirs et ils l'ont renvoyé.

Léa – Quoi ??? Il a mis le feu ??? Mais qu'est-ce qui lui a pris ?

Justine – Je ne sais pas. Une crise d'adolescence précoce avec refus des lois et des contraintes. Il veut être un homme libre, il a décidé de brûler sa prison.

Léa – Tu débloques là, Justine ?

Justine – Non, j'essayais juste de me la jouer comme ton merveilleux Peter. Prendre un ton tragico-ridicule pour parler d'un événement qui n'existe pas.

Léa – Il faut un vrai talent pour ça.

Justine – Non, juste une fille un peu crédule qui gobe tout ce qu'on lui dit.

Léa – Écoute, Justine, vu ton humeur et tes remarques sur Peter, je pense que ce n'est pas un mal que tu gardes ton petit frère aujourd'hui. Ne t'inquiète surtout pas pour moi, je vais me débrouiller toute seule pour choisir ma tenue.

Et elle a raccroché.

Vraiment je ne savais pas quelle planète avait embouti mon ciel astral, mais c'était une super sale journée. Je n'avais pas voulu faire de peine à Léa, j'avais juste été agacée qu'elle se laisse manipuler, une fois encore, par ce sale type. Maintenant, je ne savais plus quoi faire pour rattraper la situation. Je suis allée dans la cuisine me faire un thé. Théo jouait avec sa game boy.

Théo – Je t'attendais pour que tu me chauffes mon lait au chocolat.

Justine – Il y a des petites briques dans le placard, t'as qu'à le boire froid.

Théo – Maman m'a dit que si tu étais désagréable avec moi, je devais l'appeler à son travail.

Je sais que tuer son père s'appelle un parricide, sa mère un matricide, à ce moment précis j'ai frôlé le Théocide. Je l'ai attrapé fermement par le bras et je lui ai hurlé dans les oreilles.

Justine – Tu m'adresses une seule fois la parole, à part pour me dire merci quand je te ferai à manger à midi, je t'enferme dans ta chambre. Tu appelles maman pour lui raconter la moindre chose, je te réduis en bouillie. C'est assez clair?

Théo – Dire à un enfant qu'on va le réduire en bouillie s'il cherche à appeler sa mère au secours, ce n'est pas un cas de maltraitance? Je vais téléphoner à SOS Enfants battus, ils ont sûrement la réponse.

Vous comprenez pourquoi je ne veux pas garder mon frère? Cet enfant est assez insupportable, surtout depuis que mes parents lui ont fait faire des tests et qu'il a été diagnostiqué enfant précoce, surdoué quoi... J'aurais adoré avoir un frère normal mais là, c'est très pénible. Il sait tout sur tout et quand on lui pose une question, c'est pas une réponse qu'il donne, c'est l'encyclopédie en douze tomes.

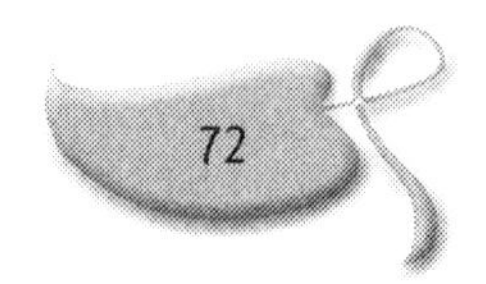

Je lui ai chauffé son lait. Il m'a regardée par-dessus sa game boy avec un air pas très rassuré. D'accord, il était content de sa réflexion sur les enfants maltraités, sauf qu'il avait quand même un peu peur des représailles. Je lui ai tourné le dos pour qu'il ne me voie pas sourire. Je ne sais pas pourquoi mais, même si mon petit frère m'énerve, il me fait surtout rire. D'abord, il ressemble à Harry Potter avec ses lunettes rondes et sa bouille d'intello et en plus, quand il stresse, il a un tic : il se gratte la tête comme s'il avait des poux. Il paraît qu'il ne faut pas se moquer ni le lui faire remarquer.

Au cas où Justine voudrait se débarrasser de moi, il vaut mieux qu'elle sache que j'ai ceci

Théo

Le 119

Téléphoner au *119*, ça sert à quoi ?

À trouver de l'aide…

- si tu te sens menacé par des adultes ou des plus grands,
- si on t'insulte ou on te menace,
- si on te donne des coups,
- si tu subis des violences verbales, physiques ou sexuelles,
- si on te rackette…

?

NOUS SOMMES À TON ÉCOUTE

Il a bu son lait en se grattant comme un petit singe et a filé dans sa chambre sans demander son reste.

Moi, je suis restée face à ma tasse en me demandant ce que j'allais faire pour me réconcilier avec Léa. J'ai bien pensé la rappeler mais je ne savais pas quoi lui dire. J'ai décidé de lui envoyer un SMS. Au moins, c'était court.

J'ai mis NRJ à fond et j'ai commencé à taper sur les petites touches.

Pardon ma Léa,
je suis une meilleure amie hyper nulle.
Justine

Non, ça n'allait pas. Il fallait que je lui explique que si je lui parlais comme ça de Peter, c'était pour son bien. J'ai recommencé.

Une vraie amie
c'est celle qui n'a pas peur de dire la vérité.
Justine

Non, c'était encore pire. Ça faisait faux proverbe imprimé sur les papiers dans les biscuits des restaurants chinois. Je commençais à penser que je ne trouverais rien d'intelligent à écrire quand j'ai entendu la porte d'entrée s'ouvrir. Sûrement Nicolas en panne de lait ou de pain. Étonnant, je n'avais pas encore eu droit à son panier à clochette, ce matin.

– Il est où le morveux qu'on le noie tout de suite ?

Je me suis retournée et j'ai vu ma Léa avec une énorme valise à la main. Je ne sais pas pourquoi mais j'ai pensé qu'elle venait me dire adieu.

Justine – Tu pars ?

Léa – Oui, au fin fond du désert. Je renonce au monde définitivement. Tu pourras m'écrire à l'adresse suivante : Léa, troisième dune à gauche en descendant du chameau.

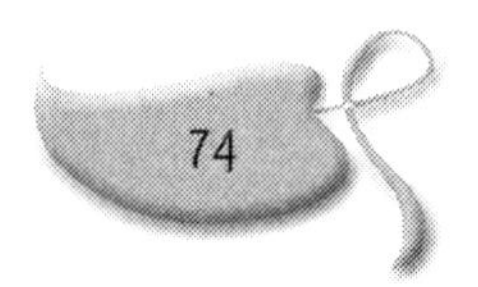

Justine – C'est quoi cette histoire ?

Léa – Rien, une crise d'adolescence tardive avec une envie de rompre mes chaînes. D'ailleurs, je suis venue chercher Théo, nous partageons le même désir de liberté. En plus, dans le désert, il n'y a rien à brûler, ce qui lui évitera d'être un pyromane en culottes courtes. Tu peux baisser cette radio, on ne s'entend pas ici !

Justine – Léa, t'es plus fâchée ?

Léa – Si, à mort, mais j'avais tellement de peine de te savoir en train de chercher quoi m'écrire pour te faire pardonner, que je suis venue.

Justine – Comment tu le sais ???

Léa – Oh Justine, ce que tu peux être fatigante avec tes questions stupides. Bon, c'est pas tout, j'ai apporté les affaires que je préfère et je vais procéder aux essayages ici. Tu me dis ce qui me va le mieux.

Je lui ai sauté dans les bras. Elle était vraiment l'amie la plus formidable du monde.

Justine – Je suis désolée pour ce que je t'ai dit tout à l'heure. Je ne voulais pas te faire de peine, c'est juste que je trouve que Peter...

Léa – Chut ! N'en dis pas plus, je sens que tu vas m'en faire pour de vrai, cette fois-ci, de la peine.

Justine – Pardon ma Léa. Pourquoi c'est si compliqué l'amour ?

Léa – Ce n'est pas l'amour qui est compliqué, c'est nous qui le sommes.

Justine – Ouais... Je suis sûre que Thibault a déjà une petite amie, ou que je ne vais pas du tout lui plaire, ou qu'il aime les garçons. Pourquoi on ne tombe pas amoureuses de types qui ont envie de vivre un truc avec nous ? Des types qui nous rendraient heureuses, qui nous donneraient envie de chanter le matin dans la salle de bain. Pourquoi il faut toujours que ça soit galère ? Tu ne veux pas répondre à ma question ?

Léa – Je n'ai pas de réponse ou alors une qui ne va pas te plaire.

Justine – Essaie toujours.

Léa – Je crois que lorsqu'une fille tombe systématiquement amoureuse de garçons impossibles, c'est qu'elle a peur de l'amour.

Justine – N'importe quoi. Moi, j'y crois à chaque fois au grand amour et il ne me fait pas peur. Ce n'est pas ma faute si je me plante à tous les coups.

Léa – Sois honnête avec toi-même, Justine. Avec qui tu y as cru dès le départ ? Jim, un copain d'enfance qui est comme un frère ? David qui rompt avec Clélia toutes les fois qu'une fille lui plaît et retourne avec elle dès qu'elle revient l'attraper par la peau du jean ? Ilan, pervers polymorphe qui n'a pas supporté que sa mère le laisse à son père et se venge sur toutes les filles qu'il croise ? Hugo, dix-sept ans sur sa carte d'identité, trois ans et demi en réalité ? Attends, tu les as choisis ces garçons-là, personne ne t'a forcée ! Et pourtant je t'assure qu'autour de nous, il y en avait des normaux. Je ne te juge pas, je ne suis pas mieux que toi, loin de là, dans ce domaine... J'ai cumulé les histoires nulles et impossibles. Et ne crois pas que je sois complètement aveugle en ce qui concerne Peter. Le problème c'est que je n'arrive pas à faire autrement.

Justine – Alors, on est condamnées à rester seules jusqu'à la fin de nos jours ?

Léa – Non, mais il y a du boulot...

Justine – Et si on faisait un casting de mecs bien pour se trouver un amoureux, comme ça on serait sûres de ne pas se

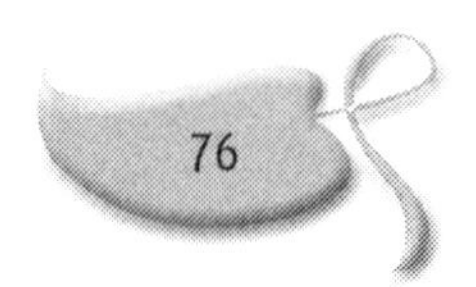

tromper? On passe une annonce dans le journal : « Cherchons deux beaux garçons libres (avec ex petites amies mortes si possible), matures, sans aucun lien avec notre famille, qui ont réglé leurs problèmes avec leur mère, prêts pour une histoire d'amour torride. »

Léa – Toutes ces qualités dans un même individu?

Justine – Non, dans deux : un chacune.

Léa – Je crains qu'il ne se présente pas grand monde pour le rôle!

Justine – Tu crois que Thibault le fils de diplomate se présenterait pour moi?

Léa – Je ne sais pas encore.

Justine – Comment elle fait Ingrid pour trouver toujours des mecs et n'avoir jamais le cœur brisé?

Léa – Oh, c'est simple, elle ne les aime pas. Elle les consomme, c'est tout.

Justine – On n'a qu'à faire comme elle.

Léa – Mais ça ne s'invente pas d'être une garce. Il faut le mental adéquat.

Justine – Eh bien moi, je me sens prête. À partir de tout de suite, j'allume tous les garçons qui passent, je me jette dans leurs bras et je rigole bêtement.

Pour ma Justine,
à méditer pour éviter les erreurs.
Léa :P

« L'amitié entre homme et femme est délicate, c'est encore une manière d'amour. La jalousie s'y déguise. »
Jean Cocteau

– Je vais tout dire à maman.

Théo était planté dans l'encadrement de la porte du salon. Je ne sais pas depuis combien de temps il écoutait, mais il avait l'air d'en savoir long. J'ai essayé de tester.

Justine – Et qu'est-ce que tu vas lui répéter, la crevette ?

Théo – Tout ce que vous avez dit, j'ai tout entendu.

Léa – C'est-à-dire ?

Théo – Que Justine a eu plein d'amoureux : Jim, David, Ilan et Hugo et qu'elle va passer une annonce dans le journal pour vous trouver des maris. C'est très grave. En France, c'est interdit d'avoir plusieurs maris. Ça s'appelle la polyandrie, c'est comme la polygamie mais pour les femmes...

Et c'était reparti, Théo nous ressortait un article de l'encyclopédie. Comme on le regardait toutes les deux sans un mot, mon petit frère s'est mis à se gratter la tête à toute allure.

Théo – Vous allez essayer de me faire disparaître parce que je suis un témoin gênant ?

Justine – Pas si tu files immédiatement dans ta chambre et que tu y restes jusqu'à midi.

Théo – Ça s'appelle du chantage, ça. Et c'est aussi puni par la loi. Un jour, je me vengerai...

Et il est parti en poussant des cris de chauve-souris façon film d'horreur. On a éclaté de rire.

Léa – Il est génial ton petit frère, j'aurais adoré en avoir un comme ça.

Justine – Tu dis ça parce que tu ne l'as pas vingt-quatre heures sur vingt-quatre sur le dos ! Bon allez, on se met aux essayages parce que si tu ne trouves rien de bien, il faut qu'on ait le temps d'aller faire du shopping.

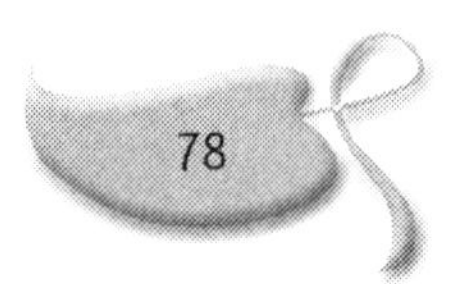

Et la valse des vêtements a commencé. Un haut en dentelle avec une jupe évasée, un jupon avec un bustier, une tunique brodée sur une jupe longue... Sans compter les accessoires : mules, sandales, tongs, colliers, boucles d'oreilles, bracelets, chapeaux, sacs. Il y avait un bazar monstrueux autour de nous. J'ai pris des photos de Léa avec mon portable et on les a regardées sur mon ordi pour voir l'allure qu'elle avait.

Théo avait trouvé une activité formidable : rentrer dans la chambre comme un fou, pendant que Léa se déshabillait, en hurlant : « J'ai vu tes nénés ! J'ai vu tes nénés ! »

Je ne sais pas à quel âge les garçons deviennent obsédés par les seins des filles mais, dans le cas de mon frère, il est précoce sur toute la ligne.

Il devait être midi et demi quand on a enfin trouvé la tenue idéale. Théo a été très déçu de nous voir ranger la chambre.

Théo – Eh ben, on joue plus ?

Justine – Tu étais le seul à jouer Théo, nous, on t'a pas trouvé très drôle. Bon, je vais te faire à manger, après tu regarderas un DVD.

Théo – J'ai pas envie. Et puis, ce n'est pas bon pour un enfant de mon âge de rester enfermé toute la journée, c'est maman qui l'a dit !

Justine – T'as qu'à descendre dans le jardin.

Théo – Je ne veux pas. Il est pas sympa le nouveau qui habite en bas.

Justine – On ne parle pas des gens sans les connaître.

Théo – Oui, mais lui, je le connais. Il s'appelle Thibault.

Je suis restée sans voix. Heureusement, Léa a pris les choses en main.

Léa – Comment tu le connais ?

Théo – Je lui ai parlé hier. Comme j'avais fait tomber une fléchette par la fenêtre, je suis allé dans le jardin.

Léa – Et alors ?

Théo – Ben, y avait Thibault. Il m'a demandé comment je m'appelais et puis il m'a posé plein de questions.

Justine – Sur quoi ?

Théo – Euh... qui vivait ici ? Où j'habitais ? Si j'avais des frères et sœurs.

Justine – Qu'est-ce que tu lui as dit ?

Théo – Que j'avais une sœur.

Justine – C'est tout ???

Théo – Non, aussi que tu ne t'étais pas gentille.

J'ai regardé Léa, catastrophée. Elle a continué l'interrogatoire.

Léa – Et qu'est-ce que tu lui as dit encore ?

Théo – Je sais plus... Ah si, il m'a demandé s'il y avait des grands comme lui qui venaient ici. Alors je lui ai parlé de Nicolas, de Jim, de toi et puis aussi...

Théo a ricané cinq minutes tout seul avant de finir sa phrase. Il jouait vraiment avec mes nerfs.

Justine – Et puis aussi de quoi ???

Théo – D'Ingrid.

Justine – Et qu'est-ce que ça a de drôle ?

Théo – Je lui ai dit qu'Ingrid, on voit toujours sa culotte quand elle se penche.

Léa a éclaté de rire. Moi j'étais folle de rage. Mon frère venait de ruiner mes chances avec Thibault. Il m'avait fait passer pour une sorcière aigrie et avait présenté Ingrid comme une fille super libérée et sexy.

Léa – Tu peux nous décrire Thibault ? Parce que, nous, on ne l'a jamais vu.

Théo – Si je le fais, vous m'emmènerez au grand jardin, dans le bateau du capitaine Crochet ?

Léa – Oui. Mais d'abord, tu nous donnes plein d'informations. Comme si tu étais le seul à avoir vu un criminel et que j'étais un policier. D'accord ?

Évidemment le jeu a beaucoup plu à Théo. On a appris que Thibault était grand comme mon père, qu'il avait les cheveux très blonds comme Oscar, les yeux bleus comme mamie Lucie.

Je me voyais déjà dans ses bras.

C'est lorsque Théo a parlé d'un tatouage de tête d'aigle sur le bras droit et d'un tatouage de corsaire sur le bras gauche que j'ai commencé à douter. Ça ne collait pas du tout avec le profil fils d'ambassadeur. Il a continué.

Théo – Sur la fesse droite, il a la marque d'une cicatrice. Certainement celle d'un combat livré en mer.

Justine – Ah oui !!! Parce qu'il était tout nu et de dos dans le jardin quand tu lui as parlé ? Dis-moi Théo, tu ne serais pas en train de te moquer de nous, là ?

Ma remarque l'a fait redescendre sur terre. Il nous a regardées comme s'il était étonné de nous trouver là et, évaluant la situation, il a immédiatement compris les risques encourus pour ses mensonges. Il s'est mis à se gratter la tête façon bébé chimpanzé.

Théo – Eh bien parfois, les témoins, ils disent pas la vérité à la police.

Justine – Et tu connais la peine pour les faux témoignages : la prison. Alors tu vas dans ta chambre et tu y restes jusqu'à ce que maman rentre.

Théo – Oui mais j'ai faim. Il y a des lois qui protègent les prisonniers et on doit les nourrir.

Cinq minutes plus tard, nous étions tous les trois dans la cuisine, en train de déjeuner. J'avais décongelé une grande pizza et Léa préparait une vinaigrette pour la salade.

Théo – Alors Léa, vous allez m'emmener au grand jardin pour que j'escalade le bateau du capitaine Crochet ?

Léa m'a regardée en souriant.

Léa – Demande à ta sœur, c'est elle la chef.

Justine – Oui, on va t'emmener. De toute façon, si on ne le fait pas, tu vas nous user toute l'après-midi. Mais je te préviens, on y reste une heure et, quand on revient, tu nous fiches la paix.

Théo – Une heure et demie.

Justine – Quoi une heure et demie ?

Théo – Je reste sage au retour si je joue là-bas une heure et demie, pas une heure.

Quand je pense qu'il y a des parents qui rêvent d'avoir un enfant surdoué !

Finalement, ce n'était pas une mauvaise idée d'aller au grand jardin. La journée était radieuse et on bronzerait une petite heure – pardon, une petite heure et demie – assises sur un banc.

Dès que nous sommes arrivés, Théo a retrouvé un copain du centre de loisirs et ils sont partis escalader le bateau du capitaine Crochet. Nous nous sommes installées juste en face pour le surveiller. Mon petit frère m'a fait des tonnes de coucous de loin et m'a envoyé des milliers de baisers.

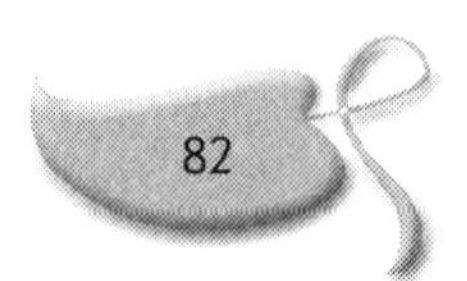

Léa – Qu'est-ce qu'il est affectueux...

Justine – Ouais, c'est surtout un super trouillard. Il vérifie en permanence qu'on est toujours là.

Léa – Peste, va... Tu ne sais pas reconnaître l'amour là où il est.

Et la discussion est repartie sur l'amour. Léa m'a parlé de son attirance pour Peter. Elle était persuadée qu'ils étaient faits l'un pour l'autre et qu'ils finiraient leur vie ensemble. Moi, je l'écoutais, pas du tout convaincue, et je suivais des yeux le tee-shirt rouge de Théo qui montait, descendait, rampait. Léa était en train de m'expliquer ce qu'elle comptait lui dire lors de leur prochain rendez-vous quand j'ai eu un coup au cœur. Le tee-shirt rouge que je suivais des yeux depuis dix minutes n'était pas celui de Théo. C'était celui d'un autre petit garçon.

Je me suis levée d'un bond et j'ai couru jusqu'au bateau. J'ai appelé mon frère, je l'ai cherché partout, il n'était nulle part. J'ai essayé de retrouver son copain du centre de loisirs, peut-être Théo l'avait-il suivi jusqu'à sa maman.

La mère et le copain de Théo étaient effectivement assis un peu plus loin, mais mon frère n'était pas avec eux. J'ai interrogé le gamin et il m'a affirmé que Théo était parti me rejoindre au moment où lui retournait voir sa maman.

Léa, qui m'avait suivie, a semblé affolée. De la voir inquiète m'a complètement terrorisée. Si Léa paniquait, c'est qu'elle sentait que quelque chose de grave était arrivé. J'ai éclaté en sanglots.

Léa – Ce n'est pas le moment de craquer. Tu vas te poster devant la porte d'entrée et tu filtres. Pendant ce temps, je ratisse le jardin. Il faut s'assurer que Théo, s'il est quelque part dans le jardin, ne puisse pas sortir. Arrête de pleurer, on va le retrouver.

Justine – Je suis sûre qu'on l'a enlevé ! Théo ne s'éloigne jamais de nous. C'est ma faute. Je ne l'ai pas suffisamment surveillé.

Léa – Stop Justine. On culpabilisera plus tard sur notre façon de nous occuper de Théo. Pour l'instant, il faut le retrouver.

La détermination de Léa m'a redonné un peu de courage. J'ai couru jusqu'à la porte et j'ai observé tous les gens qui sortaient. Théo n'était pas parmi eux. Je priais pour que Léa, de son côté, le découvre, mais au bout de dix minutes elle est réapparue sans lui.

Lorsque je l'ai vue sans Théo, j'ai perdu les pédales. C'était atroce, mon petit frère était quelque part dans cette ville, aux mains peut-être d'un pervers et j'étais impuissante. Léa m'a prise dans ses bras.

Léa – Calme-toi, on va le retrouver. J'ai appelé les autres, ils arrivent. Nicolas fait le chemin depuis la maison pour voir s'il n'a pas cherché à rentrer tout seul. Il va falloir prévenir tes parents.

Justine – On ne prévient pas ma mère. Déjà que, quand Théo a 37,5 °C, elle contacte le SAMU et les pompiers, alors là elle ne va pas supporter. Il vaut mieux qu'on téléphone à mon père.

Léa – C'est quoi le numéro ?

Justine – 06 61 42... Arrête, c'est pas la peine de l'appeler, ma mère m'a dit qu'il était en déplacement aujourd'hui. On va l'affoler et il ne pourra rien faire.

Léa – Bon, on attend les autres et on voit s'ils ont une idée mais après, je te préviens, moi j'appelle ta mère. Reste ici, je continue à regarder partout.

Lorsque Nicolas est arrivé, Théo avait disparu depuis une demi-heure. Il m'a demandé de lui expliquer ce qui s'était passé. Je lui ai tout raconté en détail.

Nicolas – Putain, mais d'habitude ce gosse ne bouge pas une oreille quand on sort.

J'ai de nouveau éclaté en sanglots. La remarque de Nicolas confirmait mes craintes. Jim est arrivé suivi par Ingrid. Il avait carrément déserté le *Paradisio* en prétextant un problème familial grave.

Jim – Alors ?

Nicolas – Alors rien.

Ingrid – Mais c'est horrible !!! On va peut-être jamais le retrouver... Moi, c'est la première fois que je connais vraiment un enfant qui a disparu... Eh bien, ça fait drôle !

Jim a attrapé Ingrid par le bras et l'a emmenée un peu plus loin pour lui parler. Je ne sais pas ce qu'il lui a dit mais, lorsqu'elle est revenue, elle était verdâtre et elle n'a plus osé ouvrir la bouche. Léa nous a rejoints. J'ai bien vu que ses mains tremblaient.

Justine – Qu'est-ce que tu sens, Léa ? Dis-moi la vérité, tu penses qu'il lui est arrivé quelque chose de grave, c'est ça ?

Elle ne m'a pas répondu. Jim m'a prise dans ses bras et m'a consolée.

Jim – T'inquiète, des gamins qui se perdent dans les parcs, c'est tous les jours que ça arrive.

Ingrid – Oui, c'est vrai. Moi, une fois, je devais avoir quatre ans et ma mère...

Jim – Ingrid, qu'est-ce que je t'ai dit tout à l'heure ?

Ingrid – Quoi, mais j'ai pas parlé des pédophiles...

Léa – Bon, qu'est-ce qu'on fait maintenant ? On a fouillé le parc, Nicolas a vérifié que Théo n'était ni à la maison ni sur le chemin. Est-ce que quelqu'un a une autre idée ?

Jim – Est-ce qu'il a un copain qui habite près d'ici ? Un copain chez lequel il saurait aller à pied ?

Justine – Non. Le seul copain chez lequel il aille, c'est Oscar mais c'est toujours maman qui l'amène en voiture. Il ne connaît pas le chemin d'ici.

J'avais à peine fini ma phrase que mon portable a sonné. C'était ma mère. Elle appelait pour avoir des nouvelles. Elle avait déjà téléphoné deux fois ce matin et je l'avais rassurée sur le sort de son petit protégé.

Mais là, je n'ai pas réussi à décrocher. J'ai laissé sonner. Les autres m'ont regardée, catastrophés.

Léa – Réponds-lui, Justine, il faut qu'elle sache. Elle va nous aider.

Nicolas – De quoi t'as peur, de te faire engueuler ?

Justine – Mais non, je m'en fous qu'elle gueule. C'est de sa peur dont j'ai peur, de son angoisse, de ses larmes. Vous n'imaginez pas l'état dans lequel elle va être si je lui dis.

Léa – Il n'y a pas à discuter. On a besoin d'elle pour savoir comment agir.

Le portable s'est arrêté de sonner. J'ai eu un moment de répit. Je savais qu'elle allait rappeler immédiatement, j'ai attendu, mon cœur battait dans mes oreilles. Nous avions tous les yeux fixés sur le téléphone et, lorsqu'il a sonné de nouveau, on a sursauté. C'est Léa qui a eu le courage de décrocher.

Elle a juste eu le temps de dire « allô » et la voix de ma mère a résonné dans mes oreilles : un flot ininterrompu de paroles. Léa ne disait pas un mot, elle écoutait avec beaucoup d'attention puis soudain elle a souri.

Léa – Oui, oui, nous arrivons tout de suite.

Et elle a raccroché.

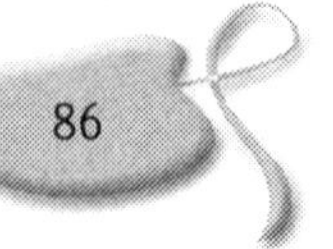

Elle m'a regardée et a hurlé :

Léa – Théo est avec ta mère. Il est allé la rejoindre à son boulot. Il va bien !!! Elle, en revanche, elle est super en colère contre toi, la soirée s'annonce rock-and-roll !!!

Après, je ne saurais pas vous dire ce qui s'est passé parce que je me suis retrouvée allongée par terre, la bouche de Jim ventousée à la mienne.

Ça peut vous paraître étrange, mais sur le coup ça ne m'a pas choquée. Je l'ai laissé continuer à me faire son bouche-à-bouche. J'ai même passé mes bras autour de son cou pour être certaine qu'il n'arrête pas. Son activité de secouriste s'est transformée en un merveilleux baiser, le plus merveilleux qu'on m'ait jamais donné. Et puis j'ai pris conscience de la réalité quand je me suis vue dans le regard des autres. J'ai essayé de me relever vite pour sortir de cette situation totalement incongrue. Avec Jim, on s'est regardés, gênés.

Léa – Excusez-moi, mais ce n'est pas le moment de traîner. Ta mère ramène Théo en voiture. Dans dix minutes, ils seront à la maison bleue. Et on a intérêt à y être.

C'est étrange mais personne n'a fait la moindre remarque sur ce qui venait de se passer. Comme je voyais des mouches partout, Nicolas m'a soutenue.

Nicolas – Allez, profites-en. Tu sais qu'il y a des milliers de filles qui t'envient, là ?

Je voyais bien qu'il essayait de me faire rire mais j'étais vidée. Un peu comme si, étrangère à moi-même, je me voyais au milieu des autres, sans savoir qui j'étais. J'écoutais mais je n'entendais rien, je regardais mais je ne voyais rien.

Je ne pourrais pas vous raconter non plus ce qui s'est dit sur le chemin du retour, je n'en ai aucun souvenir. Je me souviens juste qu'à un moment, je me suis retrouvée sur le grand canapé beige du salon et que Léa m'a forcée à boire un truc immonde.

Justine – Léa, il est où Théo ?

Léa – Il monte. Ta mère vient de le déposer.

Effectivement, mon petit frère est arrivé. Dès que je l'ai aperçu, je me suis remise à pleurer. J'étais tellement heureuse de le voir. Je l'ai serré dans mes bras et je l'ai embrassé sans m'arrêter.

Théo – Euh excuse-moi, Justine, mais elles collent tes joues. C'est un peu dégoûtant.

On a tous éclaté de rire. En une remarque, il nous avait fait passer du drame à la comédie.

Les griffes puissantes de la peur ont fini par lâcher mon pauvre cœur. J'ai pu de nouveau respirer normalement.

Justine – Est-ce que tu peux m'expliquer pourquoi tu es allé voir maman à son travail au lieu de rester sur le bateau du capitaine Crochet ?

Théo – Parce que je croyais que vous étiez parties. Je ne vous trouvais plus.

Justine – Comment est-ce que tu as pu imaginer un instant qu'on allait partir sans toi ?

Théo – Parce que je vous avais surprises pendant que vous disiez votre secret et que je pensais que vous vouliez m'éliminer pour ça. Comme les parents du petit Poucet.

Ingrid, qu'on n'avait plus entendue depuis ses brillantes interventions au jardin, n'a pas résisté à la curiosité.

Ingrid – Et c'était quoi leur secret ?

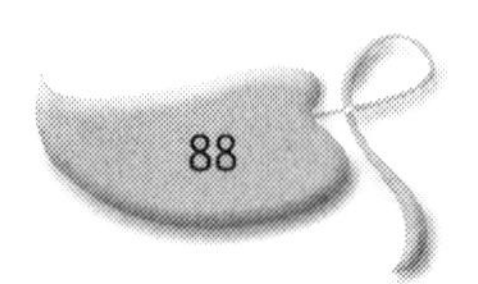

Théo – Justine va chercher des maris pour elle et Léa, parce qu'elles n'arrivent pas à rencontrer des amoureux gentils. Elle va mettre une annonce dans le journal.

Oh non, je venais à peine de retrouver mon petit frère que j'avais déjà une envie folle de le perdre dans un bois.

Ingrid – C'est quoi ce délire, les filles?

Justine – Rien... Tu sais, il a dû avoir très peur au jardin et maintenant, il raconte un peu n'importe quoi.

Théo – Même pas vrai! En plus, vous avez dit des choses sur Ingrid et si je veux, je peux tout répéter.

Durant quelques secondes, il y a eu un silence lourd et pesant. C'est encore une fois Léa qui a sauvé la situation.

Léa – Théo, raconte-nous comment tu as fait pour aller jusqu'au travail de ta maman.

Théo – Je vous dirai pas.

Justine – Pourquoi?

Théo – Parce que t'as dit que j'avais eu peur au jardin et que je racontais n'importe quoi. Mais c'est pas vrai, j'ai très bien entendu tout ce que vous avez dit.

Justine – C'est bon, Théo.

Théo – Non... Vous devez avouer que vous avez dit des choses méchantes sur Ingrid.

Mon petit frère était décidément un cauchemar sur pattes. Après avoir ruiné mes chances avec Thibault, m'avoir rendue folle d'angoisse en disparaissant, il me mettait dans une situation délicate avec Ingrid. Cette fois-ci, nous n'allions pas échapper à la crise.

Ingrid – De toutes les façons, je sais que vous ne m'aimez pas et que vous me critiquez dès que j'ai le dos tourné.

Justine – Mais non, Ingrid, je t'assure que...

Théo – Si, c'est vrai, vous la critiquez toujours !

Justine – Théo, maintenant tu te tais.

Théo – Eh ben moi, je repars tout seul au travail de maman.

Ingrid – Non, c'est moi qui m'en vais et je ne reviendrai jamais.

Je dois avouer que, pendant un quart de seconde, je me suis dit que mon frère était un génie et qu'il allait réussir à exaucer en une phrase ce que nous souhaitions désespérément, avec Léa, depuis des années : nous débarrasser d'Ingrid. Mais ma bonne conscience m'a rattrapée. Malheureusement...

Justine – Ne pars pas Ingrid, tu es notre amie.

Arghhh !!! Je ne pensais pas être capable de prononcer une phrase pareille une fois dans ma vie. Cette journée était vraiment une course d'obstacles, si je parvenais à la vivre jusqu'au bout je serais capable de supporter n'importe quoi après. Les garçons ont éclaté de rire. Je ne devais pas être très crédible dans le rôle de la bonne copine.

Ingrid – Tu vois, même Jim et Nicolas se moquent de moi. Vous avez réussi votre coup.

Et elle s'est mise à sangloter. Nicolas s'est précipité pour la consoler. Enfin quand je dis consoler, ce n'est pas le terme exact, je devrais plutôt dire la réanimer parce qu'à voir comment les mains de mon cousin se perdaient dans le décolleté de la peste, ça relevait du massage cardiaque. Décidément, un vent de folie soufflait sur la maison bleue.

C'est vrai qu'Ingrid me tape sur le système mais de la voir pleurer comme ça à cause de moi, ça m'a fait de la peine. Léa aussi avait l'air ennuyé. J'ai essayé de trouver les mots qui pourraient adoucir la situation.

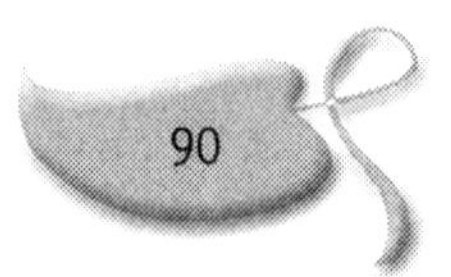

Justine – Tu sais, Ingrid, si on te critique c'est parce que...

C'est parce qu'elle est une peste, allumeuse, égocentrique, que la seule chose qui la préoccupe c'est de savoir si, sur le terrain de la féminité, elle est bien la plus forte, que jamais au grand jamais on ne lui confierait un secret qui nous tient à cœur parce qu'on est certaines qu'elle ira le répéter à la première venue, qu'elle nous agace avec sa blondeur, ses ongles de série américaine et ses cils qui font parasol, qu'elle est typiquement LA fille avec laquelle on ne peut pas être amies.

Justine – ... tu es un modèle pour nous.

Ingrid s'est arrêtée net de pleurer et m'a regardée, intriguée.

Ingrid – Tu dis ça pour te moquer de moi encore ?

Justine – Pas du tout...

Et comme je sentais qu'il fallait que j'en rajoute pour avoir un minimum de crédibilité, j'y suis allée très fort. Au point où j'en étais dans la pure abnégation, autant que ça fasse plaisir à l'autre.

Justine – Comme tu es un modèle pour nous et que nous n'arrivons pas à t'égaler, ça nous rend folles de jalousie alors on te critique parfois.

Je n'ai pas assez de mots pour décrire le regard extatique d'Ingrid au moment où j'ai prononcé cette phrase. Les têtes de Léa, de Jim et de Nicolas valaient aussi le coup !

Des fois la vie vous oblige à faire ou à dire des choses contre votre gré. Dans ces cas-là, on assume plus ou moins. Là, je pressentais que je ne tarderais pas à regretter cette phrase.

Ingrid – Je le savais. Je comprends que ça soit dur pour vous. Quand on a une amie trop belle qui attire tous les mecs, on doit se sentir... la troisième roue du carrosse.

Léa – La cinquième...

Ingrid – Tant que ça ??? Tu te sens en cinquième position alors qu'on n'est que trois filles ?

Léa – Non, Ingrid, on dit la cinquième roue du carrosse parce qu'un carrosse a quatre roues.

Ingrid – T'inquiète, j'en descends du carrosse et je reste avec celles qui sont à pied parce qu'elles sont mes vraies amies.

Ingrid a prononcé ces mots façon fin de feuilleton TF1 et, pour couronner le tout, elle nous a pris la main.

Ingrid – Nous sommes comme les trois mousquetaires, trois inséparables...

Léa – Ils étaient quatre ! Porthos, Athos, Aramis, d'Artagnan.

Ingrid – Ah bon ???

Léa – Mais ce n'est pas grave, trois mousquetaires dans un carrosse à trois roues, ça le fait aussi !

J'ai éclaté de rire. D'accord cette petite revanche de l'intelligence sur un décolleté Wonderbra était un peu mesquine, mais elle m'a fait un bien fou.

Histoire de retrouver l'ambiance des grands jours, j'ai proposé un Coca dans la cuisine et les garçons ont trouvé l'idée excellente.

Nicolas – Et alors, Justine, à quoi on trinque ?

Justine – Euh... Eh ben...

Léa s'est approchée pour chuchoter à mon oreille.

Léa – À TES amours, ma belle. Ça se complique...

Mais pourquoi elle disait ça ? Avant même que j'aie réfléchi à ce que j'allais prononcer, mon inconscient a crié.

Justine – À mon nouvel amour dans la maison bleue !

Il y a eu un fracas de verre brisé. J'ai cru que c'était mon cœur mais non, c'était le verre de Jim. Il l'avait lâché sur le carrelage.

Durant une seconde qui a duré des heures, il y a eu comme un malaise dans la cuisine, et puis la voix aigrelette de Théo s'est fait entendre.

Théo – Je vais le dire à maman que Jim s'amuse à casser des verres !

Jim – Je te le conseille, morveux ! Tu fais un truc pareil, je te perds dans les bois. Allez, je lève mon verre que je n'ai plus à notre amitié indestructible.

On a tous trinqué et on a hurlé : « Un pour tous, tous pour un ! »

Le casting

Samedi matin, c'est le bruit de la pluie qui m'a réveillée. Pas des petites gouttelettes qui chantaient en dansant sur les toits, non, des trombes d'eau qui giflaient les vitres.

Je me suis levée pour regarder par la fenêtre et, quand j'ai vu l'état du jardin, je n'ai eu qu'une seule envie : me recoucher. Le banc vert sous le grand chêne avait les quatre pieds en l'air et le parasol Coca-Cola ressemblait à la main d'une vieille sorcière. Le vent avait arraché le tissu et il ne restait plus que l'armature crochue.

Dire qu'on avait prévu avec Léa d'aller bronzer au bois... C'était plus que loupé !

Je me suis remise sous les draps avec la ferme intention de dormir jusqu'à ce que le soleil revienne.

Ce n'était pas encore aujourd'hui que Thibault, le nouveau voisin irrésistible, montrerait le bout de son nez. Avec un temps pareil, il allait rester fenêtres fermées et je n'aurais aucune chance de l'apercevoir.

Supporter les orages du 15 août à quatre jours de la rentrée devrait être interdit !

C'est vrai, les hommes politiques font des promesses pour tout, mais il serait urgent qu'ils proposent des lois visant à protéger leurs futures électrices des angoisses existentielles « prérentrée ».

Moi, par exemple, je voterais immédiatement pour le candidat qui déciderait que le jour de la rentrée des classes est dorénavant chômé.

Voilà une mesure intelligente qui permettrait aux lycéens de supporter le choc de cette journée qui est quand même la pire de l'année !

J'étais en train de réfléchir à d'autres mesures salutaires (comme par exemple redonner aux élèves un jour de congé pour chaque jour de vacances pluvieux donc raté), lorsqu'on a frappé à ma porte.

Mon père a passé la tête.

Le père – Téléphone pour toi, c'est Léa. Ton portable est éteint et elle veut te parler. Qu'est-ce que je lui dis ?

Justine – Il est quelle heure ?

Le père – Onze heures.

Justine – J'arrive.

Je suis allée dans le salon. Ma mère, en chemise de nuit, lisait un magazine, allongée sur le canapé, tandis que Théo à ses pieds jouait avec sa game boy.

À mon arrivée, j'ai eu droit à un vague meuglement en guise de bonjour. Elle n'avait toujours pas digéré que je perde son petit chéri au jardin.

Je déteste ces week-ends de pluie où tout le monde traîne son ennui. J'ai toujours l'impression horrible que je suis condamnée à rester enfermée avec ma famille pour l'éternité. Si l'enfer doit ressembler à quelque chose, ce doit être à ça !

La voix de Léa dans le combiné a réchauffé l'atmosphère d'un coup.

Léa – Salut ma Justine, t'as vu le temps ?

Justine – Ouais !

Léa – Pour le bronzage au bois, c'est râpé !

Justine – Ouais !

Léa – On prévoit autre chose ?

Justine – Si tu veux.

Léa – T'es sûre que ça va, Justine ?

Justine – Non !!! Tu te souviens du poème de Baudelaire sur lequel t'es tombée au bac français ? « Quand le ciel bas et lourd pèse comme un couvercle... Et qu'un peuple muet d'infâmes araignées vient tendre ses filets au fond de nos cerveaux. »

Léa – *Spleen* ?

Justine – Ouais, *Spleen*. Eh bien quand tu me l'as lu, je trouvais que Baudelaire se la jouait un peu. Aujourd'hui, je comprends totalement ce qu'il ressentait.

Léa – Ah oui, je vois... Un petit coup de déprime.

Justine – Non, pas juste un petit coup de déprime. Une conscience aiguë et tragique de ma situation : j'ai seize ans, je n'ai pas d'homme dans ma vie, la rentrée est dans quatre jours et il pleut !

Léa – C'est vrai que c'est violent. Et dans ton cas, je ne vois aucune lueur d'espoir, à moins que...

Justine – À moins que quoi ?

Léa – Qu'est-ce que tu penses si je viens après le déjeuner et qu'on se fait un suicide Nutella-Tagada en regardant *Pretty Woman*, avachies sur le canapé ?

Ma vie m'a semblé soudain moins triste.

Justine Baudelaire

Quand le ciel bas et lourd pèse comme un couvercle
Sur l'esprit gémissant en proie aux longs ennuis,
Et que de l'horizon embrassant tout le cercle
Il nous verse un jour noir plus triste que les nuits ;

Quand la terre est changée en un cachot humide,
Où l'Espérance, comme une chauve-souris,
S'en va battant les murs de son aile timide
Et se cognant la tête à des plafonds pourris ;

Aujourd'hui, 11h12 · J'aime · Commenter

Léa et **Ingrid** aiment ça.

Je l'adore, Léa. Je ne sais pas comment elle fait mais elle trouve toujours LA solution à tous mes problèmes. Bien sûr, c'était exactement ce qu'il me fallait.

Justine – Super idée ! Je t'attends vers une heure. Je prépare le DVD, pense au Nutella. On dit aux garçons de venir ?

Léa – Le programme ne va pas franchement leur plaire.

Justine – On n'a qu'à leur proposer d'apporter un DVD qu'ils aiment. S'ils regardent le nôtre en premier, on regarde le leur ensuite.

Léa – Très bien, on fait comme ça.

J'avais à peine raccroché que ma mère m'a sauté dessus.

La mère – À trois heures, je ne veux personne dans mon salon. On devait sortir avec les Lavergne, mais vu le temps je les ai invités à prendre le café à la maison. Je voudrais bien qu'on soit tranquilles.

Justine – Je te remercie de me prévenir, je vais voir si je trouve un foyer pour les sans-abri qui nous accepte.

La mère – Tout de suite les grands mots. Je ne vous ai pas interdit de rester à la maison. Je veux juste avoir la paix dans mon salon et ne pas me retrouver avec une tribu de mollusques collés sur le canapé. Si vous restez dans ta chambre, ça sera parfait.

Justine – Sinon dans le bac à légumes du frigo, ce sera bien suffisant pour quatre moules comme nous.

La mère – Oh Justine, ce que tu peux être pénible. On ne peut plus rien te dire ! J'ai dit mollusques comme j'aurais dit...

Justine – Comme t'aurais dit grosses vaches. OK, en attendant l'arrivée de mes amis, je retourne sur mon rocher. Bien le bonjour à ton fils, le vrai je veux dire, celui que tu as envie de garder près de toi et que tu as si peur de perdre.

La mère – Alors là bravo ! À chaque fois qu'on dérange un peu les plans de mademoiselle, on a droit au chapitre de la mauvaise mère ! Mais tu t'es demandé de quoi j'avais envie moi ? À croire que je suis juste bonne à aller travailler et à rapporter l'argent nécessaire pour remplir les placards !

Pitié... Je n'aurais jamais dû appuyer sur le bouton...

Dès qu'on remet un peu en cause son statut de bonne mère, maman fait sa crise. On a droit à son sacrifice permanent, les choix de carrière qu'elle a faits pour ne pas rentrer trop tard, les voyages auxquels elle a renoncé pour ne pas nous laisser seuls ou aux mains d'une nounou.

Les grands jours, elle repart même sur la carrière de danseuse qu'elle aurait menée si elle n'avait pas décidé de se marier et de devenir mère si jeune.

Qu'est-ce que j'y peux, moi !

La mère – Tu sais Justine, j'aurais pu devenir danseuse étoile si j'avais voulu...

PAF !!! Qu'est-ce que je disais... Je suis partie dans ma chambre. Pas besoin d'écouter la suite, je la connaissais par cœur !

Le déjeuner a été sinistre. Mon père s'est énervé parce que je n'ai pas voulu goûter son rôti de veau sauce morilles. J'ai eu beau lui expliquer que midi, pour moi, c'était l'heure du petit-déj, je ne l'ai pas convaincu. Pour lui faire plaisir, j'ai mangé une de ses meringues et mon « Oh, c'est délicieux, bien meilleur que chez la pâtissière » nous a permis de faire la paix.

À une heure, Léa est arrivée comme prévu. En plus des fraises Tagada et du Nutella, elle avait apporté des Michoko. On a lancé tout de suite le DVD de *Pretty Woman* et on a, comme d'hab, baissé le son de la télé pour dire tous les dialogues à la place des comédiens. Pendant tout le film, j'allais être Julia Roberts tandis que Léa serait mon Richard Gere ! Ça fait des années qu'on s'entraîne et on pourrait très bien assurer le doublage si on nous le demandait. Mes parents amusés sont restés plantés, à nous regarder.

À un moment, totalement déchaînée, Léa s'est mise debout sur le canapé et a beuglé sa réplique fétiche. C'est quand Julia Roberts dit à sa copine que son histoire d'amour avec Richard Gere est impossible parce qu'elle ne connaît aucun exemple d'une pauvre fille dont personne ne veut et qui épouse, un jour, un beau gosse milliardaire. L'autre réfléchit et hurle : « Mais si, moi j'en connais une, c'est cette salope de Cendrillon ! »

Les garçons, qui venaient d'entrer, ont paru consternés. Il faut dire que le spectacle de Léa, debout sur le canapé, la bouche pleine de chocolat et insultant une princesse de conte de fées, pouvait inquiéter.

Toutefois, notre enthousiasme a fini par les gagner et lorsque Léa-Richard Gere a escaladé le grand fauteuil pour me demander ma main, ils ont tous applaudi. Nous avons salué, assez fières de notre prestation.

Seul Théo a semblé agacé par notre show. Il faut dire que maman ne l'avait pas regardé pendant au moins dix minutes et que, lorsqu'on est en plein conflit œdipien, chaque minute compte quadruple. Je l'ai rassuré en lui faisant croire qu'il y aurait bientôt un *Pretty Woman 2* dans lequel le couple aurait un petit garçon.

Justine – Comme ça, tu auras un rôle et tu joueras avec nous.

Jim – Et dans *Pretty Woman 3*, quand elle trompera son mari, je pourrai jouer le rôle de l'amant?

Décidément, il n'y avait pas qu'à cinq ans que les garçons étaient prêts à dire et à faire n'importe quoi pour qu'on s'occupe d'eux! À moins que le baiser au parc ait réactivé chez Jim de vieux sentiments? Mais non, il fallait oublier ce baiser malencontreux...

Comme il était déjà deux heures et demie et que ma mère voulait ranger son salon avant l'arrivée des Lavergne, j'ai proposé un repli stratégique dans ma chambre.

Jim – Je croyais qu'on devait regarder un autre DVD?

Justine – On peut mais pas ici. Mes parents reçoivent des amis. On va chez toi, Nicolas?

Nicolas – Ah non, surtout pas, mon père est là-haut et en plus il n'est pas seul.

Justine – C'est qui ??? Une nouvelle qu'on ne connaît pas ?

Nicolas – Ouais !

Léa – Elle est comment ?

Nicolas – De trop !

Léa – Tu exagères Nico, ça fait trois ans que tes parents ont divorcé, ton père a le droit de refaire sa vie. Il n'y en a jamais une qui te convienne.

Nicolas – Elles sont toutes nulles. Des pétasses qui cherchent à se faire épouser et qui n'ont qu'une envie, malgré leur grand sourire, c'est que je dégage. Et puis, j'aimerais bien t'y voir toi, avec un beau-père à la maison.

Léa – Crois-moi, ça me ferait vraiment plaisir que ma mère rencontre quelqu'un qui la rende heureuse.

Justine – Moi, ce qui me ferait vraiment plaisir c'est que mes parents aillent vivre leur vie ailleurs et qu'ils me laissent l'appartement. Et qu'ils n'oublient surtout pas d'emmener Théo.

Léa – Tu parles... L'an dernier quand ils sont partis en Turquie une semaine avec ton frère, tu étais contente les deux premiers jours et après tu as squatté chez moi parce qu'ils te manquaient trop et que tu ne supportais pas de rester dans un appart vide.

Jim – Eh bien dans le chapitre parents, moi, ce qui me ferait vraiment plaisir c'est que mon père arrête de me regarder comme si j'étais un raté, enfin quand il me regarde. Mais quand on est le plus grand neurochirurgien de la galaxie, ça ne doit pas être facile d'avoir un fils débile.

Pauvre Jim, je crois que, de toutes nos difficultés familiales, la sienne est la plus grande. Même si, au fond, c'est lui qui a choisi de faire l'idiot au collège et d'être renvoyé, il ne supporte pas d'avoir arrêté ses études en troisième.

C'est bizarre parce que franchement, jusqu'au début de la quatrième, il était très bon élève. Bien meilleur que nous... Et puis, d'un seul coup, il n'a plus rien fait. Là, ça a été le bras de fer avec son père : hurlements, paires de claques, menaces de pension. Rien n'y a fait. Jim a tout mis en œuvre pour être exclu.

Même Nicolas, à l'époque, a essayé de lui faire entendre raison. Sans succès. Jim était comme déterminé à se mettre hors jeu. À chaque fois que son père était convoqué d'urgence par le proviseur pour venir le chercher, on avait l'impression qu'il était ravi.

Un jour, il m'a même dit : « Mon père n'a jamais pris le temps d'assister à un seul spectacle de fin d'année quand j'étais petit, là au moins, il rattrape le temps perdu. Et puis son image de père de famille respectable en prend un coup et ça me plaît. »

L'année qui a suivi a été très difficile. Son père l'a inscrit de force dans une école privée : une sorte de prison pour fils à papa caractériels. Les surveillants étaient d'anciens militaires à la retraite, c'est dire !

Jim y est resté, en tout et pour tout, une matinée. À l'heure de la cantine, il s'est sauvé par la fenêtre. Il a disparu pendant une semaine. Ses parents étaient fous d'inquiétude. Bien sûr, Nicolas savait où il était mais il avait juré de ne rien dire, même à nous...

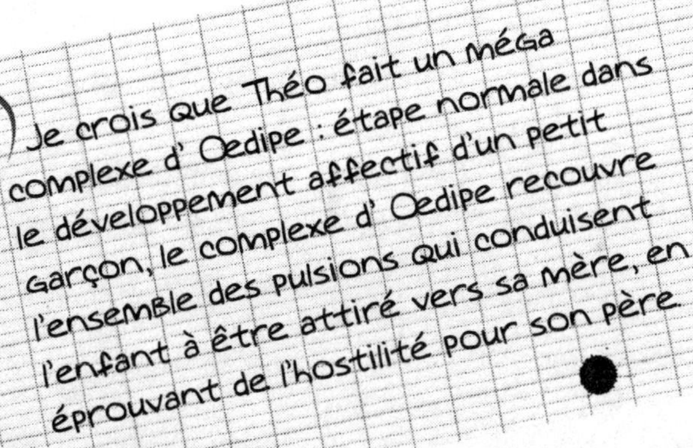

Lorsque Jim est rentré de sa cavale, son père l'a giflé et l'a traité de « pauvre raté ».

Les épisodes « fugue » se sont multipliés. À chaque dispute familiale, Jim prenait le large. Le problème, c'est qu'il revenait toujours plus abattu et surtout couvert de bleus. On ne savait pas ce qu'il fabriquait pendant ses absences.

Au retour d'une fugue de dix jours, il a fallu appeler quelqu'un pour recoudre son arcade sourcilière (son père ayant refusé de s'en occuper). Le médecin a proposé de mettre Jim sous antidépresseurs. Le diagnostic de « dépression de l'adolescent » a bouleversé tout le monde. Jim n'était plus un rebelle qui faisait honte à sa famille, mais un être en souffrance qui avait besoin d'être aimé.

Pour la première fois de sa vie, sa mère a tenu tête à son mari et a protégé son fils. Elle a parlé longuement avec lui et lui a demandé ce qu'il voulait vraiment faire. Lorsque Jim a mentionné le monitorat de judo, sa mère a été d'accord. Elle lui a donné carte blanche. Évidemment le père a vu ça d'un très mauvais œil, mais comme personne n'a écouté ses objections il a décidé de ne plus intervenir dans la vie de Jim. Aujourd'hui, il observe son fils de loin et ne lui adresse que très peu la parole.

Léa – Tu n'es pas obligé d'être ce que ton père dit que tu es...

Jim – En français, ça donne quoi ?

Léa – Si je te dis que tu es un éléphant ou une armoire normande, est-ce que tu l'es ?

Jim – Non !

Léa – Alors pourquoi est-ce que tu serais un raté parce que ton père te l'affirme ?

Jim – C'est quoi, cette embrouille de psy ?

Léa – C'est ça, fais semblant de ne pas comprendre.

La réflexion de Léa nous a tous laissés très songeurs. J'ai bien vu que Jim n'était pas imperméable à ce qui venait de lui être dit.

Alors qu'on se demandait où squatter pour regarder le DVD des garçons, on a entendu des cris qui venaient du salon. On s'est précipités.

Ingrid, hystérique, annonçait « en kit » une nouvelle formidable. Mes parents et les Lavergne l'observaient avec une lueur d'ironie dans les yeux.

Ingrid – C'est à cause de mon père, il a gardé l'enveloppe... Je n'en reviens pas... Je ne sais pas si j'aurais dû mettre cette tenue... Vous croyez que c'est bien, cette robe façon Marilyn ? Le côté rose bonbon, ça fait prête à croquer, non ? C'est la chance de ma vie... Depuis des mois j'attendais cette réponse. Mais vous vous rendez compte ??? C'est génial, non ?

J'ai interrompu son flot de paroles insensées.

Justine – C'est pas pour dire, Ingrid, mais on ne comprend pas grand-chose.

Ingrid a repoussé un cri strident de souris en nous voyant.

Ingrid – Ah, vous êtes là. Vous ne savez pas ce qui m'arrive ?

J'étais à deux doigts de lui dire ce qu'on en pensait de sa vie, mais j'ai été rattrapée par ma gentillesse. Par ma lâcheté peut-être... J'ai fait semblant de m'intéresser.

Justine – Non, qu'est-ce qui t'arrive ?

Ingrid – J'ai été prise pour *Étoile naissante*.

Justine – *Étoile naissante*, c'est quoi ça ?

Ingrid – La nouvelle émission qui choisit LA chanteuse pour LA comédie musicale de la rentrée prochaine. Tu te rends compte ???

Oui, je me rendais compte. Une émission de télé-réalité qui fait croire à des pauvres filles qu'elles sont exceptionnellement douées et qu'elles seront les stars de demain. C'est vraiment tout ce qu'il manquait à Ingrid.

Ingrid – Ça fait deux semaines que j'attendais la réponse. Ils nous avaient dit qu'ils nous écriraient à partir du 10 août si on était sélectionnées. Comme je n'avais rien reçu, je pensais que c'était raté... Et tout à l'heure, mon père, qui rangeait des papiers, me dit : « Tiens Ingrid, tu as reçu cette lettre la semaine dernière, j'ai complètement oublié de te la donner. » J'ai tout de suite reconnu le togo de l'émission.

Léa – Le logo de l'émission... Parce que le Togo, c'est un pays d'Afrique noire.

Ingrid – Ouais, le petit dessin quoi, avec l'étoile et le berceau. Alors, ça vous fait quoi d'être l'amie d'une future star ?

J'ai eu envie de lui demander de chercher l'erreur dans la phrase qu'elle venait de prononcer. Nous, ses amis ??? Elle, une future star ??? Je me suis retenue.

Théo – Tu vas faire l'amour toute nue dans une piscine alors ?

Justine – Ça ne va pas Théo ? C'est quoi cette remarque ? Et puis d'abord, tu ne sais pas ce que ça veut dire faire l'amour.

Théo – Si, je sais très bien. Je l'ai lu dans mon encyclopédie et parfois dans les films à la télé, y a des gens qui le font. Ils sont tout nus, ils respirent très fort comme s'ils avaient beaucoup couru et après ils crient.

J'ai regardé Léa avec une envie irrépressible de rire. Je n'ai pas eu besoin de me maîtriser longtemps parce qu'il y a eu un fou rire général. À chaque fois que l'un d'entre nous se calmait, un

autre redémarrait. Seule Ingrid, à qui Théo avait volé la vedette, observait mon petit frère d'un air consterné. Décidément, c'était une journée spectacle ! Comme d'hab, Léa a été magistrale et a rattrapé la situation.

Léa – Et tu es convoquée quand pour ton audition, Ingrid ?

La peste, qui avait été mise sur pause le temps de l'intervention géniale de Théo, a redémarré aussi sec.

Ingrid – Cette après-midiiiiiiii !!! J'ai rendez-vous dans une heure et j'ai trop peur d'y aller toute seule. Alors je voudrais bien que vous soyez là. C'est hyper-important pour moi, j'en rêve en secret depuis des mois.

Ah, c'était donc ça... Elle était venue nous chercher pour qu'on l'accompagne.

Vite, il fallait trouver une idée pour ne pas y aller : une peste bubonique contagieuse, un drame familial, une alerte 7 sur l'échelle de Richter, n'importe quoi mais quelque chose qui nous empêche de bouger d'ici.

Ingrid – Je vous le demande comme une preuve d'amitié.

Elle essayait de nous culpabiliser maintenant ! Y a pas pire comme glu... Léa m'a décoché une petite grimace qui voulait dire « On est obligées d'y aller, on peut pas la laisser tomber ». J'ai prié pour que les garçons refusent mais j'ai entendu Nicolas qui chuchotait à Jim.

Nicolas – Il doit y avoir de la belle meuf dans ce genre de trucs. On va voir, si c'est nul on se casse.

Et voilà comment nous nous sommes retrouvés, un samedi de cafard, sous la pluie, à accompagner une fille qu'on ne supporte pas au casting d'une émission débile.

Il y avait une queue incroyable lorsqu'on est arrivés. De filles qui, avec des airs de stars capturées par les flashs, chantaient tout et n'importe quoi. C'était à celle qu'on entendrait le plus.

Inutile de dire que, dans ce genre d'ambiance, Ingrid s'est sentie parfaitement à son aise. Elle s'est plantée au milieu d'un groupe d'hystériques et s'est mise à fredonner les yeux fermés, en claquant des doigts, genre je suis née à la Nouvelle-Orléans et j'ai la musique dans la peau.

Plus proche du ridicule, je ne vois pas.

Dans la mesure où la longueur des jupes était inversement proportionnelle à la profondeur des soutiens-gorge, les garçons, ravis, ont déclaré la chasse ouverte et ils ont disparu.

J'ai regardé autour de moi et je ne voyais vraiment aucune raison de rester là. J'allais m'en plaindre à Léa lorsque j'ai entendu une super version de *Come away with me* de Norah Jones. C'était magique. Deux voix pures qui n'en formaient qu'une et donnaient des frissons. J'ai cherché d'où elles venaient.

Deux filles qui ne ressemblaient en rien à celles présentes s'étaient mises dans un coin et chantaient simplement. Lorsqu'elles ont entamé *Cry me a river*, je me suis approchée pour mieux les écouter mais elles se sont arrêtées, gênées. Elles m'ont souri toutes les deux en même temps et de la même manière.

J'ai rejoint Léa.

Justine – Léa, maintenant qu'Ingrid s'est fait des copines et qu'elle ne nous regarde plus, que Jim et Nicolas ont décidé d'être les gardes du corps de ces demoiselles, si on s'éclipsait discrètement ?

Léa – On a dit qu'on l'accompagnait, on reste jusqu'au bout. Et puis profite de la situation. C'est formidable, non, Ingrid et son nouveau groupe qui chantent pour nous rendre la vie agréable ?

Justine – J'ai envie d'en prendre une pour taper sur l'autre.

Léa – Ne te donne pas tant de mal, c'est toutes les mêmes : fausse blonde, gros seins et une jupe timbre-poste. On dirait que notre Ingrid a été clonée !

Justine – Quelle horreur ! Il faudrait les noyer tout de suite.

La vie est une coquine, je le savais déjà mais là, elle s'est surpassée. Je n'avais pas terminé ma phrase qu'il est arrivé un truc incroyable. Comme il pleuvait à verse, les organisateurs avaient installé des bâches et l'une d'elles, sous le poids de l'eau sans doute, s'est déchirée.

Des litres d'eau se sont déversés sur le petit groupe de pimbêches. Elles se sont retrouvées aussi trempées que si elles avaient pris une douche. Elles ont poussé des hurlements de filles qu'on égorge, si bien que les gens de la production qui étaient à l'intérieur du bâtiment sont arrivés en courant.

Léa – Bravo ma Justine, tu vas finir par avoir ton diplôme de sorcière. Tu as presque réussi à les noyer.

Justine – Je ne sais pas si je suis une sorcière mais il y a une justice. Regarde-les, avec leur rimmel qui coule et leur brushing raplapla, on dirait des yorkshires survivants du *Titanic*.

Les vigiles ont remis les bâches en place pendant que les adultes affolés vérifiaient qu'il n'y avait aucun blessé. Ces demoiselles ont eu droit à tous les égards. Au départ, on n'a pas compris pourquoi. Après tout, ce n'était que de l'eau et elles n'étaient pas en sucre, mais un type avec un appareil photo nous a donné la réponse. Il a apostrophé une des femmes présentes en l'appelant par son nom et lui a demandé si sa maison de production ne gagnait pas assez d'argent avec ses programmes pour se payer des locaux aux normes. Elle a super mal réagi et l'a menacé d'appeler les flics s'il se permettait de prendre la moindre photo pour son journal. Plus exactement, je cite, pour son « torchon poubelle ».

L'autre, moqueur, a tapoté son appareil photo, avec l'air de celui qui a déjà tout ce qu'il faut en boîte. Les vigiles ont fait mine de venir vers lui alors il est parti.

Finalement ma tentative de noyade a bien servi les pimbêches. Elles ont été emmenées sur-le-champ par l'équipe, avec la promesse de chanter devant le jury en priorité. Ingrid est partie sans même nous regarder. Elle poussait des « oh » et des « ah » avec ses copines clones façon chœur des vierges.

Justine – Alors, maintenant on peut s'en aller ?

Léa – Non. On l'attend. Une parole est une parole.

Justine – Oui et un poids lourd est un poids lourd. Tu me fatigues, Léa, avec tes faux proverbes de moine bouddhiste. On ne va quand même pas rester sous la flotte comme des victimes, pendant que mademoiselle fait la belle sous les projecteurs.

Léa – Non, on ne va pas rester sous la pluie. On va aller boire un Coca dans le café en face. Light le Coca... Parce qu'avec ce qu'on a avalé comme Michoko tout à l'heure, il vaut mieux la jouer light.

Justine – Et les garçons, on leur propose de venir avec nous ?

Léa – Tu crois que tu vas pouvoir les faire décoller d'ici ? Ils ont je ne sais pas combien de filles pour eux tout seuls.

Justine – Et si je les noyais elles aussi ?

Léa – Viens plutôt boire un Coca !

Le café en face était rempli de filles qui avaient déjà passé leur audition. Elles se racontaient leur performance. Avec Léa, on s'est assises tout au fond, avec la ferme intention de les oublier un peu. Mais, au bout de cinq minutes, deux copines sont venues s'installer à la table à côté. J'ai reconnu le duo de *Come away with me*, deux petites brunes, habillées sans chichis et sans la moindre trace de maquillage. Une fois encore, elles n'ont pas cherché à se faire remarquer à tout prix et elles parlaient à voix basse de problèmes de « tessiture », de « groove », de « rythme ». Du coup, on les a écoutées et il n'a pas fallu cinq minutes pour qu'on se mêle à leur conversation et qu'on se présente les unes aux autres.

Elles étaient amies comme Léa et moi, depuis l'enfance, et s'étaient juré de devenir chanteuses plus tard. Elles préparaient un bac spécialité musique. On aurait dit des jumelles. Quand l'une commençait une phrase, l'autre la terminait. Yseult et Anna semblaient très déterminées, pourtant une chose les inquiétait.

Yseult – S'ils me sélectionnent et qu'ils éliminent Anna, je n'irai pas. Je ne vois pas l'intérêt de vivre cette expérience sans elle.

Anna – C'est ridicule. Si tu es acceptée, tu iras. Tu peux compter sur moi pour te faire la guerre si tu renonces.

Yseult – Parce que toi, tu fais quoi, si tu es acceptée toute seule ?

Anna – Mais je n'y vais pas, bien sûr. Qu'est-ce que j'irais faire là-bas sans toi ?

Leur amitié gémellaire a fait comme un miroir à mon amitié pour Léa et je me suis sentie proche de ma meilleure amie comme jamais. Bien sûr, on est très différentes : elle aime le français et moi les maths ; c'est une sorcière et moi une fille qui ne croit qu'en ce qu'elle voit ; elle est ronde et sexy et moi grande et planche à pain ; elle a de l'amour à donner à chacun et moi je ne suis pas toujours agréable avec les autres. Mais a priori, ça ne nous empêche pas d'être comme les doigts d'une main.

Léa – Ne vous inquiétez pas, moi je suis sûre que vous allez être retenues.

– Oui et moi, j'aimerais bien vous interviewer pour mon journal. Pour une fois qu'il y a de vrais talents dans ce genre de casting.

On s'est retournées toutes les quatre en même temps. Je l'ai reconnu immédiatement, c'était le photographe qui avait apostrophé la directrice de production au moment du « lâcher de bâches ». Il nous a souri et s'est approché de notre table.

Le journaliste – Je couvre le casting d'*Étoile naissante*. Je veux juste vous poser quelques questions pour savoir qui vous êtes, ce que vous espérez de cette émission et comment ça s'est passé, pour vous, tout à l'heure.

Léa – On dirait qu'on ne vous aime pas beaucoup là-bas.

Le journaliste – Je ne vois pas pourquoi. Je fais mon travail, c'est tout. Alors ma première question est...

Léa – Peut-être qu'ils ont leurs raisons de se méfier de vous. C'est vrai que c'est agaçant cette recherche systématique du scoop. Ce n'est peut-être pas dans l'intérêt d'Anna et d'Yseult de vous répondre.

Le journaliste – Qu'est-ce que vous proposez alors ?

Léa – Ah moi, rien. J'accompagne juste une copine, une de celles qui ont pris leur douche en public tout à l'heure. Seulement, j'ai pour habitude d'écouter les différentes versions avant de me forger un avis. Et ce que j'ai entendu tout à l'heure à votre égard ne m'a franchement pas donné confiance.

Il s'est tourné vers les jumelles.

Le journaliste – Et vous, les demoiselles, vous en pensez quoi ?

Yseult – On est d'accord avec Léa, on sait pas vraiment qui vous êtes. Qu'est-ce qui nous prouve que si on vous parle, ça ne va pas nous desservir pour le casting ?

Il a réfléchi un long moment en caressant une barbe imaginaire.

Le journaliste – Bien, je vais commencer par me présenter. Je m'appelle Cyril Gaillard et je viens de terminer une école de journalisme. Mon rêve c'est de devenir grand reporter mais avant, je dois faire mes preuves. Alors je pige pour des petits journaux. Sur ce casting, j'ai un scoop formidable qui peut faire décoller ma carrière.

Yseult – Je ne vois pas en quoi ça nous regarde.

Le journaliste – J'ai besoin de quelqu'un à l'intérieur pour réussir. Seul, je n'y parviendrai pas.

Anna – Et quel intérêt aurions-nous à être ce « quelqu'un de l'intérieur » ?

Le journaliste a de nouveau réfléchi un long moment, s'est gratté la joue en nous observant et puis baissant la voix, il a dit :

Le journaliste – Vous savez, j'imagine pourquoi vous êtes là. La maison de production Yourdream organise un casting pour trouver celle qui aura le premier rôle de la comédie musicale de la rentrée : *Shéhérazade*. Eux, ce qui les intéresse, ce n'est pas de découvrir un nouveau talent. L'art, ils s'en moquent. C'est le fric qu'ils vont pouvoir faire avec tout le battage autour qui les motive. Ils ont d'ailleurs prévendu l'émission à une chaîne de télé. Vous allez me dire : « et alors? » Tout le monde y trouve son intérêt. La maison de production qui vend son émission, la chaîne qui va obtenir de l'audience, le producteur de la comédie musicale qui va se faire de la pub pour la rentrée et surtout, la fille qui va sortir de l'anonymat grâce à cette émission. Seulement, il y a un hic...

Anna – Lequel?

Le journaliste – La chanteuse qui aura le premier rôle est déjà choisie.

Yseult – Comment ça? Ce n'est pas possible puisque le casting est en cours dans toute la France.

Le journaliste – C'est bidon. Elle a même signé son contrat. J'ai une photocopie. Tenez, regardez...

Léa – D'où vous sortez ça?

Le journaliste – On va dire que j'ai des contacts.

Yseult – C'est qui la chanteuse?

Le journaliste – Une amie très intime du producteur. Officiellement, elle est inscrite dans un des castings de province, on va la voir chanter comme vous toutes sauf qu'elle ne sera jamais éliminée et elle le sait.

Anna – Qu'est-ce qu'on fabrique ici, nous alors?

Le journaliste – Vous servez à promouvoir le spectacle. C'est de la publicité gratuite sur une chaîne regardée par les jeunes, en prime time.

Yseult – Mais c'est abject! Faites un papier tout de suite dans votre journal et dénoncez-les.

Le journaliste – Pas tout de suite. Il faut les laisser aller jusqu'au bout de leur mensonge organisé et révéler la supercherie. Ils n'auront aucun moyen de s'en sortir. Si vous êtes retenues pour le casting, on peut faire un truc génial. Je vous assure la une de mon journal et de la promo après.

Anna – Pourquoi nous ?

Le journaliste – Parce que je vous ai entendues chanter tout à l'heure et je suis à peu près sûr qu'ils vont, dans un premier temps, vous retenir pour crédibiliser leur émission. Ils ne peuvent pas se permettre d'avoir seulement des bimbos aphones.

On est restées silencieuses. Quelle drôle d'histoire ! On était parties pour une journée Nutella-DVD et on se retrouvait au centre d'un scandale télévisuel.

Anna – T'en penses quoi, Léa ?

Léa – Je ne sais pas, ça me dépasse !

Les jumelles se sont regardées sans un mot.

Yseult – Quelle est la suite des opérations ?

Le journaliste – Les organisateurs ne vont pas tarder à donner les noms de celles qui sont sélectionnées. Si vous êtes dans la liste, on commence le journal de bord de votre histoire. Évidemment, vous n'ébruitez pas l'affaire. Ça vous convient comme ça ?

Yseult – À vrai dire, ce que vous nous avez appris ne donne pas trop envie de participer à l'émission, mais ça fait des mois qu'on travaille pour être remarquées. Alors d'accord, on n'ébruite pas l'affaire.

– De quelle affaire s'agit-il ?

Jim et Nicolas étaient arrivés sans qu'on s'en rende compte. Captivées par la discussion, nous ne nous étions pas aperçues de leur présence.

Justine – Salut les garçons, on vous présente Cyril. Cyril comment ? J'ai oublié.

Le journaliste – Cyril Gaillard.

Justine – Cyril, je vous présente Nicolas, mon cousin et Jim, un ami.

Le journaliste – Messieurs, bonjour.

Nicolas – Alors, c'est quoi cette affaire à ne pas ébruiter ?

Cyril nous a fixées d'un air ennuyé.

Léa – Ne craignez rien, il n'y a pas plus fiable que ces deux garçons.

Jim – Surtout si on nous confie d'aussi jolies filles.

Jim a dit cela en regardant d'un air gourmand les jumelles. Elles ont baissé les yeux exactement en même temps.

Dix minutes plus tard, les garçons étaient au courant de la situation.

Justine – Et qu'est-ce qu'on fait pour Ingrid ? On lui raconte ?

Le journaliste – Qui est-ce ?

Justine – C'est la copine qu'on a accompagnée et qui a été douchée.

Léa – Je crains qu'elle ne sache pas tenir sa langue. Laissons-la profiter de sa victoire si elle est prise aujourd'hui, il sera temps de l'avertir par la suite.

Le journaliste – Anna et Yseult, je ne vous accompagne pas pour les résultats. Je préfère qu'on ne nous voie pas ensemble. Je vais vous laisser mon numéro et on se retrouvera dans un café, lundi, pour une interview. Ensuite, on se reverra à la prochaine sélection, fin septembre. D'accord ?

Jim – Moi aussi, les filles, je vous laisse mon numéro seulement c'est pour qu'on se fasse une vraie soirée ensemble.

Les jumelles ont viré au rouge tomate, encore une fois, exactement en même temps. Trop mignonnes... Yseult a rangé précieusement le petit papier de Jim dans son sac. Je ne suis pas sûre de ce que j'avance, mais j'ai eu l'impression que quelque chose passait entre ces deux-là. Affaire à suivre.

Lorsque nous sommes tous revenus devant l'immeuble où se déroulait le casting, Ingrid nous a sauté dans les bras.

Ingrid – Ah je croyais que vous m'aviez laissé tomber. Je suis morte de trac, ils annoncent les résultats dans cinq minutes. Vous avez raté ma prestation, j'ai été royale.

Léa – Ingrid, on te présente Anna et Yseult. Elles ont participé au casting, elles aussi.

Ingrid a regardé ses concurrentes de la tête aux pieds d'un air méprisant et les a à peine saluées. Dans la mesure où elles n'étaient pas blondes avec un décolleté vertigineux, elles ne présentaient aucun intérêt.

La directrice de production est sortie en personne, une feuille à la main.

La directrice – S'il vous plaît, je vous demande le silence. Je vais lire la liste des jeunes filles présélectionnées pour le casting du premier rôle de *Shéhérazade*. Après la lecture de cette liste qui, je vous le signale, n'est pas classée par ordre alphabétique, je vous demanderai de sortir rapidement.

C'est drôle, cette liste ne me concernait pas mais j'avais mal au ventre. Je me suis dit que la lecture des résultats du bac où l'on doit trouver son nom sur un panneau devait être une épreuve monstrueuse.

La directrice – Borrit Emmanuelle, Katchenko Margot, Sigal Yseult.

Yseult n'a pas bougé un cil et est restée pétrifiée. Des cris ont été poussés çà et là.

Certaines filles ont la victoire bruyante. Mais mes tympans ont été définitivement atomisés lorsque Ingrid a été appelée. Je ne crois pas avoir entendu de ma vie un son aussi strident que celui-là. Elle s'est jetée dans mes bras et j'ai été obligée de l'embrasser. Après, nous avons eu droit à une crise de larmes avec faux malaise. Elle a toutefois vérifié avant de tomber que Jim était bien juste derrière pour la rattraper et que sa microjupe allait découvrir comme il fallait son petit string. Opération réussie : les garçons sont restés bouche bée devant son triangle de dentelle rose fuchsia.

Moi, j'avais toujours mal au ventre et je ne pensais qu'à Anna qui angoissait à mort. Elle était blanche comme un linge et tenait la main d'Yseult.

La directrice – Et enfin, Renata Anna.

C'est moi qui, cette fois-ci, ai poussé le cri de la victoire. J'ai été surprise par ma propre hystérie, mais j'étais trop contente. Les deux amies se sont souri. Léa les a félicitées et évidemment Jim a tenu à les embrasser, enfin surtout Yseult.

Les vigiles nous ont obligés à nous disperser pour des raisons de sécurité. Au moment où on passait devant le café, Cyril, visiblement content, nous a fait un signe discret de la main. Anna nous a parlé à voix basse de manière à ne pas être entendue par la peste.

Anna – Léa et Justine, vous seriez d'accord pour nous accompagner à l'interview, lundi ?

Évidemment qu'on était d'accord, on avait commencé cette aventure avec elles et on avait bien envie de la terminer ensemble. Nous avons échangé nos numéros de portables et nous nous sommes embrassées avant de nous séparer. On n'avait pas fait trois pas qu'Ingrid nous livrait ses commentaires.

Ingrid – Ah que j'aime pas ce genre de filles. Pas une once de féminité...

Léa – Non, pas une once de vulgarité, mais de la féminité incontestablement !

Jim – Ah ouais, j'adore, moi, ce genre de filles discrètes qui ne te livrent pas tout à la première seconde.

Ingrid – Enfin, elles ne feront pas bon feu avec une fille comme moi en face.

Léa – Long feu, Ingrid, faire long feu parce que bon feu, ça n'existe pas.

Ingrid – Oui, vous m'avez comprise. On ne boxe pas dans la même catégorie.

Ah oui, c'était la première parole sensée d'Ingrid. Elle ne chantait pas dans la même catégorie que les jumelles.

Nicolas – Bon ben, nous, on va mater *Matrix 3* chez moi, avec un peu de chance la pouf de mon père sera rentrée chez elle pour s'occuper de ses nains.

Léa – Nicolas...

Nicolas – Oh pardon madame, nous rentrons, mon ami et moi-même, lire et commenter *Psychopathologie de la vie quotidienne* et ce serait désolant si la dulcinée de mon bien-aimé géniteur avait rejoint ses pénates pour abreuver d'amour sa progéniture.

Qu'est-ce que ça fait bizarre lorsque Nicolas construit une phrase de plus de cinq mots sans une seule grossièreté !

Jim – Vous venez avec nous, les filles ?

Justine – On prend des pizzas chez Picard, avant ?

Léa – Yes !

Ingrid – Oh moi, je ne sais pas si je viens. Après toutes ces émotions...

Durant quelques secondes, j'ai vécu une félicité totale. Un DVD, une pizza, ma meilleure amie, mon cousin, Jim et un vieux canapé : le bonheur ! Mais la vie n'est pas toujours un cadeau.

Ingrid – Bon allez, je viens... Je vois bien que ça casse l'ambiance si je ne suis pas là.

Léa m'a fusillée du regard. En sorcière avisée, elle avait anticipé la remarque que je m'apprêtais à faire.

Léa – Super, le club des CIK réuni ! Elle est pas belle, la vie ?

Ingrid – Oui, enfin, il va falloir vous habituer à mon absence, je ne vais pas toujours végéter ici. J'ai autre chose dans ma vie, moi !

Un jour, mon père m'a dit : « Si tu as un ennemi, attends assise au bord du Gange, son corps finira par passer. » Dès demain, je regarde sur Internet pour savoir où se situe ce fameux fleuve et je commande un tabouret pour être bien assise !

Léa – À propos de changement et d'avenir, si on invitait Thibault, le nouveau de la maison bleue, à venir dîner avec nous, ça pourrait être sympa, non ?

Un cri rauque est sorti de ma gorge. Un bruit entre le grognement d'un Néandertalien lors d'une chasse au grizzli et celui d'un supporter du Paris-Saint-Germain quand son équipe vient de mettre un but à l'OM.

Nicolas – Eh ben, qu'est-ce qui t'arrive ?

Justine – Rien... Je trouve que c'est une bonne idée, non ?

Jim – Si tu veux. Avec un peu de chance, quand vous le connaîtrez, vous arrêterez de fantasmer comme des folles.

Justine – Qui va le chercher ?

Ingrid – Moi, si vous voulez !

Justine – Je ne te le conseille pas.

Ingrid – Comment elle se la joue ! Tu sais, bientôt, il n'y aura que des stars autour de moi alors ton loukoum, tu peux te le garder.

Nicolas – Bon on va éviter le crêpage de chignons, j'y vais et vous, vous allez chercher les pizzas. Avec jambon et champignons pour moi, pas le truc avec les poivrons dégueulasses...

Mon cousin pouvait bien me demander une pizza au caviar et aux pierres précieuses, du moment qu'il me ramenait mon prince.

Je suis montée à toute allure à la maison, histoire de mettre un peu d'ordre dans mes cheveux et du gloss sur mes lèvres. J'étais prête, Thibault pouvait entrer dans ma vie.

Girafe addict

Finalement Thibault n'était pas chez lui hier soir quand Nicolas est allé le chercher. J'ai mangé ma pizza, hyper déçue, en regardant *Matrix 3* avec les autres. Je n'ai même pas attendu la fin du film pour aller me coucher.

J'ai mis mon réveil et je me suis levée aux aurores lundi. Théo et maman étaient déjà dans la cuisine.

Justine – B'jour man ! B'jour Théo !

La mère – Ah c'est toi Justine ?

Justine – Qui veux-tu que ce soit un lundi matin dans la cuisine ?

La mère – À huit heures, un jour de vacances ? Tout le monde sauf toi !

Justine – J'ai plein de trucs à faire aujourd'hui et comme je veux aller voir Patou, j'ai mis mon réveil.

La mère – Tiens, comment va-t-elle ?

Justine – Elle rumine, je suppose.

La mère – La pauvre, dire qu'elle était née pour vivre dans les grands espaces africains et qu'elle s'est retrouvée dans ce petit zoo.

Théo – La girafe est le plus grand de tous les êtres vivants. Sa hauteur, qui peut atteindre plus de quatre mètres, lui permet de brouter les feuilles d'arbres. La girafe habite le centre et le sud de l'Afrique, de préférence la brousse ouverte. Le manteau au poil court et ras est très clair et tacheté de brun, ce qui lui offre un camouflage efficace.

Maman a éclaté de rire.

Justine – Oh non, Théo, t'as avalé ton CD sur les animaux ou quoi ?

Théo – Tu veux que je te récite l'article léopard ? Je le connais par cœur aussi.

Justine – Non, récite-moi la carpe plutôt, ça fera moins de bruit.

Théo – La carpe ? Je connais pas.

La mère – Dis-moi, Justine, tu as commencé à acheter tes affaires pour la rentrée ?

Justine – J'attends de voir avec les profs. On n'a pas la liste.

La mère – Tu sais que ça va être une année difficile, finie la rigolade, c'est le bac maintenant.

Justine – C'est bon man, je sais.

La mère – Alors, tu vas me faire le plaisir de...

Ah, c'est tout ma mère, ça. Il y a trois minutes, elle était branchée sur cette pauvre Patou enfermée dans son zoo et puis elle s'est mise à penser au bac, on ne sait pas pourquoi et la pression est montée toute seule. Vous allez voir que, dans trois secondes, j'aurai droit aux mesures vexatoires en cas d'échec.

La mère – Et puis compte sur moi pour te priver de sorties et d'argent de poche si tu ne travailles pas. Il ne faut pas exagérer, ton père et moi, on se crève au boulot, ce n'est pas pour...

Parfois dans la vie, il faut choisir entre satisfaire un besoin naturel (dans le cas présent : manger) et préserver son équilibre psychologique. Là, j'ai choisi de sacrifier mon petit-déjeuner et je suis partie dans ma chambre pour ne plus entendre ma mère.

La mère – Oh, tu peux t'en aller en levant les yeux au ciel, ça ne change rien !

Si, ça change...

Je me suis allongée sur mon lit. Je savais très bien que l'année qui m'attendait serait difficile. Mon père m'avait poussée à faire une terminale S spécialité maths. J'avais peur de ne pas être à la hauteur. Ce qui voulait dire que j'allais devoir travailler plus que d'habitude. Ça m'a mis un coup de cafard.

– La carpe est un poisson de taille moyenne qui vit dans les eaux douces d'Europe, d'Asie et d'Extrême-Orient. Son nom scientifique est *cyprinus carpio*. Elle a une longue nageoire dorsale munie d'un rayon osseux et barbelé et sa mâchoire supérieure est garnie de barbillons. Elle pèse jusqu'à quarante kilos.

Théo se tenait droit comme un « i » à l'entrée de ma chambre et lisait avec application l'article carpe de son encyclopédie. Pendant un instant, j'ai eu envie de le massacrer mais je n'ai pas pu résister à sa bouille d'intello miniature à lunettes et je lui ai proposé de venir faire une séance de chatouille-pieds sur mon lit.

Chatouille-pieds, c'est un jeu que Théo a inventé ! On se met face à face sur un lit et on se chatouille les pieds mutuellement, le premier qui bouge a perdu. Théo, ravi, a lâché son livre et m'a foncé dessus. Il m'a cogné les dents avec sa tête.

Justine – Théo, fais gaffe, tu m'as fait super mal.

Théo – Pardon ma grande sœur chérie ! On joue ?

Justine – Oui, on joue mais tu as un handicap.

Théo – Lequel ?

Justine – Comme tu m'as fait mal, à la fin du jeu, tu me mets de la crème sur les pieds.

Théo – La crème blanche qui pue ?

Justine – Elle ne pue pas, elle sent la vanille.

Théo – Ben, elle pue la vanille, alors !

Justine – Allez, on commence le chatouille-pieds.

Théo a serré les dents comme si on devait lui faire une prise de sang. Il n'a pas tenu longtemps, il est super chatouilleux.

Justine – Théo, t'as bougé, t'as perdu.

Théo – Même pas vrai !

Justine – Dis donc, tu te moques du monde ou quoi, t'as fait un bond d'un mètre !

Théo Non, j'ai juste un peu respiré.

Justine – Théo !!!

Théo – Bon, d'accord...

C'est drôle d'avoir un petit frère quand on a seize ans, on oscille entre une douceur de mère et une jalousie de sœur. Parfois, il m'agace parce qu'il est le chouchou des parents mais, la plupart du temps, je ne peux pas m'empêcher de le trouver super mignon. Il me fait rire avec ses fossettes sur les joues et ses dents du bonheur.

Théo – On fait la revanche ?

Justine – Ouais, tu vas encore perdre.

On allait recommencer à jouer quand ma mère a appelé mon petit frère. Il était huit heures et quart et il devait se préparer pour aller au centre de loisirs.

Théo – Justine ?

Justine – Oui, l'asticot ?

Théo – Je sais ce que je voudrais que tu me fasses comme cadeau à Noël.

Justine – On est en août, c'est un peu tôt pour y penser, non ? En plus, je suis ruinée, j'ai dépensé tous les sous que mamie m'avait donnés pour mes notes de français du bac.

Théo – C'est un cadeau qui ne coûte pas d'argent.

Justine – Dis toujours.

Théo – Je voudrais rester avec toi ce matin pour aller voir Patou. Après si tu veux, tu pourras m'abandonner au centre de loisirs.

C'est dingue, ça. Être âgé de six ans et avoir déjà compris à ce point comment on manipule les grands.

Justine – Je ne peux pas aujourd'hui, Théo. J'ai un rendez-vous très important où les petits garçons n'ont pas le droit de venir.

Théo – C'est où ?

Justine – C'est dans un café, je ne sais pas à quelle heure et c'est une mission top secrète. Je dois soutenir deux amies Anna et Yseult. Elles rencontrent un journaliste.

Théo – S'il te plaît, Justine. Je te mettrai de la crème sur les pieds tous les jours et je viderai la poubelle de ta chambre. Je n'ai pas envie d'aller au centre ce matin. Il y a... il y a un enfant qui me tape là-bas.

Alors là, il dépassait les bornes ! Il savait très bien que c'était ma hantise qu'un enfant le frappe. Je lui avais raconté que, lorsque j'avais son âge, il y avait une petite fille qui me terrorisait. Elle s'appelait Marie Toncorfi, elle faisait deux fois ma taille et mon poids. Dès que la maîtresse tournait le dos, elle me tapait dessus pour que je lui donne ce que j'avais en main : un feutre, un goûter, un livre... N'importe quoi, l'important était que je cède.

Ça a duré trois mois. Je ne voulais plus aller à l'école, je vomissais le matin dès que je passais la grille et que je lâchais la main de ma mère. Mes parents s'inquiétaient, mais je ne leur disais rien. Je ne me souviens plus si j'avais honte ou si j'avais peur des représailles.

Et puis, un jour, dans la cour de récréation, alors que je m'apprêtais à recevoir ma gifle quotidienne, Marie Toncorfi a vu une araignée. Elle a hurlé de peur. J'étais stupéfaite : la monstresse qui me terrorisait depuis des semaines avait peur d'un minuscule animal inoffensif. Elle n'était donc pas si forte que ça. J'ai attrapé la petite bête et j'ai couru derrière avec ma vengeance au creux de la main. Marie Toncorfi m'a fuie avec de la peur dans les yeux.

Je tenais ma revanche. Dans les mois qui ont suivi, il ne s'est pas passé un jour sans que je m'approche d'elle la main fermée pour lui chuchoter : « Coucou Marie, tu veux dire bonjour à ton amie, la petite araignée ? » Elle ne m'a plus jamais ennuyée.

Cette histoire, je l'avais racontée à Théo pour qu'il sache que même l'ennemi le plus redoutable a un point faible et qu'il y a toujours moyen de se défendre, mais voilà qu'il l'utilisait pour que je le garde ce matin.

Justine – Théo, c'est malhonnête de se servir d'un argument comme celui-ci.

Théo – C'est vrai, il me tape.

Justine – Tu le jures ?

Théo – Oui.

Justine – Théo, c'est très grave si tu mens. Répète : « Je jure qu'un garçon, au centre de loisirs, me tape. Si je mens, je vais en enfer et je ne reverrai jamais papa, maman ni Justine. »

Mon frère a hésité. Il avait l'air bien ennuyé.

Théo – Je jure qu'un garçon, au centre de loisirs, me tape.

Mon cœur a battu la chamade. Lui aussi vivait un calvaire et n'avait pas osé le dire ! Je me suis sentie prête à étrangler à mains nues le monstre qui terrorisait mon petit frère. Non, l'histoire ne se répéterait pas !

J'allais le prendre dans mes bras pour le consoler et l'assurer de mon soutien quand Théo, certainement rattrapé par la peur de la malédiction en cas de mensonge, a ajouté :

Théo – Sur les nerfs.

Justine – Quoi, sur les nerfs ?

Théo – Je jure qu'un garçon, au centre de loisirs, me tape sur les nerfs.

Pendant un moment, j'ai cru que c'était Théo que j'allais étrangler à mains nues. Mais entre son visage consterné et son jeu de mots à un euro, j'ai explosé de rire. Ce n'est vraiment pas facile d'être la grande sœur d'un surdoué.

Justine – Allez, va dire à maman que tu restes avec moi ce matin mais pas de discussion : à treize heures trente, tu seras au centre, même si tous les enfants de la galaxie te tapent dessus.

Théo a quitté immédiatement son air désolé et s'est précipité hors de la chambre pour annoncer la nouvelle à ma mère. Elle n'en est pas revenue.

La mère – C'est vrai que tu gardes Théo, ce matin ?

Justine – Oui, pourquoi ?

Ma mère m'a regardée d'un air bizarre comme s'il y avait un truc à comprendre qu'elle ne comprenait pas.

La mère – Non pour rien, essaie de ne pas le perdre dans un jardin, cette fois-ci. Il y a des croque-monsieur et des mousses au chocolat dans le frigo, pour midi.

Je n'ai pas répondu à son agression bas de gamme.

La mère – N'oublie pas de lui mettre un tube de crème solaire et sa gourde avec de l'eau dans son sac à dos.

Justine – Pas de problème.

La mère – Bien, à ce soir.

Et elle est partie, l'air franchement inquiet !

Je suis enfin allée prendre mon petit-déjeuner dans la cuisine. J'avais un peu la nausée, je crois que la crise matinale de ma mère à propos du bac en était la cause. Voilà une loi qu'on devrait faire passer rapidement : il devrait être interdit aux parents de parler du bac à leurs enfants avant la complète ingestion du petit-déj. Peut-être même avant la fin de la digestion.

Théo – À quelle heure on part ?

Justine – Dans une demi-heure, le temps que je prenne ma douche et que je m'habille.

Théo – Je t'attends dans ma chambre, je joue avec mes tyrannosaures rex. Dis, Justine, quand on ira voir Patou, on pourra donner du pain aux singes ?

Justine – Oui, mais on ne restera pas longtemps parce que Léa doit me téléphoner sur mon portable pour me dire l'heure du rendez-vous au café. Si c'est tout de suite, on sera obligés de repartir.

Théo – OK d'ac.

Je n'avais pas besoin d'attendre que le zoo ouvre ses portes au public pour m'y rendre. Je pouvais y aller à n'importe quel moment. En effet, lors de mon aventure avec Patou quand j'étais petite, j'avais été élue marraine du zoo par le directeur, M. Fleuret.

À l'époque, il avait dit que le comportement de la girafe à mon égard signifiait que les animaux m'avaient choisie. Ça m'avait rendue très fière et je me souviens d'en avoir beaucoup voulu à mon père quand je l'avais entendu chuchoter à ma mère : « Tu parles, ce vieux filou a peur que je lui colle un procès. Si je raconte que les enfants sont en danger dans son zoo, il aura des ennuis. Justine marraine lui coûte moins cher que la venue d'un inspecteur. » C'est fou comme les adultes voient le mal partout...

Donc, en tant que marraine du zoo, j'avais obtenu un laissez-passer permanent. Je ne m'en suis jamais privée et ça fait des années que je vais régulièrement nourrir ma Patou. Je connais tout le monde là-bas, du vétérinaire au caissier en passant par le directeur. Ils m'appellent tous le girafon, la honte ! J'emmène souvent Théo et lui aussi est devenu une vedette.

– Bonjour le girafon !

Justine – Bonjour Alfred !

Alfred, c'est le vieux monsieur qui est à la caisse. Mon père dit qu'il était sur l'arche de Noé et qu'on l'a débarqué directement dans le zoo, après le déluge ! Alfred répète sans arrêt que plus il voit les humains, plus il aime les animaux et qu'il ne supporterait pas de vivre ailleurs qu'ici. Il est officiellement à la retraite mais il vient quand même tous les matins donner un coup de main.

Alfred – Alors tu es venue pour lui dire au revoir ?

Justine – À qui ?

Alfred – Tu n'es pas au courant ?

Justine – Mais non, qu'est-ce qui se passe ?

Le visage d'Alfred s'est soudain assombri. J'ai senti qu'il y avait du drame dans l'air.

Justine – Alors ??? À qui je suis censée dire au revoir ???

Alfred – Le mieux, je crois, c'est que tu ailles voir le directeur. Il est dans son bureau et comme il m'a dit qu'il te téléphonerait ce matin, je pensais que c'était pour ça que tu étais là. Je préfère que ce soit lui qui t'explique, moi je n'ai pas le cœur !

J'ai attrapé Théo par le bras et j'ai foncé jusqu'au bureau du directeur. J'ai oublié de frapper avant d'entrer.

Justine – Il se passe quoi exactement ?

M. Fleuret a sursauté et a rangé précipitamment le papier qu'il était en train de lire dans son tiroir.

M. Fleuret – Ah Justine, tu tombes bien, je dois te parler... J'ai une mauvaise nouvelle à t'annoncer.

Justine – C'est Patou ? Elle est morte ?

M. Fleuret – Non, elle n'est pas morte. Elle va bien.

Justine – Alors quoi ?

M. Fleuret – Tu sais, le zoo est en déficit depuis des années. J'ai toujours réussi à obtenir des subventions in extremis pour garder mes animaux mais là, ce n'est pas passé. J'ai reçu la notification il y a huit jours. La plupart des bêtes vont être transférées dans un zoo à Berlin, demain après-midi. C'est le seul endroit qui accepte de les accueillir. Patou fait partie de la liste.

Justine – Mais vous n'allez pas laisser faire ça, c'est impossible !

M. Fleuret – J'ai fait tout ce que j'ai pu. Maintenant, si tu veux bien m'excuser Justine, j'ai beaucoup de travail.

Je suis sortie de son bureau totalement désemparée. Patou était mon amie et je ne voulais pas la perdre. D'accord c'était une girafe, mais qu'est-ce qui nous empêche d'avoir une girafe pour amie ?

Justine – Berlin !!! Je ne sais même pas où c'est exactement.

Théo – Berlin est la capitale et la plus grande ville d'Allemagne. Elle a 3,5 millions d'habitants et s'étend sur une superficie de 889 kilomètres carrés. Entre 1961 et 1989, la ville était séparée par un mur appelé « mur de Berlin ». La ville a choisi l'ours comme emblème.

Justine – THÉO, LA FERME !

J'ai marché lentement jusqu'à l'enclos de Patou. J'avançais comme on suit un convoi funéraire, triste mais avec dans les yeux tous mes souvenirs joyeux. Je n'arrivais pas à croire que je faisais ce chemin vers elle pour la dernière fois.

Le vétérinaire était en train de lui examiner une patte quand je suis arrivée. Il m'a souri.

Le vétérinaire – Mademoiselle s'est blessée. Certainement une cannette de Coca lancée par un sale gosse.

Je savais bien qu'il me parlait de ça pour éviter le sujet qui nous préoccupait.

Justine – Je suis au courant pour Berlin.

Il a paru soulagé.

Le vétérinaire – Fais le tour et entre dans l'enclos lui faire un petit câlin. Tu vas lui manquer à cette jeune fille.

J'ai pris mon petit frère par le bras.

Justine – Théo, tu restes là et tu es sage. Tu as compris la situation : Patou va partir et je ne la reverrai pas alors j'ai besoin de lui dire au revoir tranquillement dans son enclos. C'est d'accord ?

Théo – Tu sais, Justine, moi aussi je suis triste.

Justine – Je sais mon bonhomme. Alors, c'est promis, tu restes sage ?

Théo – Oui, comme une image.

À peine étais-je entrée dans l'enclos que Patou s'est avancée vers moi avec cette grâce infinie qu'ont les girafes. Je me suis assise par terre et le souvenir de notre première rencontre a resurgi aussi nettement que si c'était hier. Je me suis mise à pleurer comme une petite fille de six ans.

Patou a baissé son long cou et, comme il y a dix ans, elle a frôlé mon épaule avec sa tête. J'ai vu ses yeux immenses bordés de cils interminables me fixer. Je ne sais pas si, à cet instant, j'ai rêvé mais j'ai eu l'impression très nette qu'elle me demandait de l'aide.

Mon portable a sonné et Patou a eu peur. Elle s'est enfuie à l'autre bout de l'enclos. J'ai décroché.

Justine – Allô ?

Léa – Bonjour ma Justine, c'est Léa.

Il ne me manquait plus que la douceur de la voix de Léa pour m'achever.

Léa – Qu'est-ce que tu fais ? Je t'ai laissé deux messages. On est au café avec Cyril et les jumelles. Justine ? Tu pleures ? Qu'est-ce qui se passe ?

Justine – C'est Patou.

Léa – Qu'est-ce qu'elle a ?

J'ai tout raconté à ma meilleure amie.

Léa – Le directeur est certain qu'il n'y a plus rien à faire ?

Justine – Il a tout tenté. Elle part demain.

Léa – Bon, je vais dire aux jumelles que je ne peux pas rester avec elles et je te rejoins.

Justine – Laisse tomber, ça va aller. Je veux être en tête-à-tête avec Patou. La seule chose que tu puisses faire pour moi, c'est de venir chercher Théo vers midi. Tu le fais manger et tu le déposes au centre de loisirs à treize heures trente. C'est possible ?

Léa – Bien sûr que c'est possible, ma Justine !

Justine – Tu sais, ils vont envoyer Patou à Berlin et elle ne parle pas l'allemand.

Léa – T'inquiète pas pour elle, elle a un regard international ! Ce soir, on cherche sur Internet le prix des billets pour Berlin et on se fera une petite virée, le mois prochain, pour voir sa nouvelle maison. Allez, à tout à l'heure ma belle...

Comme Théo s'ennuyait, le vétérinaire l'a autorisé à nous rejoindre dans l'enclos. Il s'est assis par terre à côté de moi.

Théo – Justine ?

Justine – Oui, Théo ?

Théo – J'ai une idée pour sauver Patou.

Justine – Ah bon, laquelle ?

Théo – On n'a qu'à lui mettre une laisse et s'enfuir avec elle.

Alors que j'avais vraiment le cœur gros, j'ai souri. Je nous ai imaginés, un instant, fuyant en train avec Patou. Il faudrait faire des nœuds à son cou pour la faire rentrer dans le wagon. On entendrait le présentateur au journal de vingt heures annoncer de son air grave : « Un enfant surdoué et sa sœur, une adolescente de seize ans, ont kidnappé aujourd'hui une girafe dans un zoo. D'après les premiers éléments de l'enquête, l'animal devait être transféré dans un zoo berlinois et les enfants ont tenté de la sauver. »

Théo – Pourquoi tu souris ?

Justine – Parce qu'on ne peut pas agir comme ça. Et puis tu sais, toi, où acheter des laisses pour girafes ?

Théo – Non...

Justine – Allez, viens, on va faire des câlinous à Patou pendant qu'elle est là et puis plus tard, on ira la voir à Berlin. Tu sais, « la capitale et la plus grande ville d'Allemagne dont la superficie... ».

Théo – Tout à l'heure, tu m'as dit un gros mot quand j'ai récité la définition de Berlin.

Justine – Oui, excuse-moi. J'étais un peu en colère.

On était dans l'enclos depuis près d'une demi-heure lorsque j'ai entendu Léa qui hurlait. Elle m'a fait signe de venir très rapidement. Ma meilleure amie m'a regardée avec son air de sorcière dès que je me suis approchée d'elle.

Léa – Tu comptes rester jouer avec elle jusqu'à ce qu'ils l'embarquent ?

Justine – Qu'est-ce que tu veux que je fasse ? Le directeur a dit que c'était fichu.

Léa – Et tu le crois ?

Justine – Quel intérêt aurait-il à mentir ? Il aime ses animaux.

Léa – Oui, il les aime mais peut-être mal.

Justine – Tu sais quelque chose ?

Léa – On va dire que je me suis renseignée.

Justine – T'arrête de faire des secrets, je n'ai pas de temps à perdre.

Léa – Monsieur Fleuret a agacé beaucoup de monde en haut lieu et plus personne n'a envie de l'aider.

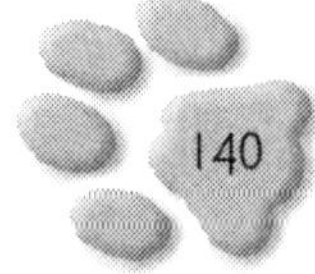

Justine – On n'est pas plus avancées ! Maintenant, on sait plus ou moins pourquoi les choses sont bloquées mais ça ne change rien à la décision d'envoyer les animaux à Berlin.

Léa – Justine, arrête de croire que les choses sont figées et définitives. Même la mort n'est pas définitive.

Justine – Alors là, excuse-moi, sur ce point j'ai du mal à te suivre.

Léa – C'est dommage !!! Parce que si tu essayais, tu verrais qu'il y a des choses à regarder de l'autre côté du miroir.

Justine – Bien, si ça ne te dérange pas, on parlera plus tard de nos voyages dans la cinquième dimension. Tu proposes quoi pour Patou ?

Léa – Je ne sais pas.

Justine – Si c'était pour me dire ça, ce n'était vraiment pas la peine de me faire perdre mon temps.

Léa – Je n'ai pas fini ma phrase. Je ne sais pas ce qu'il faut faire mais je sais qu'il y a quelque chose à faire. Tu vois la différence ?

Justine – Non, désolée, je ne suis pas en L alors les distinguos subtils au niveau du langage, je ne comprends pas. À qui tu téléphones encore ?

Léa – Aux autres, peut-être que quelqu'un aura une idée.

Pendant que ma meilleure amie parlait avec Nicolas, je suis retournée auprès de Patou. Mon cœur battait très vite et je me sentais énervée comme avant un contrôle de maths. Je savais maintenant qu'il fallait que j'agisse au lieu de pleurer comme une gourde. La sorcière avait encore réussi son coup !!!

Elle est d'ailleurs revenue l'air triomphant quelques minutes après.

Léa – Nicolas a une idée. Il dit qu'il faut s'enchaîner à l'enclos de Patou pour que les gens soient au courant du départ des animaux. Il va chercher Jim et il arrive.

Justine – Mais qu'est-ce que les gens du quartier vont en avoir à faire de quatre ados qui s'agitent dans un zoo ?

Léa – Cinq ados ! Tu oublies Ingrid.

Justine – Oui, d'accord. Cinq ados. À moins que... Mais oui...

Léa – À moins que quoi ???

Justine – Et si on demandait à Cyril de nous aider ? Il peut faire un article sur le zoo. On ne touchera pas seulement les gens du quartier mais tous les lecteurs de son journal.

Léa m'a regardée avec l'air de la fille qui connaissait déjà la solution.

J'ai donc appelé Cyril sur le portable des jumelles. Il était en train de les interviewer. Je lui ai expliqué rapidement la situation. Il a écouté avec attention et m'a proposé de nous rejoindre au zoo. C'est drôle la vie, je n'avais pas eu envie d'assister à la sélection d'*Étoile naissante* pourtant j'y avais accompagné Ingrid. Là-bas, j'avais rencontré par hasard Cyril. Et voilà qu'aujourd'hui, celui qui était un parfait étranger allait peut-être empêcher le transfert de Patou.

Un quart d'heure plus tard, Cyril était là. Apparemment il avait réfléchi à un autre plan...

Cyril – Je ne dis pas que ce que je vais vous proposer est réalisable mais on peut tenter. Au lieu de commencer par un article, on va présenter le sujet au journal régional. On est fin août, les chaînes n'ont pas grand-chose à se mettre sous la dent, on n'a ni canicule ni inondation. Si ce que tu m'as raconté est vrai : ton histoire avec la girafe quand tu étais petite, ta venue régulière, le vieux à la retraite qui continue à donner un coup de main, le directeur qui n'a pas réussi à obtenir les subventions, on peut faire pleurer dans les chaumières et bouger les hommes politiques. Ils rentrent de vacances et ils seront contents d'apparaître comme des sauveurs. Seulement, si j'appelle un de mes copains journaliste sur France 3, il me faut promettre l'exclusivité de l'affaire.

Justine – C'est pas un peu malhonnête de manipuler les gens comme ça ?

Cyril – Certainement, mais la presse est là pour défendre les causes justes, et dans le cas présent les moyens utilisés se justifient. Si nous disposions de plus de temps, nous pourrions être plus mesurés. Là, il faut aller vite. C'est la meilleure solution, crois-moi !

Tout d'un coup, l'avenir m'a semblé jaune girafe !

Cyril – Et le petit dans l'enclos, c'est qui ?

Justine – Théo, mon frère.

Cyril – Très bien. On le garde pour le reportage. Il faudra demander l'autorisation à tes parents. Tu peux me présenter le directeur du zoo ?

Justine – Oui, tout de suite.

Cinq minutes après, on était dans le bureau de M. Fleuret pour lui proposer notre projet. Il nous a écoutés attentivement puis il a sorti sa pipe qu'il a remplie consciencieusement de tabac, sans dire un seul mot. Il l'a allumée façon feu de cheminée et a aspiré bruyamment, à plusieurs reprises.

Il s'est levé, a marché de long en large comme si nous n'étions pas présents dans la pièce puis s'est rassis. Il s'est relevé d'un coup et a sorti un énorme dossier d'une armoire métallique fermée à clef. Il l'a tendu à Cyril.

M. Fleuret – Vous avez tout ici, jeune homme, toute la correspondance avec ma hiérarchie. J'ai écrit ce qu'il me semblait juste pour garder mes pensionnaires.

Cyril a feuilleté rapidement le dossier puis il a sorti son portable pour téléphoner.

Cyril – Allô Francis, c'est Cyril, tu vas bien ?... J'ai un truc pour toi, un sujet pour les actualités régionales. Je t'explique...

Et il est parti dans le couloir. Avec Léa, on est restées muettes comme des carpes à attendre le verdict.

Lorsque Cyril est revenu, il était très agité. Son ami Francis était d'accord pour le reportage et il arriverait avec un cameraman après le déjeuner. D'ici là, il y avait du travail et tout juste le temps d'avaler un sandwich. Cyril a établi un plan d'attaque où chacun avait une tâche à accomplir. Il avait l'air de très bien savoir ce qu'il voulait.

Théo, lui aussi, a participé à l'aventure.

Après avoir parlé cinq minutes avec mon petit frère, le journaliste émerveillé par sa précocité avait déclaré qu'il était notre carte maîtresse. Il l'a donc briefé, lui expliquant clairement quel serait son rôle.

Alfred, à qui la joie d'être utile aux animaux avait redonné une seconde jeunesse, courait comme un fou dans tous les sens pour proposer ses services. M. Fleuret, qui craignait pour la santé de son « emploi jeune », lui a confié des papiers à classer, de manière à ce qu'il reste assis.

Le vétérinaire faisait une beauté à Patou pour son premier rôle à la télévision.

Léa, quant à elle, était partie faire je ne sais pas trop quoi... Peut-être contacter les esprits des girafes africaines !

À quatorze heures, le journaliste de France 3 est arrivé avec son cameraman et il a demandé à me parler.

Le journaliste – C'est toi qui es amie avec la girafe ?

Justine – Oui.

Le journaliste – Tu vas me raconter toute ton histoire avec un maximum de détails. Il est où le petit frère rigolo qui n'a pas la langue dans sa poche ?

Justine – Il est là, il s'appelle Théo.

Le journaliste – Et la meilleure amie depuis le primaire ?

Léa, qui entre-temps était revenue, s'est présentée.

Léa – C'est moi.

Le journaliste – Et les copains ou les cousins ? Je ne sais plus très bien.

Léa – Ils vont arriver d'un moment à l'autre.

Le journaliste – J'ai besoin aussi du vieux caissier à la retraite qui continue à bosser.

Alfred – Ah, il n'y a pas de caissier à la retraite, je travaille, moi monsieur, bénévolement mais je travaille !

Cyril a écrasé discrètement les pieds de son copain pour qu'il n'en rajoute pas.

Le journaliste – Bien, donc le caissier « pas à la retraite », le vétérinaire qui s'occupe de la girafe et bien sûr le directeur. Dès que les copains sont là, vous me prévenez. En attendant, toi et moi, on va se mettre dans un bureau au calme et tu vas me raconter.

Lorsqu'on est ressortis une demi-heure plus tard, Nicolas, Jim, Ingrid et les jumelles étaient arrivés. Ils m'ont fait des coucous de loin. Ils étaient venus avec un copain à eux, un garçon plutôt pas mal. Pas une bombe mais un look assez sexy. Taille moyenne, châtain clair, yeux perçants, sourire énigmatique. Pas vraiment mon genre. De toute façon, Ingrid était accrochée à lui comme une groupie à son idole et il n'y avait pas moyen d'approcher.

Cyril a demandé qu'on tente un essai lumière et son avec moi et, pendant ce temps, il est allé parler avec mes amis. Je n'ai même pas eu la possibilité de leur faire un bisou.

Dès son retour, Cyril nous a questionné sur l'action que nous comptions mener.

Je lui ai expliqué que nous voulions nous enchaîner symboliquement aux grilles tandis qu'il expliquerait avec l'aide du directeur la situation du zoo et les demandes de subvention. Ensuite seulement, je raconterais mon histoire d'amitié avec Patou. Chacun, après, dirait à sa façon le chagrin de voir les bêtes emmenées.

Cyril a trouvé que c'était une bonne idée et a proposé de garder Théo pour la fin. Une seule phrase. « S'il vous plaît, sauvez Patou ! » On était tous d'accord.

En cinq minutes, on s'est enchaînés et je me suis trouvée entre Léa et Nicolas. Lorsque cela a été mon tour de parler, le regard hypnotique du nouveau copain des garçons a multiplié mon stress.

Après, tous mes amis ont témoigné de la beauté de cette amitié entre Patou et moi. J'ai été touchée par la délicatesse de chacun. Je ne parle évidemment pas d'Ingrid qui n'a pas cessé de rire bêtement en répétant : « C'est trop top de passer à la télé. » Même l'inconnu qui ne savait pas grand-chose de l'affaire a affirmé avec force son intention de me soutenir dans cette lutte pour l'amitié.

Mais le plus génial a été Théo. Il ne s'est pas contenté de répéter sa mini phrase, il a regardé la caméra et il a improvisé : « Messieurs et mesdames les grandes personnes, si vous voulez que les enfants aient confiance en vous, sauvez nos rêves, sauvez la planète, sauvez Patou. » À la fin de sa réplique magistrale, il a baissé les yeux et a effacé discrètement une petite larme qui coulait sur sa joue.

– COUPEZ ! a hurlé Francis, c'est bon, on a ce qu'il faut.

On a tous applaudi. Mon petit frère était un génie.

Le journaliste – Eh bien, monsieur Fleuret, si avec cela, vous n'obtenez pas les subventions pour votre zoo, c'est que les Français ont un cœur de pierre et que les politiques n'ont aucun sens de la communication.

Puis le directeur nous a proposé de venir boire quelque chose dans son bureau. Sur le trajet, je mourais d'envie de demander à Léa qui était ce garçon que je ne connaissais pas mais que je trouvais de plus en plus charmant. Comme il était tout proche et qu'il risquait de m'entendre, je n'ai pas osé.

Lorsqu'il a levé son verre, M. Fleuret a tenu à nous remercier personnellement.

M. Fleuret – Je désire remercier Alfred ; Max, le vétérinaire ; Justine, notre girafon ; Francis et son cameraman, Cyril, Léa, Ingrid, Anna, Yseult, Jim, Nicolas et... Excusez-moi jeune homme, je ne vous ai jamais vu et je ne connais pas votre prénom, vous vous appelez ?

– Thibault, Thibault de l'Amétrine, le nouveau voisin du girafon.

J'ai failli m'évanouir.

Voilà des jours que je le guettais, que je l'espérais, que je me préparais mentalement à sa rencontre et soudain il m'apparaissait sans que je sache que c'était lui et pire, il ne voyait en moi qu'un girafon.

En plus, j'étais habillée comme une souillon.

J'ai pincé le bras de Léa.

Justine – Pourquoi tu ne m'as pas dit que c'était lui ?

Léa – Je t'ai fait plein de signes mais tu ne me regardais pas.

M. Fleuret – Je voudrais vous exprimer ma profonde reconnaissance à tous pour votre soutien.

Alfred – Et moi, avant qu'on se sépare, je voudrais dire un petit mot à propos de notre Justine. Je souhaiterais lui avouer combien sa présence dans ce zoo a toujours été pour moi un vrai rayon de soleil. La première fois que je l'ai vue, il y a dix ans, elle était une petite fille. Ses jolies couettes brunes la faisaient ressembler à une squaw.

Pitié... Je ne voulais pas qu'il en raconte davantage devant Thibault. Mes socquettes blanches, ma robe écossaise bleue et rouge, étaient de véritables tue-l'amour.

Déjà que pour lui je n'étais qu'un girafon, si on me collait une image de petite fille sage, jamais il ne serait ma première fois.

J'ai tenté de faire diversion en m'étouffant avec mon Coca, mais Alfred a continué. J'ai eu droit à tout : mes fous rires devant les singes aux fesses rouges et mon étonnement le jour où monsieur Éléphant a honoré sa femelle.

En clair, je crois qu'on peut appeler ça un sabotage en direct. Thibault n'en perdait pas une miette et souriait à chaque fin de phrase. J'ai fini par lâcher prise. Mon histoire avec mon prince oriental était irrémédiablement fichue.

Il a enfin été l'heure de partir. Francis nous a affirmé que, s'il devait y avoir des réactions, ce ne serait pas avant demain matin. Cyril, qui était pressé, a proposé un autre rendez-vous aux jumelles pour terminer leur interview.

Ça les arrangeait, elles avaient un cours de chant et elles devaient filer. On les a embrassées et elles sont parties aussi discrètement qu'elles étaient venues. Enfin, pas tout à fait... Le clin d'œil d'Yseult à Jim ne m'a pas échappée et m'a franchement énervée.

À peine nous sommes-nous retrouvés dans la rue que Thibault a annoncé qu'il devait s'en aller. Il nous a fait un petit signe de la tête et s'est dirigé vers son scooter.

Jim – Salut Thibault et merci !

J'ai attendu qu'on ait fait quelques pas et je me suis jetée sur mon cousin.

Justine – Mais où vous l'avez trouvé ?

Nicolas – Chez lui.

Justine – Pourquoi il est venu avec vous ?

Nicolas – Quand Léa m'a appelé pour me raconter tes problèmes avec Patou, je suis parti au club de fitness comme une flèche prévenir Jim. Je ne savais pas s'il pourrait s'absenter et comme il avait laissé son portable dans son casier, on n'arrivait pas à le joindre. J'ai croisé Thibault en bas et je lui ai demandé s'il pouvait me prêter son scooter.

Justine – Mais tu ne le connaissais pas.

Nicolas – C'est bon, ça va, c'est un mec, pas une princesse. J'avais besoin de son scoot, il me l'a prêté c'est tout.

Ingrid – Ah, ça c'est sûr, c'est pas une princesse. À voir comment il m'a regardée, je peux vous dire que c'est un homme, un vrai de vrai. Celui-là, il ne faudra pas longtemps pour que je l'aie à mes pieds.

Léa – Ingrid, je croyais qu'on t'avait dit que Thibault, c'était chasse gardée.

Ingrid – Je n'ai jamais dit que j'étais d'accord. Moi, ma théorie, c'est : Mesdemoiselles, à vos strings, prêtes, partez... Et que la meilleure gagne ! Ce n'est quand même pas ma faute s'ils me courent tous après.

Pourquoi ce n'était pas Ingrid qui était sur la liste pour partir à Berlin ?

Je n'ai pas pu soutirer d'autres informations à Nicolas. J'ai juste appris que Thibault avait tout de suite accepté de venir manifester pour Patou quand mon cousin le lui avait demandé.

Justine – Et c'est tout ? Tu ne lui as posé aucune question ? Ce qu'il aime ? Ce qui l'énerve ? Sa musique préférée ? S'il a une copine ?

Nicolas – Qu'est-ce que j'en ai à foutre ? C'est un voisin, pas ma meuf.

Justine – Oh c'est tellement délicat cette façon de parler !

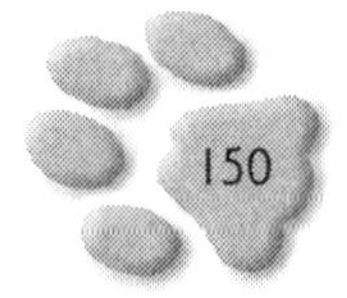

Comme on avait tous des choses à faire, on s'est promis de se retrouver à dix-neuf heures chez moi pour regarder le journal régional.

Inutile de dire que j'ai été dans un état d'agitation monstrueux toute la fin d'après-midi. Entre le départ de Patou et l'arrivée de Thibault, mon imagination galopait et je passais d'un état de félicité totale où je me mariais, au zoo, avec Thibault (et Patou comme témoin), à un état de déprime avancée où, après avoir appris la mort de ma girafe dans des souffrances atroces, je finissais vieille fille.

À dix-neuf heures, lorsqu'ils sont tous arrivés chez moi, j'étais réduite à l'état de loque humaine. Mes délires m'avaient épuisée et je n'avais plus aucun avis sur la question.

Mes parents, auxquels Théo avait raconté nos aventures rocambolesques, ont exigé le silence dès le générique du journal. Évidemment, le reportage a été diffusé à la fin et il a fallu supporter dans un silence total la rentrée politique, la colère des vignerons et l'indice du CAC 40.

À peine a-t-on vu la première image du zoo qu'on s'est tous mis à hurler. Mon père qui n'avait pas programmé l'enregistrement s'est fait engueuler par ma mère. Théo, qui attendait avec impatience sa prestation, n'arrêtait pas de répéter « Attention, c'est bientôt moi qu'on va voir ». Bref, une tribu d'agités.

Il faut avouer que le reportage était génial et la dernière phrase de Théo un sommet ! Lorsque je me suis retournée vers mes parents pour savoir ce qu'ils en pensaient, mon père essuyait discrètement une petite larme sous le regard ému de ma mère.

QUE SAVEZ-VOUS AU JUSTE DE L'ALCOOL ?

Répondez en entourant vrai ou faux

1. Lorsqu'on ne boit pas d'alcool fort, mais seulement de la bière, on peut quand même conduire.

   Vrai
   Faux

2. Un café peut diminuer les effets de l'alcool.

   Vrai
   Faux

3. Une personne de 80 kg qui boit 3 verres de vin aura une alcoolémie moins élevée qu'une personne de 50 kg qui boit aussi 3 verres de vin.

   Vrai
   Faux

4. Il existe des médicaments qui permettent de diminuer le taux d'alcool dans le sang.

   Vrai
   Faux

5. L'alcool déshydrate le corps.

   Vrai
   Faux

1. Faux
2. Faux
3. Vrai
4. Faux
5. Vrai.

On a sablé le champagne et mon petit frère a eu droit à sa coupette de Champomy. Assis sur le canapé, il s'est repassé en boucle son moment de gloire. Au bout d'une demi-heure, plus personne ne supportait son « Sauvez nos rêves, sauvez la planète, sauvez Patou » et les garçons lui ont supprimé la télécommande.

Lorsque tous mes amis sont partis, je me suis dit que la vie était plutôt chouette. Bien sûr, il y avait toujours cette incertitude très forte pour Patou mais je ne sais pas pourquoi, j'avais confiance. Juste après le dîner, je suis allée me coucher avec plein d'étoiles dans les yeux.

DING DONG DING DONG DING DONG DING DONG...

Je me suis réveillée en sursaut. On devait être en plein milieu de la nuit.

Mon mal de tête m'a aussitôt fait regretter mes coupes de champagne de la veille. Quel était le dingue qui sonnait à notre porte et pourquoi mon père n'allait-il pas ouvrir ?

Je me suis redressée péniblement et j'ai regardé mon réveil. Il était neuf heures, j'étais donc toute seule dans la maison.

DING DONG DING DONG DING DONG DING DONG...

Oh ça va... Si c'était Nicolas qui venait réclamer du pain frais pour son petit-déj, il allait m'entendre. J'ai ouvert la porte avec l'air le plus revêche possible, histoire de montrer à mon visiteur qu'il n'était franchement pas le bienvenu.

– Bonjour Justine.

En face de moi se tenait Thibault. Il était beau comme un dieu. Dans son treillis beige et sa chemise impeccablement coupée, il ressemblait à un lord anglais pendant un safari au Kenya.

Il n'était comparable en rien aux garçons du lycée. Il possédait, comment dire, une classe naturelle qui n'autorisait aucune familiarité, mais me donnait une envie irrésistible de me jeter dans ses bras.

Thibault – Je te réveille ?

Justine – Non, pas du tout.

Mon prince a souri sans faire le moindre commentaire et j'ai réalisé que je me trouvais face à lui dans l'horrible pyjama à fleurs bleues que mamie m'a offert pour Noël !

Je ne peux pas dire, à ce moment précis, à quel point j'ai détesté ma grand-mère.

Ce pyjama était atroce et j'avais eu l'intention de le jeter sitôt le cadeau ouvert et puis je l'avais gardé dans le fond de mon armoire, en me disant qu'il servirait les jours où toutes mes chemises de nuit seraient au linge sale.

Et voilà que l'amour de ma vie, au lieu de me découvrir dans une petite nuisette en soie rose poudré, m'observait dans cette chose immonde qui me faisait ressembler à une interne du couvent des petits oiseaux.

J'ai failli lui claquer la porte au nez pour que cette image de moi ne s'imprime pas dans son subconscient et qu'il ne puisse plus voir en moi qu'une pauvre fille asexuée.

Mais je n'en ai pas eu le courage et je me suis entendue lui chuchoter :

Justine – Entre, j'allais me recoucher.

Mais ce n'est pas vrai, ce n'est pas du tout ce que je voulais dire !!! Après le look couvent des petits oiseaux, voilà que mon inconscient se la jouait www.justinelacoquine.com.

Je me suis sentie rougir des orteils jusqu'à la pointe des cheveux.

Thibault – Je suis juste passé pour savoir si tu avais écouté la radio ce matin.

Justine – Non.

Thibault – Eh bien, on parle de toi. Les téléspectateurs ont été très touchés par le reportage et certains ont appelé pour envoyer des dons. Le journaliste sur France Bleu a parlé d'une forte mobilisation.

Justine – Tu écoutes France Bleu comme mon père ?

Mais est-ce que quelqu'un pourrait me faire taire ? Je n'ouvre la bouche que pour sortir des âneries. En une phrase, je venais de lui balancer qu'il écoutait une radio de vieux et que j'étais une fifille à son papa.

Il ne s'est pas donné la peine de me répondre et, avec un hochement de tête, il m'a fait comprendre que notre discussion était terminée.

Thibault – À plus tard, Justine ?

Oui, pourquoi pas... si je ne décidais pas de me jeter du haut du trottoir et de me noyer dans le caniveau pour avoir grillé mes chances de lui plaire. Il a dévalé les escaliers et, longtemps après qu'il a disparu, je suis restée plantée devant la porte, la bouche ouverte.

Je suis retournée me coucher avec l'intention de ne plus jamais me lever. Mieux, j'envisageais un exil définitif à Berlin.

Le téléphone a sonné. J'ai décroché par habitude.

– Allô le girafon ?

Oui, le girafon, l'interne du couvent des petits oiseaux, la pauvrette asexuée, la gaffeuse pathologique, l'ado qui n'a pas résolu son œdipe avec son papa chéri, bref la fille qui ne vivra jamais une histoire d'amour torride avec gerbe de roses et coucher de soleil, yeux dans les yeux.

– C'est monsieur Fleuret, je te dérange ?

Justine – Non, pas du tout. Vous allez bien ?

M. Fleuret – Plus que bien. J'ai une grande nouvelle à t'annoncer. J'ai reçu un coup de téléphone, il y a deux minutes : le départ des animaux est reporté à une date ultérieure. La partie n'est pas encore gagnée toutefois on a un peu de répit. Je voulais que tu sois la première avertie.

J'ai raccroché un peu sonnée. C'était vrai, les gens s'étaient mobilisés et Patou allait rester en France ? J'étais capable de faire des choses bien, alors... Il n'y avait donc que ma vie amoureuse qui soit un énorme fiasco ?

Mais à y réfléchir davantage, si on avait réussi à empêcher le transfert de ma girafe, tout n'était peut-être pas perdu pour moi.

J'ai ouvert mes volets, le soleil brillait. Ce n'était vraiment pas un jour pour pleurer et se morfondre !!!

Si je voulais Thibault, je devais trouver des armes pour le séduire. J'ai décroché le téléphone. Seule Léa pouvait m'aider à mettre au point mon opération séduction.

La Moche au bois dormant

Justine – Allô Léa, tu sais quoi ?

Ma meilleure amie n'a pas été étonnée lorsque je lui ai annoncé que les téléspectateurs s'étaient mobilisés et que Patou restait au zoo. Elle a chuchoté dans le combiné comme si elle risquait d'être entendue par des fantômes.

Léa – Les tarots me l'ont dit cette nuit. En plus, il va y avoir une autre surprise mais je ne sais pas exactement quoi.

Justine – Thibault et moi ?

Léa – Je ne sais pas. Une histoire d'attente amoureuse et de soulagement.

Justine – Léa, j'ai un truc très sérieux à te demander...

Léa – Si je peux, tout ce que tu veux.

Justine – Est-ce que tu aurais une technique ou un philtre pour faire perdre une partie de sa mémoire à quelqu'un ?

Léa – Ah non, je fais de la magie blanche, moi, mademoiselle, pas du vaudou. C'est quoi cette histoire ? À qui tu veux faire perdre la mémoire ?

Justine – À personne.

Léa – Justine...

Je savais très bien qu'elle ne raccrocherait pas tant que je n'aurais pas avoué.

Justine – Tout à l'heure, Thibault est venu chez moi et il s'est passé un truc horrible.

Léa – Quoi ???

Justine – Quand je lui ai ouvert la porte, il m'a vue dans mon pyjama à fleurs bleues.

Léa – Le truc immonde que ta grand-mère t'a offert à Noël ?

Justine – Oui...

Léa – Il faut le supprimer.

Justine – C'est déjà fait, j'étais tellement énervée que je l'ai jeté immédiatement à la poubelle.

Léa – Qui ?

Justine – Eh ben, le pyjama.

Léa – Désolée Justine, ce n'est pas de lui dont je parlais. C'est de Thibault. Il faut être plus radicale. On ne peut pas laisser vivre un individu qui t'a vue dans un pyjama pareil.

Ce qu'il y a de génial avec Léa, c'est que, parfois, elle part en vrille sur un sujet et tu mets du temps avant de te rendre compte qu'elle se moque de toi. Je crois qu'à force de lire des romans, elle a l'imagination qui galope. Elle m'a proposé mille et une façons de tuer mon prince.

Je suis entrée dans son délire.

Justine – Mais une fois qu'on l'a tué, qu'est-ce qu'on fait du corps ?

Léa – On l'enterre dans le jardin, à côté de la comtesse.

Justine – Tu crois qu'elle est enterrée là ?

Léa – Il y a des chances, oui. On peut aussi le couper en morceaux et le servir aux animaux du zoo.

Justine – Il faudra le hacher menu alors, parce que le vieux loup de Sibérie, il doit lui rester trois dents. Bon, mais en vrai Léa, comment je rattrape le coup ? Thibault m'a vue hier pour

la première fois, j'étais une souillon attardée qui essayait de sauver une girafe, il revient aujourd'hui et je me présente dans un pyjama qui rendrait Dom Juan impuissant.

Léa – Tu ne crois pas que tu en rajoutes un peu ?

Justine – Non...

Léa – Tu sais, il y a différentes façons de voir les choses dans la vie et là, tu as choisi la plus négative. Si tu voulais penser ton histoire autrement, tu pourrais dire : Hier Thibault m'a vue en fille passionnée, généreuse, aimée et soutenue par des amis. Touché par ce spectacle, il a souhaité être le premier à m'annoncer ce matin que des millions de téléspectateurs avaient été bouleversés par le reportage à la télé ; il s'est donc présenté à la première heure. En fille naturelle et sans chichis, je lui ai ouvert la porte vêtue d'un pyjama, qui certes n'est pas des plus sexy, mais...

Dom Juan

Dom Juan : personnage libertin et provocateur de la pièce éponyme de Molière.

comédie qui ne respecte pas la règle des trois unités :

- unité de temps (24H),
- de lieu,
- d'espace.

→ aujourd'hui le nom propre est devenu nom commun : on dit d'un séducteur qu'il est un Dom Juan.

Léa s'est arrêtée de parler, il faut dire que pour trouver un seul argument en faveur de ce pyjama, on doit avoir fait au moins vingt ans de marketing. Mais Léa est un génie.

Léa – Un pyjama, qui certes n'est pas des plus sexy mais qui, justement, ne demande qu'à être arraché au plus vite. On peut donc dire que tu as mené ce début de relation de main de maître et si Thibault est parti rapidement, c'est que, bien élevé comme il est, il a renoncé, avec un self-control qui l'honore, à se jeter sauvagement sur toi.

Justine – Je n'y crois pas !!! Tu vendrais une bicyclette à un cul-de-jatte !

Léa – C'est vrai.

On a éclaté de rire. J'ai rappelé à Léa comment, lorsque nous étions en quatrième et que nos mères nous avaient envoyées pour la première fois faire un stage de voile à l'UCPA, elle avait transformé la réalité avec ses mots pour que je cesse de stresser. Les draps sentaient le moisi : c'était en fait une protection anti-moustiques ; les douches étaient glacées : c'était pour mieux décoller le sable de la peau ; le mono hurlait à nous défoncer les tympans : c'était pour qu'on l'entende de loin et qu'on ne se perde pas. Tout avait une bonne raison d'exister et elle me démontrait par a + b qu'on était les filles les plus chanceuses du monde. Le pire, c'est que je la croyais et que je finissais par arrêter de me lamenter.

Rien n'avait changé... J'avais beau avoir seize ans, lorsque Léa parlait j'étais convaincue. Et même là, avec ses arguments totalement délirants, je me disais que peut-être elle disait vrai.

Justine – Alors, je fais quoi ?

Léa – Une petite fête, en fin d'après-midi, pour célébrer le maintien de Patou dans son enclos. Et cette fois-ci, tu te prépares pour recevoir monsieur.

Justine – Et je n'invite que lui ?

Léa – J'ai dit une fête, pas un guet-apens ! On prévient les garçons. Jim ne travaille que jusqu'à quinze heures aujourd'hui, et puis on invite aussi...

Justine – Je t'en prie, Léa, pas Ingrid.

Léa – Non, pas Ingrid. J'ai pensé aux jumelles mais en fait ce n'est pas une bonne idée. Il faut que Thibault se sente à l'aise et s'il y a trop de monde, il risque d'être mal.

Justine – Ah oui, juste nous quatre et Thibault à la maison bleue.

Léa – Ouais !

Justine – Qui le prévient ? Moi, je n'oserai pas descendre pour l'inviter.

Léa – Le mieux, c'est que ce soit Nicolas. Ils se sont déjà parlé et puis Thibault sera assuré de ne pas être le seul garçon.

Justine – Tu viens chez moi m'aider à tout organiser ?

Léa – OK, j'arrive.

Dix minutes plus tard, ma meilleure amie était à la maison.

Léa – Eugénie a fait une tarte aux pommes pour Patou et toi. Elle m'a demandé de te la donner avec un gros bisou. Elle t'a trouvée géniale hier à la télé et elle a dit, je cite : « Il faut que Justine s'occupe très sérieusement du charmant jeune homme au regard de braise, il serait dommage de laisser filer une occasion pareille. »

Elle a ajouté : « Crois-en ma longue expérience, avec des yeux pareils, ce garçon doit être un amoureux superbe... » Évidemment, je ne fais que citer ma terrible grand-mère et je décline toute responsabilité en ce qui concerne ses propos amoraux.

Justine – Ah si Eugénie l'a dit, je suis obligée d'obéir. Il faut toujours écouter les grands-parents.

Léa – T'as prévenu Nicolas qu'il avait une mission ultrasecrète à remplir ?

Justine – Non, je t'attendais.

Léa – Il vaudrait mieux qu'il y aille tout de suite.

Justine – Alors, il faut le réveiller. Vas-y toi, moi, il va me massacrer.

Léa – C'est super d'être ton amie, Justine. On se retrouve enchaînée à une grille dans un zoo, on doit te trouver une raison de survivre alors que l'homme de ta vie t'a vue dans le pyjama de la mort et maintenant, je dois m'exposer à l'agressivité meurtrière de Nicolas qui ne supporte pas qu'on le réveille avant midi.

Justine – S'il te plaît, ma Léa chérie...

Léa – C'est bon, arrête ton cinoche, j'y vais.

Vous connaissez le rodéo, ce sport qui consiste à monter sur un cheval non dressé et à calculer qui restera en selle le plus longtemps ? Eh bien, il y a un jeu qui y ressemble mais en pire : aller réveiller mon cousin et voir combien de temps la personne qui a osé braver cet interdit va rester vivante dans la même pièce que lui.

Léa est redescendue au bout d'une minute trente (en comptant la montée et la redescente des escaliers) !

Léa – Il vaudrait mieux qu'on se mette aux abris, il arrive !

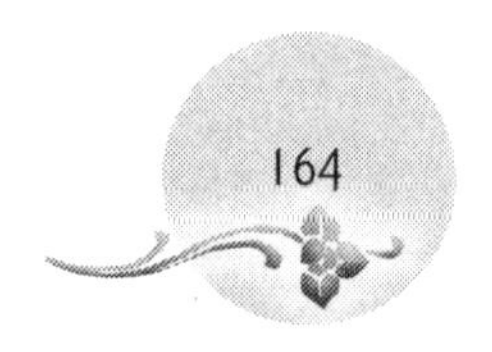

Effectivement, cinq minutes plus tard, la porte d'entrée s'est ouverte. Quand je dis ouverte, je devrais plutôt dire « a explosé » dans un fracas épouvantable. Le genre d'entrée qu'on voit dans les films d'action américains quand le héros dont on vient de décimer la famille, de brûler la maison et d'égorger le caniche, arrive pour se venger.

Nicolas nous a regardées avec une colère incommensurable dans les yeux.

Nicolas – Putain, mais il faut vous enfermer chez les fous ! C'est mon dernier jour de vacances et vous venez me réveiller pour que j'aille voir un mec qui habite juste en dessous ? Vous vous foutez de la gueule du monde ou quoi ?

J'ai osé répondre avec une toute petite voix.

Justine – C'est juste qu'on a peur qu'il s'en aille et de ne plus pouvoir le joindre.

Mon cousin m'a fixée sans un mot. J'ai compris que, non seulement mon argument ne l'avait pas convaincu mais qu'en plus j'avais aggravé mon cas. J'ai voulu me rattraper.

Justine – C'est pour être sûre qu'il soit là, à la fête, vers trois heures.

Je n'aurais jamais dû dire ça.

Parce qu'après l'entrée fracassante, le héros de film d'action américain à qui on a décimé toute sa famille, brûlé sa maison et égorgé son caniche, passe à l'étape suivante : il atomise ses ennemis.

Eh ben nous, ça a été pareil ! Nicolas nous a dit, dans un vocabulaire qui n'appartient qu'à lui, ce qu'il pensait de notre façon d'agir. Léa, qui n'est jamais impressionnée par qui que ce soit et certainement pas par mon cousin, l'a regardé d'un air mi-narquois, mi-énervé.

Léa – Chocolat au lait ou café ?

Nicolas s'est arrêté net.

Nicolas – Café avec deux sucres.

Léa est partie sans un mot faire du café dans la cuisine. Moi, je n'ai pas bougé d'un iota. J'avais peur que le moindre déplacement d'air redéclenche la fureur de mon cousin. Lorsqu'elle a déposé la tasse de café sur la table basse, Nicolas ne l'a même pas remerciée.

Nicolas – T'as mis les deux sucres ?

Léa – Oui et une bonne louchette de cyanure. A priori, tu ne devrais pas sentir grand-chose et ça devrait aller assez vite.

Nicolas a haussé les épaules et a porté la tasse à sa bouche. Pourtant au moment où il allait avaler sa première gorgée, il s'est arrêté.

Nicolas – Dis donc la sorcière, t'aurais quand même pas mis quelque chose dans ma tasse ?

Léa – Bien sûr que si.

Nicolas – Quoi ?

Léa – Du café, deux sucres et... de quoi te calmer.

Nicolas – C'est vrai ?

Léa – Goûte, tu verras bien.

Nicolas – T'as quand même pas fait une chose pareille ?

Léa – J'aurais des raisons de l'avoir fait ?

Mon cousin a éclaté de rire.

Nicolas – Ouais... Je viens de me conduire comme un con ! Je vous ai super mal parlé. Mais vous savez que je deviens fou quand on me réveille le matin. En plus, c'était ma dernière grasse mat, vous méritez une vraie punition. Bon, désolé de vous avoir traitées comme ça, les filles.

Léa – Et encore ?

Nicolas – Je vous présente mes excuses.

Léa – Et puis ?

Nicolas – Et puis quoi ? J'ai fait le max, non ?

Léa – Tu peux faire mieux. Tu peux aller tout de suite chez Thibault pour l'inviter à notre petite fête. Ainsi, tu seras excusé pour ton comportement de brute mal embouchée.

Nicolas – Là, maintenant ? Sans avoir bu mon café ?

Léa – Tu sais, après l'avoir bu, tu ne seras peut-être plus capable de rien.

Nicolas a regardé sa tasse d'un air méfiant et s'est levé en maugréant. À peine avait-il passé la porte que j'ai demandé à Léa :

Justine – Tu as vraiment mis quelque chose dans sa tasse ?

Léa – À ton avis ?

Justine – Avec toi, je ne sais pas... Tu voulais bien liquider Thibault ce matin !

Quand mon cousin est remonté, je me suis jetée sur lui.

Justine – Alors ?

Nicolas – Alors non.

Justine – Pourquoi ?

Nicolas – Il a dit qu'il ne tenait pas à passer son après-midi avec, je reprends les termes exacts, « une gothique satanique et une pauvre fille en pyjama qui a pour amie une vieille girafe toute mitée ». Il a mieux à faire...

Justine – Il a dit ça ???

Nicolas – Non, mais moi, ça me fait plaisir de vous le dire.

Léa a éclaté de rire.

Léa – Bois ton café, mon chéri, ça te fera du bien.

Nicolas, qui avait certainement oublié la menace d'empoisonnement, a porté de nouveau la tasse à sa bouche. Il s'est arrêté net en entendant le rire sardonique de Léa.

Nicolas – Putain, t'as vraiment mis quelque chose dedans ?

Léa – On peut s'attendre à tout de la part d'une gothique satanique, surtout quand elle a pour meilleure amie la fille qui aime une vieille girafe toute mitée !

Mon cousin s'est levé comme un diablotin qui sort d'une boîte et est parti dans la cuisine se servir une autre tasse. Lorsqu'il est revenu, Léa était assise confortablement sur le canapé et sirotait le café qu'il avait laissé sur la table.

Léa – Ce café est, comment dire, de-li-ci-ous !

J'ai essayé de ne pas pouffer trop ostensiblement, je n'avais pas envie de me fâcher avec Nicolas. Lui seul était entré chez Thibault et lui seul pouvait me donner des informations capitales sur mon prince oriental. J'ai essayé de la jouer top discrète.

Justine – Et il était seul chez lui ?

Nicolas – Non... D'ailleurs merci les filles de m'avoir mis dans une situation pareille. Comme je suis passé par le jardin, je suis rentré direct dans son salon par la porte-fenêtre. Il y avait une bombe allongée sur le canapé qui répétait : « Oui, oui, encore... ». Inutile de dire que j'ai senti que je dérangeais ! Thibault a été cool, il m'a fait signe qu'il me rejoignait dans le jardin.

Mon cœur a tapé violemment dans ma poitrine. Je sais bien que c'est ridicule, mais je me suis sentie trompée comme si j'étais la femme de Thibault et qu'on était en plein voyage de noces. J'ai même cru que j'allais me mettre à pleurer.

Nicolas – Pendant un quart de seconde, j'ai hésité à sortir parce que, vu le canon, je l'aurais bien aidé, le Thibault.

Léa – Oh, c'est fin et délicat.

Nicolas – T'en fais une tête, Justine ! J'ai dit un truc qui fallait pas ?

Justine – Non, non, tout va au mieux.

Nicolas m'a prise dans ses bras.

Nicolas – Eh ben, bouchon, qu'est-ce qui se passe ?

Justine – Je t'ai déjà demandé de ne plus m'appeler comme ça, c'est ridicule.

Nicolas – Alors, raconte-moi cette fête que tu veux organiser tout à l'heure.

Justine – Laisse tomber, je n'ai plus envie.

Nicolas – Ah bon, pourquoi ? Tu ne vas pas soudain m'avouer que vous m'avez réveillé aux aurores mon dernier jour de vacances et que j'ai dérangé Thibault dans une partie de jambes en l'air pour l'inviter à une fête que tu vas annuler ?

Léa – Si. Et maintenant basta, tu la laisses tranquille.

Nicolas – Ouh là là, elles sont énervées les copines. Elles ont perdu le sens de l'humour ou quoi ? Il n'y a que vous qui avez le droit de faire des blagues de mauvais goût, genre il y a du cyanure dans ton café ?

J'ai prié pour avoir bien compris ce que venait de dire mon cousin. Nous n'étions pas les seules à faire de l'humour, il en avait lui aussi la possibilité. Thibault n'était donc pas en bas en train de butiner une blonde aux gros seins. Pourquoi aux gros seins ? Parce que c'est exactement le genre de prestation que je ne pourrais jamais lui fournir ! Il était donc seul dans son salon, de bon matin, ce qui pouvait me laisser espérer qu'il était libre et que j'avais encore mes chances.

Léa – T'es vraiment lourd !

Nicolas – Œil pour œil, dent pour dent.

Léa – Qu'est-ce que Thibault a répondu à notre invitation ?

Nicolas – Il a dit d'accord. Il sera là à quinze heures.

Mon cœur s'est de nouveau emballé. Il fallait absolument que je me lave les cheveux, que je mette du mascara et un soupçon de blush et que je repasse mon tee-shirt kaki, le seul qui puisse faire croire à un myope plein d'imagination que j'ai un peu de poitrine.

Nicolas – Mais qu'est-ce que vous lui voulez à ce pauvre garçon ? Il arrive à peine qu'il est submergé par des invitations de filles.

Par « DES » invitations ??? Mon cœur cette fois s'est décroché.

Léa – Pourquoi, qui d'autre l'a invité ?

Nicolas – À ton avis ?

Je n'ai pas eu besoin de réfléchir deux secondes pour savoir qui était l'autre. Un être sans morale et définitivement sans amie, capable de se jeter sur le premier garçon qui passe, juste pour se prouver qu'elle est la plus belle du royaume, une créature qui ose dire à des copines qui la supportent depuis des années : « Mesdemoiselles, à vos strings, prêtes, partez », un monstre sans foi ni loi qui décide de séduire, malgré les avertissements, le futur mari d'une fille qu'elle connaît depuis la sixième !

INGRID.

Justine – Et elle l'a invité où et quand ?

J'aurais voulu être plus discrète et poser cette question avec un ton détaché, mais je n'ai réussi qu'à hurler façon interrogatoire de police. Nicolas a éclaté de rire.

Nicolas – Et tu mords aussi ?

Léa – Nicolas, c'est important.

Nicolas – Franchement, les filles, vous êtes lourdes aujourd'hui. J'en ai rien à foutre, moi, de vos histoires de meufs. Depuis tout à l'heure, vous me mettez au milieu, je dois faire ceci, je dois dire cela. Je suis pas un clebs, je rapporte pas. De quoi j'ai l'air vis-à-vis de Thibault ? Remarque, je m'en fous de ce qu'il pense, monsieur « j'ai un balai dans le cul ».

Justine – Pourquoi monsieur j'ai un balai dans le cul ?

Nicolas – Excuse-moi, mais il est grave coincé ton héros !

Justine – Il n'est pas coincé ! Ça s'appelle la retenue, la distinction, la maîtrise, des qualités qui t'échappent totalement.

Mon cousin n'a pas aimé la remarque et j'ai senti que j'allais le payer.

Nicolas – Oui, c'est sûr. Mais monsieur « la retenue distinguée hyper maîtrisée » a quand même donné rendez-vous à Ingrid chez lui, pour déjeuner, à midi. Enfin, déjeuner et parler du lycée, c'est la raison officielle ! À voir comment il se noyait dans son décolleté, il a sûrement d'autres idées en tête. Remarque, il faut dire pour sa défense qu'il n'avait pas vraiment les moyens de poser l'œil ailleurs, vu la façon dont votre chère copine lui plaçait ses seins sous le nez.

Justine – Mais quelle sal...

Léa – Justine ! Ne te laisse pas déborder. On va lui régler son compte comme il se doit à la croqueuse d'hommes, mais avec la classe qui nous caractérise.

Léa a laissé passer un petit moment et puis elle a ajouté d'une voix métallique de serial killeuse possédée par le diable :

Léa – À la tronçonneuse !

Nicolas nous a regardées rire avec un air désolé.

Justine – Tu as décidé de tuer tout le monde, aujourd'hui, ou quoi ?

Léa – Pas de pitié !

Justine – Quel est ton plan, Mata Hari ?

Léa a jeté un coup d'œil sur sa montre et a réfléchi un petit moment.

Léa – Une chose est sûre, il faut l'empêcher d'entrer. Parce qu'une fois qu'elle sera chez lui, cette fille est capable de n'importe quoi. Alors on va lui tendre une embuscade en bas.

Justine

Fini les idoles bas de gamme façon chanteur ou acteur, j'ai trouvé mon modèle : Margaretha Geertruida Zelle. Son nom ne vous dit rien ??? Peut-être la reconnaîtrez-vous sous son nom d'espionne : Mata Hari !!!

Aujourd'hui, 11h44 · J'aime · Commenter

Léa et **Jim** aiment ça.

Justine Cette femme avait tout pour elle ! Avec son teint basané et son corps de rêve, Margaretha ressemblait à une princesse orientale. Lorsqu'elle dansait, aucun homme ne lui résistait. Mariée en secondes noces au très jeune capitaine russe Vadim Maslov, elle se lance à sa poursuite alors qu'il est blessé à la guerre. Elle accepte, contre un passe-droit, d'espionner le prince héritier allemand qui n'est autre que son amant. Elle est arrêtée par le contre-espionnage français dans sa chambre d'hôtel des Champs-Élysées. Après avoir lancé un baiser à son avocat et au peloton, elle est fusillée. C'est pas trop classe, ça !!!!!

Aujourd'hui, 11h47 · J'aime

Nicolas – Bon, moi je me casse faire un jogging et je passe chercher Jim. Il finit à quinze heures, on sera là après. Vos agitations de folledingues, ça me gonfle.

Mon cousin est parti dans l'indifférence générale (enfin la mienne et celle de Léa), nous étions trop occupées par notre nouvelle mission pour prêter attention à son départ. On n'a pas mis cinq minutes à élaborer notre plan. Nous allions guetter l'arrivée d'Ingrid et la faire monter chez moi pour un interrogatoire musclé au cours duquel elle devrait renoncer à Thibault sous peine d'être enfermée dans la cave.

Pour la cave, c'était du délire mais la guetter et la faire parler étaient vraiment dans nos plans.

Je ne sais pas si je vous l'ai déjà dit, mais il y a deux entrées à la maison bleue. Une du côté de la rue de l'Arlequin qui donne sur l'escalier de l'immeuble et une du côté de la rue d'Anjou qui donne sur le jardin. On ne sait jamais de quel côté les gens vont arriver. Du coup, il a été décidé que Léa resterait côté rue, et que je planquerais derrière les volets de Thibault, côté jardin.

On est donc descendues dans le plus grand silence après avoir mis nos portables sur vibreur pour pouvoir se donner des nouvelles sans être repérées.

Je savais bien que ce genre de comportement n'était plus de notre âge, mais ma crainte de voir Ingrid séduire Thibault l'emportait sur le ridicule.

De toute façon, lorsque j'ai dit à Léa que j'étais gênée, elle m'a fait justement remarquer que dans tous les romans, l'héroïne n'hésitait pas à se mettre dans des situations rocambolesques pour sauver son amour. Juliette n'avait-elle pas avalé un puissant narcotique la faisant passer pour morte afin de récupérer son Roméo ? Mme de Clèves n'avait-elle pas hésité à se retirer dans un couvent pour être certaine de garder intact l'amour de M. de Nemours ? Yseult n'avait-elle pas suivi son Tristan jusque dans la tombe pour échapper au lit du roi Marc ?

Bref, j'étais la dernière des andouilles si je n'acceptais pas de rester planquée derrière les volets de Thibault pour le protéger des griffes d'une sorcière.

L'attente a commencé. Il était midi moins cinq et la peste allait bientôt arriver. Je l'imaginais très bien se pointer dans une tenue affriolante et me susurrer sans l'ombre d'un remords : « Comment ça va, ma Justine ? On dirait que j'arrive la première dans la chasse au petit Thibault. Si tu veux regarder par la fenêtre pour voir comment font les femmes, les vraies de vraies, ne te gêne surtout pas ! »

Ou alors « Qu'est-ce que tu fais là, collée aux volets de Thibault comme un magnet à une porte de frigo ? Tu fais pitié, chérie, à le suivre façon caniche nain. Il faudrait que tu commences à avoir un peu d'amour-propre. Les hommes n'aiment pas les serpillières, ce sont les princesses qui les excitent. Regarde, hier il avait le choix et c'est moi qu'il a choisie ! »

J'ai senti une bouffée de colère monter en moi. J'ai repensé aux fois où Ingrid s'était jetée sur les garçons qui me plaisaient. Ce n'était pas arrivé qu'une fois... C'était systématique !

Le chagrin que j'avais ressenti le jour où elle m'avait piqué Manolo a refait surface. Je crois que si elle était arrivée à ce moment-là dans le jardin, je me serais jetée sur elle comme une furie.

On était en cinquième et j'étais folle amoureuse d'un copain de classe qui s'appelait Manolo. Il n'était pas très beau mais ce qui me plaisait chez lui, c'est qu'il était super gentil. Dès que j'avais une mauvaise note, il me proposait de m'expliquer la leçon à la récréation. Le bruit courait qu'il n'était jamais sorti avec une fille et comme, à l'époque, moi non plus je n'étais jamais sortie avec un garçon, je m'étais interrogée pour savoir si on ne pourrait pas partager ce premier baiser.

Je ne me suis pas interrogée longtemps. À la première fête d'anniversaire qui a suivi, voyant que je tournais autour de Manolo, Ingrid l'a plaqué contre le mur du salon et lui a donné sa première leçon de french kiss. Il a eu l'air d'apprécier.

Évidemment, leur histoire n'a duré que le temps de la fête parce que, dès le lendemain, Ingrid a décrété qu'il ne l'intéressait plus. Mais moi, voir ce garçon que j'aimais courir après la peste pour lui demander pourquoi elle ne voulait plus lui parler, ça m'a fait super mal. J'ai pleuré non stop pendant une semaine.

Et ce n'était pas ma seule histoire d'amoureux piqué. L'an dernier encore, elle m'avait refait le coup avec Benjamin, le livreur de pizzas, et l'année d'avant avec Eliot et puis aussi...

Mon portable a vibré. Léa a chuchoté dans le combiné :

Léa – Du nouveau, de ton côté ?

Justine – Non... Mais je la déteste. Tu te souviens quand elle m'a piqué Manolo ?

Léa – Ce n'est pas le moment, Justine. Ne pense plus à tout ce qu'elle nous a fait sinon tu vas imploser sur place.

Justine – Elle l'a embrassé devant moi, exprès !

Léa – Justine, stop, tu vas te faire repérer. Je raccroche !

Je suis retournée à mes souvenirs. J'ai repensé au comportement d'Ingrid avec Jim et Nicolas. Léa avait raison, il fallait que j'arrête d'y réfléchir sinon j'allais avoir un accident cardiaque !

J'ai regardé le jardin. Thibault avait réparé les dégâts de l'orage. Le banc était de nouveau à sa place, les quatre pieds dans la terre et le vieux parasol rouge Coca-Cola avait été remplacé par un parasol bleu. Une table en teck avec ses six chaises trônait au milieu. Un vrai jardin de magazine déco.

Je me suis imaginée me levant le matin, après une nuit torride, préparant le petit-déjeuner pour Thibault. Je mettrais une nappe blanche, deux bols avec des cœurs, du pain grillé et de la confiture. Mon prince, encore fatigué par la nuit, arriverait vêtu uniquement d'un boxer moulant mettant en valeur son torse musclé. À peine s'approcherait-il de moi pour me dire bonjour, qu'aimantés l'un par l'autre nous roulerions dans l'herbe mouillée de rosée.

Ouais, sauf qu'à la fenêtre, deux étages au-dessus, il pourrait y avoir mon père et ma mère. Quelle horreur !!! J'ai rembobiné mon rêve et nous sommes rentrés dans l'appartement.

Je mettrais une nappe, deux bols avec des cœurs, du pain grillé et de la confiture, mais cette fois-ci sur la table de la cuisine. Mon prince, encore fatigué par la nuit, arriverait vêtu uniquement d'un boxer moulant mettant en valeur son torse musclé. À peine s'approcherait-il de moi pour me dire bonjour que nous nous jetterions sur le parquet... Sauf que la tête à l'envers,

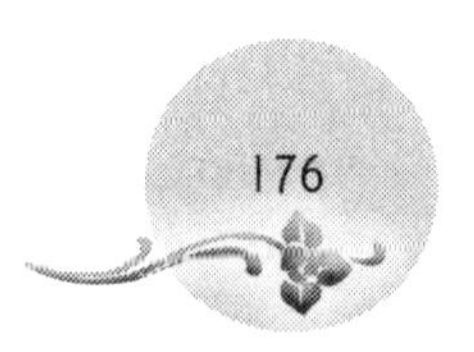

j'apercevrais peut-être Théo venant récupérer la fléchette qu'il aurait fait tomber dans le jardin. Il me verrait plaquée au sol par mon homme et crierait à ma mère : « Viens vite maman, y a Thibault qui attaque Justine ! »

J'ai de nouveau rembobiné mon rêve et j'ai décidé de ne plus penser à rien. Il était midi et demi et la peste n'était toujours pas là.

C'était à prévoir, elle lui faisait le coup du retard. Ingrid adore se faire désirer, normal puisqu'elle se prend pour une princesse. J'ai appelé Léa et je lui ai chuchoté, planquée derrière mon volet :

Justine – J'en ai marre de l'attendre. Elle a exactement ce qu'elle veut : elle est l'héroïne et nous les méchantes sœurs de Cendrillon. Elle va séduire le prince avec ses petits pieds dans ses escarpins et moi, je vais rester vieille fille avec mes grosses baskets.

Léa – C'est uniquement si tu n'as pas la force de l'empêcher d'entrer qu'elle va se taper le prince. Et puis je te rappelle que Cendrillon a eu le courage de faire le ménage et de rester habillée en souillon pour accéder à son rêve, alors tu peux bien patienter cinq minutes de plus derrière ton volet. Ce n'est pas écrit dans le conte mais avant les chaussures de vair de sa marraine, Cendrillon portait des baskets.

Justine – C'est ça.

Léa – Bien sûr, tu crois qu'elle javellisait le carrelage de la cuisine de son horrible belle-mère avec des chaussures de princesse ? Que nenni ! Elle se serait étalée. Elle portait une bonne paire de baskets antidérapantes avec semelles désodorisantes. Eh oui, on ne le dit pas assez, mais même les princesses puent des pieds quand elles mettent des baskets sans chaussettes.

J'ai éclaté de rire. Certainement trop fort parce que la fenêtre s'est ouverte et Thibault est apparu. Plus beau, tu meurs... Il portait une chemise blanche qui faisait ressortir son regard de braise et un pantalon noir. Je me suis enflammée sur place ! Ah !!! Ces cheveux encore humides de la douche et ce grain de beauté à la naissance du cou.

Il m'a souri comme il m'avait souri le matin quand j'avais soutenu qu'il ne me réveillait pas alors que j'étais totalement hirsute et en pyjama. Ce sourire tendre et moqueur qui transformerait la top model la plus prétentieuse en une timide totalement complexée.

J'essayais de prendre un air intelligent quand la voix de Léa a retenti dans le combiné. Je suis restée comme une débile avec le portable à hauteur de ma joue. Elle a commencé à vociférer.

Léa – Justine ? Justine ? Ici Radio Tango Charlie !!! Réponds-moi...

Je sais qu'il aurait suffi d'appuyer sur la touche rouge de mon portable pour faire cesser cette horrible situation, mais je regardais Thibault d'un air stupide comme si je ne savais pas d'où venait la voix.

Léa – Allô Houston ??? Avez-vous la pintade hystérique dans votre ligne de mire avant plumage complet ? Allô, allô ? Justine ? Il se passe quoi ? T'as fait pipi dans ta culotte à cause de la princesse qui pue des pieds ? Ça va être vraiment dur de vamper le nouveau dans cet état.

Je dois avouer qu'elle faisait fort ! Thibault a eu l'air désolé pour moi. À moins que ce soit pour lui... Être harcelé par une gourdasse asexuée amie d'une girafe, qui joue à la Mata Hari de Monop avec sa copine d'enfance, il y a de quoi être sincèrement désolé.

Thibault – Tu ne réponds pas à Léa ? Je crois qu'elle s'inquiète pour toi.

Justine – Non, ce n'est pas la peine, elle est juste derrière.

Thibault – Derrière quoi ?

Bon, ben voilà... À ce niveau de stupidité, il n'y a plus rien à répondre. Juste à mourir dignement.

Même ça, je n'en ai pas eu le temps ! Léa a déboulé comme une folle dans le jardin. Quand elle m'a vue avec Thibault, le téléphone toujours à la main, elle a compris. Pour une fois, elle n'a pas essayé de rétablir la situation. Elle a salué Thibault et m'a demandé si j'étais prête pour aller faire les courses. Je lui ai répondu avec une voix aussi peu naturelle que la sienne que je l'attendais depuis une heure côté jardin.

Léa – Ah, c'est dingue ces deux entrées ! Côté cour, côté jardin, on se croirait au théâtre !!!

Thibault a de nouveau souri et on a compris qu'il n'était pas dupe. Au moment où on tentait une sortie digne, il s'est adressé à moi.

Thibault – C'est bien à quinze heures, ta fête, n'est-ce pas ?

Justine – Oui.

Thibault – Je risque d'être en retard, j'ai un rendez-vous important qui pourrait s'éterniser.

Justine – Oui, oui, on sait.

Thibault – Ah bon ? Je ne vois vraiment pas comment.

Sale hypocrite... Un rendez-vous « important » qui risquait de s'éterniser, nous, on savait ce que c'était. Puisque tout était fichu entre nous, il méritait bien que je lui dise clairement ma façon de penser.

Mon portable a sonné et j'ai vu le numéro de Nicolas qui s'affichait.

Justine – Allô ?

Nicolas – Coucou mon bouchon ! Vous séchez toujours au soleil en attendant Ingrid ?

Justine – On peut dire ça comme ça.

Nicolas – Bon, comme t'es ma cousine chérie et que Léa est une super amie, je ne veux pas vous laisser poireauter plus longtemps. Vous avez assez payé pour mon réveil matinal et ma tentative d'empoisonnement. Ingrid ne viendra pas. Elle a fait ce qu'elle a pu hier pour chauffer Thibault, mais il n'a pas réagi. Je pense qu'il est PD.

Et il a raccroché avant que j'aie pu prononcer un seul mot. Pendant un court moment, un nombre incroyable de sentiments se sont bousculés en moi : une colère monstrueuse contre Nicolas pour cette mauvaise blague, la honte de m'être laissé manipuler, le soulagement de savoir qu'Ingrid n'intéressait pas Thibault, et l'amour grand comme le ciel pour mon prince oriental.

Je pensais que j'allais être anéantie par autant d'émotions en même temps mais, allez savoir pourquoi, je me suis mise à rire. Quand je dis rire, je devrais dire fou rire...

J'ai regardé le jardin sous le soleil, Léa qui souriait de me voir joyeuse, Thibault rayonnant dans sa chemise blanche. Même si, demain, c'était la rentrée, j'avais toutes les chances de séduire mon prince à quinze heures sonnantes.

Champagne
pour tous

– … ET POUR LEUR JUJU ADORÉE, PAPA ET MAMAN SOUHAITENT UNE BONNE RENTRÉE…

J'ai ouvert les yeux et j'ai vu mes parents au pied de mon lit avec un plateau. Depuis ma première année de maternelle, ils me réveillent le jour de la rentrée avec un p'tit-déj tout prêt et ils me prennent en photo avec un polaroïd.

Je ne sais pas comment leur dire que je les trouve ridicules. Petite, c'est vrai, j'aimais bien leur numéro, je m'amusais de ma tête au réveil avec cheveux en pétard et mes yeux gonflés de sommeil mais maintenant, ils pourraient comprendre que ce n'est plus de mon âge. Eh non… Ils ne perdent jamais une occasion de sortir l'album rentrée des classes.

Pourtant, je leur ai souri gentiment. Il arrive un moment dans la vie où on devient plus adulte que ses parents et la vraie force alors, c'est de ne rien dire et de les laisser continuer à jouer leur rôle de papa et maman puissants. Nous, au fond, on sait bien que tout ça n'a plus de sens mais eux, dans la mesure où ils sont restés bloqués sur notre entrée en maternelle, ils ont du mal à se positionner.

Ma mère a posé le plateau sur ma table de nuit et m'a serrée fort dans ses bras.

La mère – Efforts répétés, bac à la fin de l'année.

Génial le dicton ! Elle ne pouvait pas me dire un truc qui me fiche plus le cafard.

Le père – J'ai fait des pancakes spécial bac, c'est une nouveauté en l'honneur de ton année de terminale. J'espère que c'est bon !

Entre leur photo et les essais culinaires de mon père, ils avaient décidé de me flinguer ma rentrée.

Le problème de mon père, c'est qu'il croit qu'il est un grand cuisinier. Il collectionne les fiches recettes, chaque semaine, dans le *ELLE* de ma mère et, le dimanche, il les teste sur nous. Parfois, c'est bon mais la plupart du temps, c'est immonde. Là, je n'ai même pas osé imaginer l'arrivée, dans mon estomac vide, de son gros tas de pâte à moitié crue.

Le père – Allez ma chérie, goûte.

Joignant le geste à la parole, il a plié en deux un pancake, a versé un demi-litre de sirop d'érable dessus et me l'a tendu. J'ai réprimé un haut-le-cœur et je lui ai chuchoté, à deux doigts du vomissement :

Justine – Miam, délicieux.

Le père – C'est vrai ?

Justine – Ah oui, tu es un fin pâtissier.

C'est fou comme c'est facile de mentir ! Surtout quand l'autre vous crie de tout son être la réponse qu'il voudrait entendre.

Le père – On te laisse ma chérie. Maintenant, on va réveiller Théo en lui faisant sa petite photo.

J'ai prié pour qu'ils y aillent à la seconde de manière à pouvoir recracher ma bouchée de pancake sur le plateau. Seulement ç'aurait été trop beau. Mon père a attendu que je déglutisse et m'a tendu avec le même amour la deuxième moitié de sa mixture avec le reste de sirop d'érable.

Je sais que c'est horrible mais j'ai repensé à la phrase d'Hugo que le prof de français nous avait citée l'année dernière et qu'on

avait tous retenue : « Tout le monde n'a pas la chance d'être orphelin. »

De mon lit, je les ai entendus crier à Théo :

– ET POUR LEUR THÉO ADORÉ, PAPA ET MAMAN SOUHAITENT UNE BONNE RENTRÉE !

Maman a pris la photo rituelle. Mon petit frère a applaudi des deux mains. C'est sûr, à six ans, ça peut encore faire plaisir. Mon père a recommencé son cirque des pancakes sauf que, dans la chambre de Théo, c'était devenu des pancakes spécial enfant précoce de CE1.

Théo – Ah mais c'est dégoûtant. C'est toi qui as fait ça, papa ? Ça a un goût de vomi !

La mère – Théo !!!

Théo – Ben quoi ??? C'est vrai.

J'ai ri toute seule dans ma chambre. La vérité sort toujours de la bouche des enfants. J'ai repensé à la veille quand mon petit frère avait balancé à Ingrid : « Pourquoi tu fais toujours ta crâneuse quand il y a un garçon qui te regarde ? » Il ne pouvait pas trouver mieux à lui dire, surtout que le garçon en question, c'était Thibault.

Ah mais, je ne vous ai pas parlé de la fête à la maison en l'honneur de Patou avec mon prince en guest-star ! C'était spécial ! Allez, je vous raconte...

Hier, à quinze heures, Jim et Nicolas sont arrivés comme prévu. Mon cousin qui, si vous vous souvenez bien, nous avait fait une blague de très mauvais goût avec le faux rendez-vous d'Ingrid et de Thibault, a apporté des macarons au chocolat en guise de calumet de la paix.

Dans un premier temps, j'ai pensé que s'il croyait m'acheter avec des gâteaux, il se trompait lourdement mais quand j'ai vu la crème épaisse qui débordait entre les deux biscuits, j'ai pensé que, dans la vie, il fallait faire quelques concessions.

Avec Léa, comme on n'avait pas envie de passer pour deux gourdasses qui s'étaient fait avoir, on a un peu arrangé la vérité sur notre chasse gardée. On a raconté qu'on avait décidé de laisser la peste se ridiculiser en se jetant au cou de Thibault et qu'au moment où Nicolas nous avait téléphoné, on descendait faire des courses. Coup du hasard, on était tombées sur mon prince, seul, qui nous avait confirmé sa venue à ma fête.

Nicolas – Alors vous aviez laissé tomber l'idée de monter la garde comme des pitbulls devant l'appartement du nouveau ?

Justine – Ouais, on a juste dit ça pour rigoler. On n'est pas débiles à ce point.

Au moment où j'ai prononcé cette dernière phrase, je me suis mordu la lèvre. Parce que si, on était débiles à ce point ! Léa m'a observée à la dérobée et j'ai pensé que si nos regards se croisaient, on allait encore partir dans un fou rire épouvantable. Là, les garçons auraient beau jeu de se moquer de nous et de raconter à qui voulait notre expédition punitive au rez-de-chaussée de la maison bleue.

J'ai donc décidé d'aller chercher du Coca frais pour faire diversion.

J'étais dans la cuisine, lorsque j'ai entendu la porte d'entrée s'ouvrir.

Thibault... Mon prince, mon ange, mon grand amour, ma lumière d'Orient, ma première fois...

J'ai lâché ce que j'avais en main et j'ai couru jusqu'au salon. Je voulais qu'il me voie, moi en premier, et que mon image impres-

sionne son subconscient à tout jamais : j'avais passé mon jean taille basse, celui qui met en valeur mon ventre plat et mon tee-shirt kaki. Léa m'avait maquillée et j'avais presque réussi à me trouver jolie.

Malheureusement, dans ma précipitation, je me suis pris les pieds dans le garage à voitures que Théo avait laissé derrière le canapé et je me suis étalée de tout mon long.

– C'est gentil de m'accueillir avec autant d'empressement mais tu sais, Justine, il n'y a que les hommes que j'aime voir embrasser le bout de mes escarpins. Mes amies, elles, peuvent rester debout.

Oh non, pas elle. Pas Ingrid... Les dents sur le parquet, j'ai regardé mon cousin d'un air interrogateur, il a haussé les épaules comme pour me signifier qu'il n'y était pour rien.

Mes yeux devaient pulser de la colère parce que Jim, ne voulant pas être accusé de haute trahison, a dit d'un air très détaché :

Jim – Qu'est-ce que tu fais là, Ingrid ?

Ingrid – Je suis passée au club et la petite nouvelle à l'accueil m'a prévenue que tu étais parti avec Nicolas. J'ai pensé que vous seriez là. Qu'est-ce qu'on fait, on se bouge ? Je vous rappelle que demain c'est la rentrée et que vous êtes assis comme des vieux sur votre canapé. Enfin, je ne parle pas pour Justine qui fait serpillière avec son jean...

J'ai respiré un coup, il ne fallait surtout pas que je m'énerve. Depuis quelques secondes, j'étais résolue à la faire sortir de cet appartement au plus vite, sous n'importe quel prétexte, pour qu'elle ne croise pas Thibault.

Je me suis donc relevée avec un sourire pub de dentifrice. Les garçons n'en sont pas revenus. Ils s'attendaient à une réaction genre *Scream*, ils ont eu droit à un regard *Plus belle la vie*, période bonheur total !

J'ai chuchoté à l'oreille de la peste :

Justine – Ah, Ingrid, heureusement que tu arrives, depuis dix minutes je fais tout pour qu'on sorte. Ils ne veulent pas bouger de leur canapé. Il faut absolument que tu proposes un truc dans les trois secondes ! Si tu parviens à les convaincre, tu confirmeras ce que je pense depuis des années : cette fille fait ce qu'elle veut des hommes en face d'elle.

J'ai senti que ce challenge ravissait Ingrid et qu'elle allait faire preuve de la plus grande ingéniosité pour se montrer à la hauteur de ce qu'elle croyait être sa réputation.

Oui, je sais, c'est minable de manipuler les gens avec ce qu'ils ont de plus vil en eux mais peu m'importait. J'étais prête à tout pour mon prince, même à sacrifier mon cousin et Jim. Si la peste réussissait à convaincre les garçons de la suivre, je resterais seule avec Léa pour recevoir Thibault.

Je me réjouissais déjà de mon stratagème lorsqu'on a frappé discrètement à la porte.

Non, pas lui, pas déjà !!!

Jim est allé ouvrir la porte.

Si... LUI, déjà...

Thibault est apparu, une bouteille de champagne dans chaque main. C'était la première fois qu'un garçon m'en apportait. Jusqu'à maintenant, pour mes fêtes, ils m'offraient plutôt du Coca, les plus audacieux de la bière ou de la vodka, histoire de se la jouer, mais du champagne comme les héros dans les films, jamais ! Mon cœur a fait bang, bang, bang et j'ai cru que tout le monde l'avait entendu tellement il avait tapé fort.

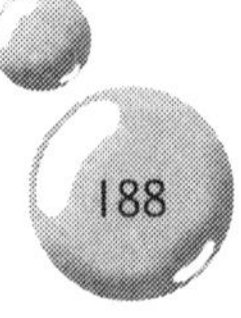

J'aurais voulu prendre cet air mystérieux des filles qui ont l'habitude de faire courir les garçons, mais je n'ai réussi qu'à sourire à Thibault. Un sourire dans lequel on pouvait assurément lire : « Je suis folle de toi, je te veux pour la vie et même après si possible. Je t'attendais depuis cent ans, endormie comme une gourde et maintenant que je suis réveillée, j'ai l'intention de ne jamais te lâcher. »

Il a fait son petit hochement de tête de garçon bien élevé qui salue une jeune fille et j'ai senti le décalage énorme qui existait entre mon désir et le sien. Aucune importance, j'étais décidée à tout faire pour qu'il m'aime comme moi je l'aimais déjà !

Thibault – Veuillez m'excuser pour mon retard. Tiens, Justine, c'est pour ta fête. Merci de m'y avoir convié. J'ai pris ces deux bouteilles dans la cave de mon père. Il m'a confié son champagne et son vin avant son départ au Liban. Je suppose que ça doit être du très bon. Mon père ne supporte que l'excellence, le reste ne devrait pas exister selon lui.

Jim – Ah ben, on devrait lui présenter le mien, ils vont bien s'entendre. Pour mon père aussi, celui qui n'est pas excellent n'a pas de raison d'exister. En dessous d'un professeur en médecine, il n'y a personne ! Que des ratés...

Thibault – Il ne nous reste donc plus que l'excellence...

Jim – Pour toi, peut-être, mais pour moi, c'est foutu. J'ai rien dans la tête, il ne me reste plus que les jambes !

Thibault – Alors sois le meilleur avec tes jambes. L'excellence ne se situe pas forcément dans le même domaine de compétence que ton père.

Mon prince a dit cette dernière phrase avec une assurance un peu trop grande mais moi, je l'ai trouvé génialissime. Il ne lui suffisait pas d'être beau comme un dieu, il lui fallait en plus être un jeune sage. Thibault mon bouddha love... Jim est resté sans voix.

Nicolas – Oh putain, elle commence bien la teuf, on dirait un débat sur Arte !

Thibault – Tu as raison, Nicolas, ce n'est pas le moment d'être sérieux. Buvons plutôt à la détermination de ta cousine et au maintien de Patou dans son enclos. Tu es d'accord Justine ?

J'aurais voulu lui répondre quelque chose d'intelligent mais j'étais pétrifiée et muette, dans la même position qu'au moment où il m'avait offert le champagne : les deux bras tendus, les mains crispées sur les goulots des bouteilles. Léa est venue à mon secours. Elle m'a arraché le champagne des mains et m'a donné un coup d'épaule pour que je réintègre mon corps.

Léa – On va mettre tout ça au frais, hein Justine ?

Justine – Euh oui...

À peine était-on arrivées dans la cuisine qu'elle m'a attrapée par les épaules et m'a secouée vigoureusement.

Léa – Il t'arrive quoi là ? T'as été hypnotisée par ce type quand t'étais planquée derrière son volet ou quoi ? Excuse-moi Justine, mais tu es carrément inquiétante.

Justine – Je l'aime d'amour...

Léa – Oui et moi j'aime le Nutella, pourtant je ne me prosterne pas dès que je vois un pot.

Justine – T'as vu comme il est beau.

Léa – Oui et j'ai vu comme t'as l'air tarte quand tu le regardes.

– Ça pour avoir l'air tarte quand elle le regarde, elle a l'air tarte.

Oh non, pas elle... J'étais tellement sur un petit nuage que j'avais complètement oublié Ingrid. Elle s'est plantée devant moi et m'a balancé méchamment :

Ingrid – Je n'irai pas par cinq chemins...

Léa – Quatre chemins, Ingrid ! Tu n'iras pas par quatre chemins. Quatre comme les quatre points cardinaux, tu vois ?

Ingrid – Je m'en fous, cinq, quatre ou douze chemins, de toute façon y en aura qu'un : vous ne m'avez pas invitée à votre petite fête et je ne suis pas près de vous le pardonner.

Justine – Formidable ! Et tu comptes t'en aller ? Ne te gêne surtout pas, la porte est grande ouverte. Ce n'est pas à moi que tu vas manquer.

Depuis toutes ces années où je la supportais, c'était la première fois que j'osais avouer une chose pareille à Ingrid. Ça m'a fait un bien fou et même Léa n'est pas intervenue pour la défendre. La peste a pris un air de princesse outragée et est sortie de la cuisine en claquant la porte.

Justine – Acte V, dernière scène : l'exil définitif de la princesse.

Léa – Si j'étais toi, je ne crierais pas tout de suite victoire, je la vois mal lâcher une affaire pareille si facilement.

Léa n'avait pas fini sa phrase qu'Ingrid est entrée de nouveau dans la cuisine, façon tragédienne au bord du gouffre.

Ingrid – Tu m'as fait trop mal !

Et elle est ressortie.

Léa – Alors, là, préparez vos mouchoirs, Ingrid va s'effondrer en larmes dans les bras des garçons en racontant tout le mal qu'on lui a fait, pauvre victime. Et comme d'hab, on va être les sorcières !

C'était compter sans la présence de Thibault. Une crise de larmes, c'était bas de gamme pour un invité comme lui. Non, la peste s'est fendue d'une fausse crise de spasmophilie avec respiration haletante qui mettait en valeur son décolleté.

Avec Léa, on est restées en face d'elle, les mains sur les hanches, sans l'ombre d'un iota de compassion. Quitte à être des sorcières, autant assumer jusqu'au bout.

Du coup, Ingrid a raccourci son numéro et s'est redressée en réajustant délicatement son soutien-gorge.

Ingrid – Excusez-moi, je suis trop émotive. Je ne supporte pas de me fâcher avec les gens que j'aime.

Nicolas – Avec qui tu t'es fâchée ?

La peste a baissé les yeux en ayant pris soin auparavant de me fixer un long moment. Dans le genre dénonciation, tu ne fais pas mieux.

Nicolas – Oh les filles, c'est pas fini vos petites histoires ? C'est bon, des mecs il y en a plein, vous n'allez pas vous battre pour ça.

J'ai fusillé mon cousin du regard. S'il ajoutait un mot faisant comprendre clairement à Thibault qu'il était l'enjeu de la dispute, je le passais par la fenêtre.

Thibault – Dites, vous ne voulez pas qu'on aille boire le champagne dans le jardin ? J'ai acheté une table et des chaises, on pourrait peut-être en profiter. Il fait un temps splendide, on sera mieux en bas.

Oh le jardin, la table en teck, Thibault et moi roulant dans l'herbe pleine de rosée, ça me rappelait tant de souvenirs. Enfin, des souvenirs de rêve...

Ingrid – Génial, j'ai mon maillot sous ma robe, je vais me faire bronzer !

Rectification : « Je vais me faire mater. » Mais je suppose que si je dis ça à haute voix, on aura droit à une nouvelle crise de spasmophilie. J'ai ravalé ma remarque et j'ai senti qu'elle restait coincée en plein milieu de ma gorge comme une arête de baleine dans le gosier d'une souris.

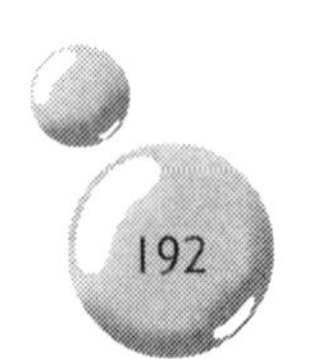

Le soleil tapait très fort dans le jardin et Thibault a ouvert le grand parasol au-dessus de la table.

Thibault – Si certains veulent de l'ombre, ils n'ont qu'à s'installer ici. Je vous sers quelque chose à boire en attendant que le champagne soit frais ? J'ai du Coca, du Perrier, de l'Ice Tea et de la bière.

On a tous voté pour du Coca sauf Ingrid parce qu'il n'était pas light. Elle a fait descendre sa robe le long de ses reins et elle a susurré en regardant Thibault :

Ingrid – Parce que tu vois, pour avoir un corps parfait, il faut faire des sacrifices et ce n'est pas en se goinfrant de Michoko et de Coca qu'on y arrive.

Oh la peste, Michoko et Coca... Elle nous déclarait la guerre.

Thibault – Qu'est-ce que je te sers à boire, alors ?

Ingrid – De l'eau fraîche... Je ne vis que d'amour et d'eau fraîche.

Mon prince lui a souri et s'est levé pour aller chercher les verres et les boissons.

Nicolas – Tu veux qu'on t'aide ?

Thibault – Non merci, tout n'est pas encore rangé chez moi, je ne voudrais pas que vous voyiez l'appartement dans cet état.

Nicolas – Tu sais, ça ne peut pas être pire que ma chambre. Même la femme de ménage refuse d'entrer. Elle dit qu'elle n'a pas ses vaccins à jour et qu'elle n'a pas envie de mourir ! La dernière fois, elle a même trouvé une fille que j'avais oubliée sous des fringues !

Léa – C'est vraiment fin et délicat.

Thibault – Tu sais Nicolas, quand on a vécu comme moi dans des ambassades avec gouvernante et femme de chambre, on est formaté maison impeccable !

Ingrid – Oh mais c'est passionnant, raconte-nous ça, j'adore !

Thibault – Je ne suis pas sûr que ce soit très intéressant. Je vais plutôt chercher quelque chose à boire, vous devez mourir de soif avec cette chaleur.

À peine avait-il franchi les portes-fenêtres qu'Ingrid a chuchoté :

Ingrid – Dans des ambassades, avec gouvernante et femme de chambre, tout à fait le genre de vie que j'aime.

Nicolas – Ouais, il se la pète un peu, là.

Léa – Non, je ne crois pas. Il parle plutôt de solitude et de manque d'affection.

Jim – Ah ouais, deux femmes pour s'occuper de lui, je ne vois pas où ça fait mal !

Léa – Vraiment, tu ne vois pas ? Deux femmes étrangères s'occupent de lui mais où est la mère qui l'aime ?

La question de Léa nous a cloué le bec et lorsque Thibault est réapparu, il régnait un drôle de silence. J'ai failli me jeter dans ses bras pour lui dire : « Ne crains plus rien, je serai ta mère, ta sœur, ta fille, ta femme, ta maîtresse, tu ne manqueras plus jamais d'amour » mais je n'ai réussi qu'à bafouiller un lamentable « merci » lorsqu'il m'a tendu mon Coca.

Thibault – Alors, parlez-moi de vous un peu... Parce qu'à part le fait que vous vous enchaîniez à des grilles pour sauver une girafe, je ne sais pas grand-chose. Qui commence ?

Léa – Moi, je veux bien commencer, seulement l'intérêt d'un tel jeu c'est que tout le monde participe. Il ne doit pas y avoir de « Je ne suis pas sûr que ce soit très intéressant ».

Thibault – Très bien, pas de joker. Pour personne. Message reçu !

Léa – Alors, moi, je m'appelle Léa. Je vis avec ma mère et ma grand-mère Eugénie dans une maison pas très loin d'ici. Justine est ma meilleure amie depuis le primaire. Je suis en première L option théâtre, enfin non, à partir de demain je suis en terminale L option théâtre. Voilà pour l'essentiel...

La division en actes dans le théâtre classique

- le premier acte correspond à l'exposition de la situation des personnages,
- le deuxième acte voit apparaître l'élément perturbateur (rupture entre Titus et Bérénice dans "Bérénice", décision du sacrifice d'Iphigénie dans "Iphigénie"...)
- dans le troisième acte, les protagonistes cherchent une solution au drame, tout paraît encore possible,
- dans le quatrième acte, l'action se noue définitivement, chez Racine du moins, les personnages n'ont plus aucune chance d'échapper à leur destin,
- au cinquième acte, l'action se dénoue enfin, entraînant la mort d'un ou de plusieurs personnages.

Justine – Seulement pour l'essentiel. Parce qu'elle a oublié de te dire que c'est la fille la plus incroyable qui existe. C'est une fée : elle voit tout, elle sait tout, elle devine tout et elle guérit toutes les peines des gens qu'elle aime.

Nicolas – Ouais méfie-toi d'elle quand même, t'es jamais à l'abri d'un empoisonnement. Une tasse de café trop vite bue et tu finis enterré dans le jardin.

Justine – À côté de la comtesse !

Thibault – Quelle comtesse ?

Comme Thibault semblait intéressé, Nicolas lui a raconté l'origine de la maison bleue et la disparition mystérieuse de cette femme.

Nicolas – Il est possible qu'elle se soit barrée avec son spanish lover mais elle est p't-être quelque part par là, en train de bouffer les pissenlits par les racines.

Thibault – J'espère pour elle qu'elle est partie et qu'elle a été heureuse avec cet homme. Tu en penses quoi Léa, toi qui devines tout ?

Léa – Je ne sais pas... Il n'y a que les cœurs vivants qui me parlent, ou alors celui qui a cessé de battre mais que j'ai tenu serré contre le mien.

C'est toujours en ces termes que Léa parle de son père. Il est mort l'année de notre sixième après deux ans de cauchemar. Je me souviens, c'était un homme aimant et souriant. Léa était sa princesse. D'ailleurs, il ne l'appelait jamais autrement que princesse Léa. Et puis un jour, il a eu des problèmes respiratoires. Il a subi un examen puis deux puis trois.

Il a été hospitalisé d'urgence. Les médecins ont parlé d'une petite intervention pour vérifier une ombre décelée au scanner. La nouvelle est tombée : cancer du poumon.

Ma meilleure amie n'avait que neuf ans, mais son père a tenu à lui dire les choses clairement. Bien sûr, à l'époque, il pensait qu'il allait s'en sortir et ce qu'il voulait c'était qu'on parle librement de sa maladie dans sa maison. Il a donc expliqué à sa fille, avec des mots qu'elle pouvait entendre, le traitement qu'il allait subir et les effets secondaires de la chimiothérapie.

Léa a accusé le coup sans manifester la moindre marque de peur ou de chagrin. Elle n'a pas pleuré lorsqu'elle a vu son père revenir sans cheveux, le teint jaune et les yeux creusés. Elle a continué à se blottir dans ses bras. La seule chose qui avait changé, c'est que c'était elle qui désormais lui lisait des histoires lorsqu'il rentrait de l'hôpital.

Lorsque, au bout de deux ans, son père est revenu mourir à la maison puisque la médecine ne pouvait plus rien pour lui, elle a installé un lit près du sien et personne n'a pu l'en déloger. Les adultes autour d'elle étaient affolés qu'une petite fille de onze ans voie le spectacle d'un homme mourant dans de telles souffrances. Malgré les efforts répétés de sa mère pour qu'elle sorte et surtout qu'elle parle de ce qu'elle vivait, Léa ne bougeait pas, elle vivait au rythme de son père. L'agonie a duré dix-neuf jours et, durant dix-neuf jours, elle n'a pas prononcé un mot. La nuit où il est mort, elle lui a fermé les yeux, puis s'est endormie à ses côtés.

Au matin, Léa n'a pas pleuré, elle a juste dit : « Il ne faut plus s'inquiéter pour lui, il a fini de souffrir. » Elle a préparé son sac et après que sa mère lui a servi son petit-déjeuner, elle est partie au collège.

Elle a refusé l'aide de la prof de français qui, prévenue par la directrice, a essayé de lui parler lorsqu'elle est entrée dans la salle de classe. Elle est venue s'asseoir à côté de moi et m'a pris la main. On s'est tenues serrées toute la journée. Elle ne m'a pas dit un mot sur ce qui venait de se passer, c'est beaucoup plus tard, à quinze ans, qu'elle m'a tout raconté.

Dans les jours qui ont suivi l'enterrement, elle a cherché à entrer en contact avec l'âme de son père. Elle avait lu dans une biographie de Victor Hugo qu'à la mort de sa fille Léopoldine, le grand poète s'était intéressé au spiritisme. Alors Léa a voulu faire tourner les tables, bouger les pendules et d'autres trucs bizarres. Moi, je crevais de peur mais elle m'avait fait jurer de rester près d'elle et de ne rien dire et j'ai tenu ma promesse. J'ai été assistante sorcière ! Le mercredi, au lieu de regarder comme tous les enfants des dessins animés ou des séries à la télé, on a fait du spiritisme sauvage. C'est pour cette enfance secrète en partage que Léa est plus que ma meilleure amie, elle est ma sœur, mon double, ma jumelle.

Thibault – Bien, au suivant... Justine ? Ingrid ? Jim ? Nicolas ? Qui s'y colle ? Après je vous promets que ce sera moi !

Jim – Oh moi, je veux bien, ça va aller vite. Je suis le fils raté d'un père brillantissime et l'ami de Nicolas depuis notre ceinture blanche de judo. J'ai arrêté mes études en troisième et je bosse au *Paradisio*, le club de fitness dont je t'ai parlé hier. Je voudrais passer mon monitorat de judo pour enseigner. Voilà, à part les jolies filles et le sport, y a pas grand-chose qui me passionne.

Thibault – En fait, tu es le sportif de la bande.

MORT DE LÉOPOLDINE HUGO

La Seine est triste face à la maison Vacquerie : un paysage sans relief, des rives de béton. Elle est d'autant plus triste depuis le 4 septembre 1843. Ce jour-là, la barque de Léopoldine Hugo, dix-neuf ans, et Charles Vacquerie, son mari depuis sept mois, est emportée par un brusque coup de vent alors qu'ils reviennent de Caudebec-en-Caux.

Pour Victor Hugo, le malheur n'arrive qu'une semaine plus tard, à la lecture du *Siècle*. Le 9 septembre, Alphonse Karr y a décrit l'accident. Le 10, Hugo lit l'article annonçant la mort de sa fille à Rochefort, où il séjourne avec son amante Juliette Drouet.

Léa – Non, ça serait trop simple de présenter les choses comme ça. Jim est très complexe. Tu apprendras à le connaître et tu verras qu'il est certainement le plus profond d'entre nous. Mais il adore se faire passer pour un crétin qui n'a rien dans la tête.

Thibault – Bien, j'ouvrirai les yeux et les oreilles alors ! Qui est le prochain ?

J'avais le cœur qui battait à toute allure. C'était horrible de me définir en quelques mots devant l'homme de ma vie. Qu'est-ce que je pouvais raconter ?

« Justine, seize ans, planche à pain qui ne quitte son jean que pour dormir, gourdasse qui n'a vécu que des histoires d'amour médiocres et passe son temps à rêver du prince charmant. Justine folle d'amour pour son voisin et terrorisée à l'idée d'avoir à dire qui elle est. »

Thibault – Et toi, Justine ?

J'ai essayé d'avaler ma salive et ça a fait un petit bruit bizarre au niveau de ma gorge. Je suis restée la bouche ouverte sans qu'un seul mot ne sorte.

Nicolas – Moi, je veux bien présenter ma cousine si elle ne peut pas parler. Elle s'appelle Justine et c'est une tête.

Justine – Oui, enfin n'exagérons rien...

Nicolas – Si, elle est en terminale S spé maths. Quand tu la vois, tu peux être sûr que derrière, il y a Crucléa, la sorcière. Ces deux meufs-là sont inséparables, t'en as deux pour le prix d'une. Elle a un caractère de cochon alors je ne sais pas pourquoi tout le monde l'aime, même moi ! Elle habite au premier étage de la maison bleue et moi au dernier, avec mon père. Avant je vivais avec ma mère et ma sœur, mais c'était prise de tête alors je suis venu habiter ici. Je suis en terminale STI, je suis un fou d'électronique et d'informatique. Je bricole aussi, alors si tu as un truc à réparer tu peux compter sur moi. Comme Jim qui est mon meilleur pote, j'aime les belles meufs.

Thibault – Génial, il ne nous reste plus qu'Ingrid...

Léa – Ah non, il nous reste aussi Thibault !

Thibault – Honneur aux dames !

Ingrid, qui s'était allongée sur l'herbe dans une pose plus que suggestive, s'est relevée façon nymphe surprise durant son bain et elle a fixé Thibault avec un regard faussement naïf.

Ingrid – Qu'est-ce que tu veux savoir ? C'est tellement difficile de se déshabiller devant un presque inconnu.

J'ai eu envie de lui balancer que, dans son cas, il suffisait qu'elle enlève trois centimètres carrés de tissu pour être nue (son string et ses deux triangles de dentelle ne devaient pas faire plus) mais je me suis tue. Je n'avais pas envie de passer pour la pauvre fille aigrie.

Nicolas – Personne ne t'a demandé de te dessaper, Ingrid, tu racontes juste deux trois trucs pour que Thibault sache à qui il a affaire.

Ingrid – Quand je parlais de me déshabiller, c'était une expression. Une façon de dire qu'il est difficile de se dévoiler.

C'est fou comme cette fille est incapable de parler d'un sujet, quel qu'il soit, sans que ça devienne chaud immédiatement : déshabiller, dévoiler...

Ingrid – ... sans se sentir prise par l'autre.

Et ça continue, « prise par l'autre », une vraie scène de X ! Alors qu'on lui demande de dire qu'elle est en terminale ES au même lycée que tout le monde et qu'elle est l'enfant unique d'un couple de vieux.

Thibault – Si ça te gêne, Ingrid, ce n'est pas grave. J'apprendrai à savoir qui tu es au fur et à mesure.

Ingrid – Tu peux compter sur moi pour te servir de guide.

Thibault – Mais dites-moi, si Justine est au premier étage, Nicolas au troisième et moi au rez-de-chaussée, qui habite le deuxième ?

Ah la question qui tue ! L'épine de la maison bleue ! Le grain de sable dans l'existence...

Nicolas – Le pervers...

Thibault – Qui ?

Nicolas – Un sale type qui ne parle jamais à personne mais qui passe son temps à mater par sa fenêtre. Là, tu vois, si tu relèves la tête très vite, il y a des chances pour que tu le voies en train de mater dans ton jardin.

Thibault – Mais il a quel âge ? Il vit seul ?

Nicolas – On ne sait pas grand-chose sur lui.

Léa – Un peu comme pour toi, Thibault, on ne sait rien.

– Ouh ouh Juju, Nico, Léa... Je peux descendre dans le jardin avec vous ? Je viens de rentrer du centre de loisirs.

Théo, qui avait ouvert les fenêtres, s'agitait dans tous les sens pour qu'on le regarde.

Justine – Oui, viens... Ah voilà un habitant de la maison bleue que tu dois absolument connaître : Théo, mon petit frère.

Thibault – Mais je le connais déjà. Il est même le premier habitant à s'être présenté. Il avait lancé une fléchette par la fenêtre et il m'a demandé l'autorisation de venir la chercher.

Ce qu'avait raconté mon petit frère était donc vrai !

Théo – Bonjour...

Justine – Salut l'affreux. C'était bien ta journée ? Gaston est venu ?

Théo – Ouais, on est allés à la piscine et on a nagé sous l'eau.

Jim – Remarque, c'est un peu normal, tu ne sais pas encore nager dessus.

Justine – T'es méchant, il n'a que six ans.

Jim – Ouais mais s'il venait à mes cours, il saurait déjà !

Thibault – Tu veux un Coca, Théo ?

Mon petit frère m'a regardée pour savoir s'il pouvait accepter. Je lui ai souri.

Théo – Oui !!!

Ingrid – Quelqu'un peut m'appliquer de la crème solaire ? Ça me brûle dans le dos.

Jim – Si tu veux, je me dévoue. Théo, viens par là que je t'apprenne comment on met de la crème aux filles, ça te sera aussi utile dans la vie que de savoir nager.

Ingrid a poussé des cris de souris dès que Jim a posé ses mains sur son dos.

Ingrid – Oh Jim, arrête, tu me chatouilles. Nicolas, Thibault, faites quelque chose pour moi ! Au secours !

Théo certainement agacé par les cris suraigus de la peste s'est reculé et a déclaré :

Théo – Pourquoi tu fais toujours ta crâneuse quand il y a des garçons ? On dirait Zoé, une fille de ma classe. Je ne la supporte pas...

Mon petit frère parlait sans l'ombre d'une méchanceté, c'était vraiment ce qu'il ressentait à ce moment précis et, comme tous les enfants, il ne savait pas encore que certaines émotions se taisent. En temps normal, je le gronde gentiment mais là, je dois avouer qu'il traduisait tellement bien ce que je pensais et que je n'osais pas dire, que je l'ai regardé en souriant. Ingrid ne s'est pas démontée.

Ingrid – Elle est aussi jolie que moi, ta Zoé ?

Théo – C'est pas MA Zoé et en plus, j'aime pas les filles, je les trouve lourdes et moches.

Jim – Tu ne diras pas toujours ça.

Et voilà, la peste arrivait encore à s'en sortir.

Léa – Alors Thibault, maintenant que tu sais à peu près tout sur tout le monde, si tu nous parlais de toi ??? C'était le jeu, non ?

Thibault – OK, je vais tout vous raconter...

Son portable a sonné.

Thibault – Sauvé par le gong ! Je réponds et je reviens de suite. Je vous promets que vous saurez tout...

Mon prince a réapparu quelques minutes plus tard, avec un air contrarié.

Léa – Quelque chose ne va pas ?

Thibault – Je suis désolé mais je suis dans l'obligation de vous laisser. Je dois absolument me rendre à un rendez-vous. Seulement ne vous gênez surtout pas pour moi, buvez tranquillement votre Coca dans le jardin. Vous êtes chez vous. De toute façon, on se voit demain au lycée. À quelle heure, au fait ?

Léa – La rentrée des terminales est à neuf heures. Le prof principal nous remet l'emploi du temps, nous fait un petit speech sur l'année à venir et après on s'en va. On peut dire qu'à dix heures et demie, on sera libres.

Thibault – Très bien. À demain, alors.

Et il a disparu.

Ingrid – Waouh... Un coup de fil et il part aussi sec. C'est peut-être un agent secret !

Nicolas – Ou un dealer...

Théo – Thibault vend de la drogue ???

Justine – Mais non, ne les écoute pas, Théo, ils racontent n'importe quoi. C'était certainement sa maman qui lui demandait d'aller chercher son cartable pour la rentrée.

Mes amis oublient souvent que mon petit frère, malgré son intelligence précoce, ne doit pas entendre certaines choses.

Nicolas – Ou c'était sa meuf qui lui promettait un truc sympa s'il rappliquait vite.

Justine – Nicolas, y a Théo !!!

Nicolas – C'est bon, il faut lui apprendre la vie à ce gamin. Il ne va pas toujours rester collé dans tes jupes, non ? Alors Léa, t'en penses quoi de ce Thibault ? Dealer, braqueur ou baiseur ?

Léa – Là, c'est une énigme. C'est un garçon très difficile à appréhender. Une vraie anguille... Je sens de bonnes énergies mais aussi du secret qui l'empêche de partager.

Ingrid – Moi aussi, je sens de très bonnes énergies surtout quand il s'approche. Ça me fait des frissons partout.

Les garçons ont éclaté de rire. Il ne leur en faut vraiment pas beaucoup.

Ingrid – Décoince-toi, Justine. Peut-être que je te le laisserai quand je n'en voudrai plus ! Tu sais, je me lasse si vite de ces choses que sont les garçons...

Léa a souri avec ce petit sourire qui n'augure rien de bon. Elle s'est approchée d'Ingrid.

Léa – Tu en parles tellement de ton pouvoir de séduction que ça en devient touchant. À se demander ce qui t'inquiète autant. Tu sais, tu es toujours une fille même si un garçon ne te désire pas.

Nicolas – Ça y est, c'est reparti, on a droit à un débat psy ! Finalement, Léa, c'est toi qui devrais te maquer avec Thibault, vous êtes aussi prise de tête l'un que l'autre. Moi, je propose qu'on aille chercher le champagne là-haut et qu'on trinque à l'année à venir !

Justine – Ça ne va pas, on ne va pas boire le champagne sans Thibault !

Nicolas – Attends, c'est lui qui s'est barré, c'est pas nous. Et puis il te l'a offert, c'est à toi maintenant.

Justine – Eh bien justement, je refuse qu'on le boive. De toute façon, il est tard, je vais prendre ma douche et préparer mon sac pour demain. Léa, tu fais quoi ?

Léa – Moi aussi, je rentre. On se retrouve au lycée demain ?

Justine – Ouais...

Je n'étais ni triste ni euphorique, je suis rentrée à la maison plutôt intriguée. Thibault n'avait pas livré grand-chose de lui mais j'étais résolument folle amoureuse.

Je ne pouvais pas m'empêcher de penser que, malgré sa réserve, il était, lui aussi, très attiré par moi. Intuition ? Fantasme de pauvre fille désœuvrée ? Je n'avais pas encore la réponse et, en attendant, j'avais un problème plus urgent : demain c'était la rentrée et je ne voyais vraiment pas où j'allais trouver l'énergie de supporter dix mois de galère avant l'exécution finale.

L'injustice se paie cash

– Voici votre emploi du temps, vous n'avez pas besoin de moi pour le lire. Je ne vous ferai pas perdre votre temps en bavardages inutiles. Sachez que cette année est l'année de tous les dangers et que, dès demain, la prison d'Alcatraz sera le club Med à côté de ma salle de classe. Donc profitez bien de votre dernière après-midi dans le monde des hommes et des femmes libres.

M. Ajoupa, le prof de maths, nous avait distribué une feuille en prononçant ce discours de bienvenue. Pour un premier jour de rentrée, on ne pouvait pas rêver mieux. Déjà que j'avais le cafard parce que Thibault n'était pas dans la même terminale que moi.

Je suis sortie de la salle un peu sonnée et je n'ai pas cherché à parler aux élèves de ma classe. Entre ceux qui jouaient les rebelles et ceux terrorisés qui allaient acheter, à la seconde, les annales de maths, de physique et de SVT, je ne savais pas où trouver ma place.

J'ai attendu un long moment Léa et les autres dans la cour, mais comme personne ne se décidait à sortir, je suis rentrée chez moi. Il faisait déjà très chaud et j'avais envie de prendre une douche glacée pour me remettre les idées en place.

Je me suis sentie tout de suite mieux. Allongée sur mon lit, j'ai rêvé de mon beau Thibault.

J'étais en train de m'imaginer dans ses bras lorsque mon portable a sonné. J'ai décroché.

Léa – Arrête de penser à lui tout le temps, c'est fatigant.

Justine – Léa? Mais comment tu sais que je pensais à lui?

Léa – Je t'entends d'ici et ça me fait mal à la tête. Tu fais quoi là, à part t'imaginer dans ses bras?

Justine – Léa, mais comment tu sais? Si ça se trouve, t'es une vraie sorcière.

Léa – C'est pas « si ça se trouve », JE suis une VRAIE sorcière. Bon, t'es où? Je suis juste en face du lycée, je t'attends.

Justine – Je suis rentrée. Le prof de maths nous a assassinés.

Léa – T'as qui?

Justine – Ajoupa.

Léa – Aïe! Il vous a fait le coup d'Alcatraz?

Justine – Ouais!

Léa – Bon, je comprends le coup de blues. Je te propose de ne plus parler du lycée jusqu'à demain.

Justine – Très bonne idée.

Léa – Tu viens avec moi acheter un agenda? J'en ai vu un joli chez le libraire en face de la mairie.

Justine – T'es folle? Tu veux me tuer le moral ou quoi? T'as pas trouvé un achat plus monstrueux qu'un agenda?

Léa – Au contraire, c'est pour éviter le choc de la rentrée. Il faut s'habituer petit à petit. On achète un agenda aujourd'hui, puis demain les copies doubles grand format/grands carreaux, après-demain...

Justine – Arrête, Léa, je vais vomir! Tu ne veux pas qu'on aille à la piscine?

Léa – Les deux alors : librairie et piscine! J'ai laissé mon maillot noir chez toi, je passe te prendre. On achète nos agendas et après on va se baigner. D'accord?

Justine – D'accord.

Léa – Des nouvelles de ton futur mari ?

Justine – Aucune. Je ne sais même pas s'il est venu au lycée ce matin.

Léa – Laisse-le, il va finir par montrer le bout de sa truffe. Il est chat.

Justine – Il est quoi ???

Léa – Il est chat. C'est son totem, l'animal qui lui ressemble. Allez, j'arrive dans cinq minutes.

Effectivement, elle était à la maison bleue cinq minutes après.

Léa – T'es prête ?

Justine – Yes !

Lorsque nous sommes descendues, nous avons fait un petit tour discret par le jardin pour voir si les volets de Thibault étaient ouverts. Ils l'étaient...

Mon cœur a battu façon basse de hard rock. Non seulement ses volets étaient ouverts, mais il avait entrebâillé ses portes-fenêtres, si bien que j'ai entendu sa belle voix grave. Je ne sais pas à qui il parlait, mais ça m'a rendue folle de jalousie. Je me suis approchée pour mieux entendre.

Il m'a semblé qu'une ombre de femme passait près de la fenêtre. Léa, qui était restée en retrait, m'a tirée d'un coup sec par le bras.

Léa – Ne reste pas là, il va te voir.

Justine – Tu as entendu sa voix ?

Léa – Oui.

Justine – Léa, je l'aime.

Léa – Tu me l'as déjà dit. Allez viens, on va à la piscine, il faut te refroidir un peu.

Justine – À qui il parlait ?

Léa – Je ne sais pas.

Justine – Tu crois qu'elle a passé la nuit là et que c'est pour ça qu'il n'est pas venu au lycée ce matin ?

Léa – Qui ?

Justine – La fille à qui il parlait.

Léa – Ah oui, y a pas de doute, t'es amoureuse : t'es déjà complètement stupide.

Justine – Je t'en supplie Léa, sors tes cartes, ton pendule ou fais apparaître le diable en personne pour que je signe un pacte, mais tu dois agir pour mon bonheur : fais disparaître la fille qui est à l'intérieur. Je veux...

Léa n'a pas cherché à entendre la fin de ma phrase. Elle est partie, me laissant plantée comme une gourde derrière les volets de mon grand amour. Je l'ai rejointe à la vitesse de la lumière.

Justine – Tu ne veux pas agir pour mon bonheur ?

Léa – Si, je viens de le faire.

Justine – La fille a disparu ?

Léa – Non, je t'ai fait disparaître, toi. Ce qui me semble indispensable pour qu'il puisse, peut-être, y avoir une histoire entre Thibault et toi. Qu'est-ce que tu crois qu'il penserait d'une fille qui l'espionne deux jours de suite ?

Justine – Qu'elle l'aime à la folie et qu'elle est prête à tout pour lui.

Léa – C'est ça. Allez, on va acheter les agendas, ça te remettra les deux pieds dans la réalité.

On n'avait pas fait dix mètres dans la rue qu'on a entendu une voix hurler nos prénoms. On n'a pas eu besoin de se retourner pour savoir qui était derrière nous. Miss pot de colle !

Ingrid – Ouh ouh, les filles...

Justine – Qu'est-ce qu'on fait ? On court, on essaie de la semer ?

Léa – Pas la peine, elle nous rattrapera, cette fille est de la glu. Souris, ça fera plus naturel.

Ingrid – Coucou les filles, comment va la vie ? Ouh là là Justine, qu'est-ce qui est arrivé à tes cheveux ?

Justine – Rien, ils sont mouillés c'est tout. J'ai pris une douche.

Ingrid – Tu ressembles au yorkshire de ma tante quand elle lui donne son bain ! Mais ne le prends pas mal, j'adoooore Nana.

Justine – Qui ?

Ingrid – Nana, la petite york de ma tante. Elle est super mignonne.

J'ai regardé Léa et elle a dû sentir que si elle n'intervenait pas très vite, il allait y avoir meurtre.

Léa – Ingrid, on est obligées de te laisser, on a des courses à faire.

Ingrid – Où ça ?

Justine – À la S.P.A.

Ingrid – Ah ouais ??? Vous voulez adopter un chien ?

Justine – Non, je recherche ma famille ! Des yorks dont on a perdu la trace pendant la guerre.

Ingrid – Tu te moques, là ?

Justine – Ouais.

Ingrid – Ah ce que tu peux être drôle !!! Allez, je vous accompagne. Je ne vais pas vous laisser tomber, ne vous inquiétez pas.

Et voilà comment mademoiselle boulet nous a accompagnées jusqu'à la librairie. La seule chose qui m'a permis de tenir le coup, c'était de savoir qu'Ingrid n'avait pas ses affaires de piscine et qu'elle ne pourrait pas venir se baigner avec nous. J'ai donc supporté avec vaillance son show permanent sur le chemin.

Arrivée à la librairie, il m'a fallu encore plus de courage parce qu'il y avait un nouveau « contrat étudiant » à la caisse : un grand blond plongé dans la lecture d'un roman. Le garçon a eu le malheur de ne pas lever immédiatement les yeux lorsque nous sommes entrées, et Ingrid a pris cela pour une insulte à sa féminité. Elle a donc entrepris de le séduire, enfin plutôt d'y mettre le feu. Elle est passée et repassée devant lui en prenant soin à chaque fois de faire glisser lentement la bretelle de son top et de la remettre comme si elle était gênée.

Après avoir observé son manège, le jeune vendeur lui a demandé très sérieusement si elle voulait du scotch. Comme Ingrid, vexée, n'a rien trouvé à lui répondre, il s'est replongé dans la lecture de son livre. J'ai failli exploser de rire.

Léa a choisi son agenda. Une femme aux yeux de chat souriait d'un air énigmatique sur la couverture. Elle l'a posé sur le comptoir, l'air ravi.

Ingrid – C'est qui celle-là ?

Léa – Colette.

Ingrid – C'est nul, elle porte le nom d'un lycée.

Léa – Ah non ! C'est le lycée qui porte son nom. Colette est une des plus grandes écrivaines du XXe siècle.

Le grand blond s'est arrêté net de lire et il a fixé Léa.

Le grand blond – Tu aimes ses romans ?

Léa – Ah oui, plus que ça même. J'ai une passion pour *La Vagabonde*. On n'a rien écrit de plus pertinent sur l'amour. C'est mon roman préféré.

Le grand blond – Non ? C'est vrai ? C'est mon roman préféré aussi. En général, les gens ne le connaissent pas. Je prépare mon mémoire de master sur Colette.

Pour la première fois depuis son histoire avec son prof d'art dramatique, j'ai vu Léa regarder un garçon avec intérêt. Ça n'a évidemment pas échappé à mademoiselle « Tous les hommes sont pour moi ». Elle a tenté de se faire remarquer.

Ingrid – Waouh, tu es en master, je suis impressionnée !!! Je ne sais plus quoi dire...

Le grand blond – Eh bien, ne dis rien.

Là, c'en était trop pour Ingrid qui a haussé les épaules et est sortie de la librairie en grommelant. Le beau blond ne s'en est pas soucié, il semblait captivé par Léa.

Le grand blond – Et qu'est-ce que tu penses de *L'Entrave* ?

Léa – C'est mon deuxième roman préféré dans le top ten !

Le grand blond – Moi aussi !

C'était trop mignon de les écouter discuter. Bien sûr, la lecture ce n'est pas vraiment mon truc, mais je retrouvais Léa souriante et séductrice malgré elle. J'avais peur de bouger ou de parler et de rompre le charme.

Une mamie qui cherchait un roman policier les a interrompus. Si je l'avais vue venir, je crois que je l'aurais bâillonnée. Le grand blond a été obligé d'aller chercher un livre en rayon. Léa lui a dit au revoir très vite et on est sorties. Ingrid était toujours dehors, elle se remettait du gloss en se regardant dans la vitrine. Quand Léa nous a rejointes, je me suis jetée sur elle.

Justine – Mais pourquoi t'es partie ? Il a l'air super !

Ingrid – Super, n'exagérons rien. Le genre qui passe sa vie dans les bouquins et qui est incapable de reconnaître une jolie fille quand il en a une en face de lui.

Justine – Ah si, il l'a reconnue, crois-moi.

Ingrid – Ah bon ? Il m'a à peine regardée et...

Elle n'avait pas fini sa phrase que le grand blond est sorti comme un fou de la librairie. Il a eu l'air soulagé en nous apercevant. Il a tendu un petit papier à Léa.

Le grand blond – Désolé, la cliente ne trouvait pas son livre toute seule. J'aimerais beaucoup continuer cette discussion sur Colette avec toi. Je te laisse mon numéro. Je ne travaille pas samedi, si ça te dit d'aller boire un verre ? Je m'appelle Adam.

Léa – Et moi Léa.

Le grand blond – Alors à samedi j'espère, Léa...

Et il est parti.

Ingrid a eu du mal à déglutir.

Ingrid – Eh ben, comment tu l'as chauffé dès que j'ai eu le dos tourné.

J'avais l'intention de régler définitivement son compte à Ingrid lorsque mon portable a sonné. C'était Jim. Enfin, je dis que c'était Jim parce que son nom s'est affiché mais pendant un moment, comme personne ne parlait, j'ai cru que son portable s'était mis en marche tout seul.

J'ai répété allô à plusieurs reprises : rien... J'allais raccrocher lorsque j'ai entendu un « Justine » à peine articulé.

Justine – Jim ? Allô ? Allô ? Jim, c'est toi ?

Jim – Oui.

Justine – Ça va ?

Jim – Non.

Justine – Qu'est-ce qui se passe ?

Alors là, je ne pourrais pas répéter ce qu'il m'a dit, je n'ai rien compris. C'était un mélange de phrases sans queue ni tête entrecoupées de moments de silence durant lesquels j'entendais des bruits sourds.

Justine – Jim, tu peux te calmer et répéter ce que tu viens de me dire en version ralentie ? Il se passe quoi ?

Jim n'a pas été plus clair mais, au milieu d'un magma de phrases incompréhensibles, j'ai réussi à capter quelques mots : « directeur du club, poing dans sa gueule, viré, tué ». Là, j'ai complètement paniqué. Est-ce que Jim avait tué le directeur du club de fitness parce qu'il l'avait renvoyé ? Je lui ai demandé où il était et lorsqu'il m'a dit qu'il était encore au club, je lui ai ordonné de ne pas bouger. Nous étions à un quart d'heure du *Paradisio*, en se dépêchant on y serait en moins de dix minutes.

Je devais être toute blanche quand j'ai raccroché, parce que Léa m'a d'abord proposé de m'asseoir sur un banc et de respirer avant de parler.

J'avais à peine terminé d'expliquer l'appel de Jim qu'Ingrid a réagi.

Ingrid – Oh, il peut compter sur moi, j'irai le voir en prison ! Je me vois déjà au parloir, cachant mes larmes pour ne pas l'inquiéter. En revanche, je ne sais pas comment ils vont calmer tous ces prisonniers sans femme lorsque j'arriverai.

Ingrid a été désintégrée par le feu croisé de nos deux regards noirs.

Ingrid – Quoi ? Pourquoi vous me fixez comme ça ?

On ne s'est pas donné la peine de lui répondre. Léa a immédiatement téléphoné à Nicolas et lui a expliqué la situation. Mon cousin, qui était au café avec une fille de sa classe, a assuré à Léa qu'avant cinq minutes il serait aux côtés de Jim et qu'on n'avait qu'à les rejoindre devant le club.

Je ne me souviens pas d'avoir marché aussi vite de toute ma vie. J'étais morte d'inquiétude. Même Léa, qui en général ne s'affole pas, semblait anxieuse.

Justine – Léa, tu sens quoi ?

Léa – Je ne sens rien. J'espère juste qu'il n'a rien commis d'irréparable.

Ingrid – Et à moi, tu ne me demandes pas ce que je sens ? Eh bien, je crois que je vais avoir des ampoules aux pieds. C'est insupportable de courir avec des talons.

Sans commentaire...

Nous étions à cent mètres du club lorsque nous les avons aperçus. Nicolas avait plaqué Jim contre un mur et lui tenait les bras comme pour l'empêcher de bouger.

Jim était rouge et avait les cheveux collés par la sueur. Ses poings étaient en sang. Lorsqu'il nous a vues, il s'est retourné comme s'il voulait rentrer dans le mur et soudain ses épaules se sont crispées spasmodiquement puis il a explosé en sanglots.

C'est drôle, aussi loin que remontaient mes souvenirs, je n'avais jamais vu Jim pleurer. Il nous avait toujours caché ses émotions.

Ça m'a causé un tel chagrin que je me suis mise à pleurer. J'aurais voulu me contenir, mais je n'ai pas réussi.

Lorsque j'ai relevé la tête, je me suis rendu compte que le visage d'Ingrid était aussi inondé de larmes.

Comme quoi, on peut se tromper sur les gens.

Léa est allée tranquillement vers Jim et lui a mis la main sur l'épaule. Il s'est retourné et s'est blotti dans ses bras.

Ingrid a stoppé net de pleurer et les a observés l'air totalement dépité. Elle m'a chuchoté :

Ingrid – Mais elle va tous nous les piquer ou quoi ? Tout à l'heure le blond de la librairie, maintenant Jim, et puis qui encore ? Je suis sûre que son prof d'art dramatique, c'est une couverture. Elle fait semblant de ne pas s'intéresser aux garçons et quand ils approchent, paf, elle les coince.

Ah non, c'était une erreur, ses larmes sur les joues ! Finalement, on connaît bien les gens.

Jim a réussi à se calmer et il nous a raconté ce qui lui était arrivé.

Jim – Ce matin, je suis arrivé au club à dix heures comme tous les mercredis. Je suis allé au vestiaire me mettre en tenue, mon casier était ouvert et vidé. Le cadenas avait été forcé. J'ai foncé à l'accueil pour signaler le vol mais avant que j'aie ouvert la bouche, Barbara la secrétaire m'a annoncé que monsieur Blanc voulait me voir. Elle ne semblait pas savoir pourquoi. Sur le coup, j'ai cru que le *Paradisio* avait été cambriolé et que le directeur voulait me parler de mon casier. Mais lorsque je suis entré dans son bureau, j'ai compris tout de suite que le problème était ailleurs. Il m'a accueilli comme si j'étais un délinquant et m'a balancé que je l'avais terriblement déçu. Je ne savais pas pourquoi il me disait ça et j'ai eu l'impression de me retrouver face à mon père le jour où je lui ai annoncé que j'arrêtais mes études pour préparer mon monitorat de judo : le même manque de confiance, le même mépris dans les yeux. Ça m'a fait complètement disjoncter. Je lui ai demandé un peu brutalement ce que j'avais fait. Il m'a rétorqué que j'étais un voleur et qu'il me donnait jusqu'à ce soir pour lui restituer l'argent que j'avais pris dans la caisse sinon il appellerait les flics. Je lui ai hurlé que je n'avais pas touché à son sale fric et que ses menaces ne m'impressionnaient pas. Il m'a montré la porte et m'a fait signe de dégager comme si j'étais un chien. Je n'ai pas supporté, j'ai donné un coup de poing sur son bureau, tous ses dossiers sont tombés par terre. Après je suis sorti et j'ai téléphoné à Justine.

Je ne peux pas vous dire à quel point j'ai été soulagée : Jim n'avait tué personne. D'accord la situation était plus que problématique, mais il n'y avait pas mort d'homme. Comme d'habitude, Ingrid a fait preuve d'une grande délicatesse.

Ingrid – Mais t'as piqué combien dans sa caisse?

On a tous serré les dents, pensant que Jim allait exploser, eh bien non... Il s'est contenté de se dégager des bras de Léa dans lesquels il était resté blotti et il est parti. Nicolas s'est mis à hurler.

Nicolas – Mais t'es plus conne que conne, toi ! Si tu crois vraiment que Jim a pu voler le fric de ce gros porc, dégage et ne remets plus jamais les pieds à la maison bleue !

Le rêve ! La maison bleue sans Ingrid !!! Durant un quart de seconde, j'ai baigné dans un état de totale félicité.

Léa – STOP. Arrêtez tous ! Ce n'est pas le moment de se disputer. Jim a un problème délicat et il faut qu'on l'aide. Nous sommes amis, oui ou non? Je pense que, le mieux, c'est d'aller chez moi. Eugénie sera de très bon conseil.

Elle avait raison. On l'a suivie sans un mot. C'est drôle parce qu'en temps normal, lorsqu'on marche tous les cinq dans la rue, on forme toujours des petits groupes : les garçons devant, les filles derrière OU Léa et Nicolas, Jim et moi et Ingrid toute seule OU Léa et moi, les garçons avec Ingrid qui les colle. Mais là, non... On a formé une ligne de cinq individus indissociables avançant d'un seul pas. Les CIK.

Si l'amitié doit ressembler à quelque chose, je suis sûre que c'est à cela. Une ligne de force qui vous relie et vous aide à tenir debout. Un sentiment proche de l'amour mais qui a l'avantage de se vivre sans la peur permanente de perdre l'autre.

Eugénie nous a accueillis avec son sourire légendaire. Elle ne nous a pas demandé pourquoi on débarquait avec des têtes de déterrés. Elle nous a juste proposé de venir goûter sa tapenade et ses poivrons grillés dans la cuisine. Léa a souri et m'a chuchoté :

Léa – Sacrée Eugénie, rien ne lui échappe !

Je n'ai pas saisi en quoi nous faire avaler des trucs immangeables était le signe infaillible qu'elle avait parfaitement analysé la situation. Dans la famille sorcières, j'ai du mal à comprendre ma copine alors sa grand-mère, je n'en parle même pas.

Eugénie a sorti une nappe blanche et a mis la table. Quand elle a eu fini, elle s'est assise à côté de Jim et elle lui a dit :

Eugénie – Alors mon grand, c'est quoi cette injustice dont tu es la victime ?

Si je n'avais pas connu les talents de cette femme, j'aurais juré qu'elle avait posé des questions en douce à Léa sans que je m'en aperçoive, mais je la savais, elle aussi, tout à fait capable de deviner les choses. Pour la deuxième fois de la matinée, Jim a déballé son histoire. Eugénie a écouté très attentivement puis elle lui a posé des questions précises sur l'organisation du *Paradisio* : les tarifs, les cotisations, les modes de règlement, les heures d'ouverture, le personnel, les conditions dans lesquelles il avait été embauché...

À aucun moment, elle ne lui a demandé s'il avait pris de l'argent dans la caisse. Ça a dû beaucoup toucher Jim parce qu'à la fin de la discussion, il lui a dit d'une voix cassée par l'émotion :

Jim – Vous ne me demandez pas si je suis coupable ?

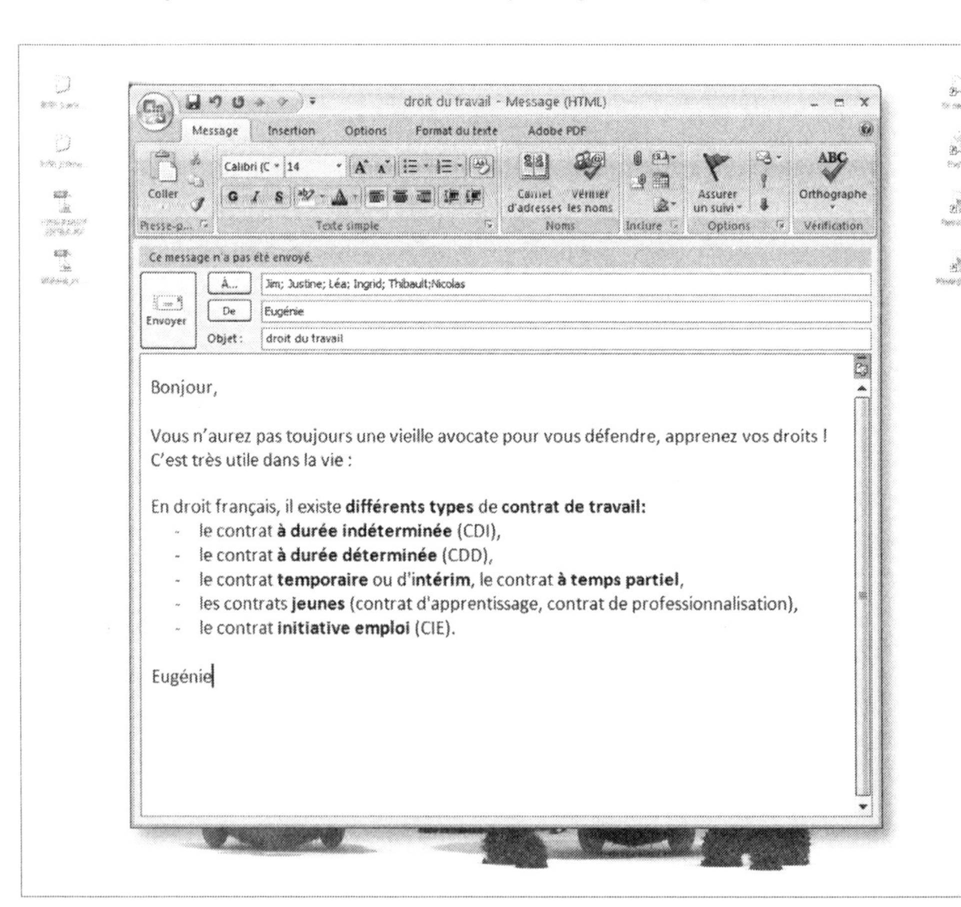

droit du travail - Message (HTML)

Ce message n'a pas été envoyé.

À... Jim; Justine; Léa; Ingrid; Thibault;Nicolas

De Eugénie

Objet : droit du travail

Bonjour,

Vous n'aurez pas toujours une vieille avocate pour vous défendre, apprenez vos droits !
C'est très utile dans la vie :

En droit français, il existe **différents types** de **contrat de travail:**

- le contrat **à durée indéterminée** (CDI),
- le contrat **à durée déterminée** (CDD),
- le contrat **temporaire** ou d'**intérim**, le contrat **à temps partiel**,
- les contrats **jeunes** (contrat d'apprentissage, contrat de professionnalisation),
- le contrat **initiative emploi** (CIE).

Eugénie

Eugénie – Quelle question t'ai-je posée en premier, mon grand ?

Jim – Je ne sais plus.

Eugénie – Je t'ai demandé quelle était l'injustice dont tu étais la victime. Ce qui, je crois, laisse parfaitement entendre que je te sais innocent.

Jim – Qu'est-ce que je dois faire alors ?

Eugénie – D'abord manger ma tapenade parce que ne pas y goûter serait une faute impardonnable. Pour le reste, ne te fais aucun souci, je vais me préparer et nous allons régler cette affaire très vite.

Dès qu'elle est sortie de la pièce, Nicolas, inquiet, a questionné Léa.

Nicolas – Qu'est-ce qu'il doit faire alors ?

Léa – Manger de la tapenade, elle vient de le lui dire !

Jim – T'es sûre qu'elle va trouver une solution pour moi ?

Léa – Oui, j'en suis sûre. Tu as vu comme ses yeux pétillaient lorsqu'elle t'a posé les questions sur les tarifs et l'encaissement des cotisations ? Elle a dû voir un truc qui clochait. Tu peux manger tranquille, ce soir cette affaire sera réglée. Pas d'autres questions ?

Ingrid – Si ! Y a combien de calories dans cent grammes de tapenade ?

Je ne savais pas combien il y avait de calories dans la tapenade, mais j'ai vraiment regretté qu'il n'y ait pas une quantité suffisante de mort-aux-rats pour faire taire définitivement Ingrid.

Lorsque Eugénie est revenue dans la cuisine, on est tous restés médusés.

Elle qui, en temps normal, porte des vêtements plutôt jeunes, était fagotée n'importe comment. Elle avait ressorti un chemisier beige d'avant-guerre et une jupe écossaise absolument atroce. Pour couronner le tout, elle avait mis sur le bout de son nez une paire de lunettes roses. Elle nous a salués façon comédienne qui a réussi son entrée sur scène.

Eugénie – Première leçon, mes enfants. Si vous ne voulez pas éveiller les soupçons, soyez ridicule. On ne se méfie pas d'un être ridicule, on pense que s'il n'a pas assez de jugeote pour se rendre compte de son état, il n'est pas capable de discernement. Or le vrai malin, c'est celui qui se moque de ce qu'on pense de lui et cache son jeu. Il adore qu'on le prenne pour un idiot, cela lui permet de mieux piéger sa proie. Pour la seconde leçon, il faudra attendre un peu. Bon appétit et à tout à l'heure.

Léa – Tu vas où ?

Eugénie – Inscrire mon petit-fils au *Paradisio*. C'est bientôt son anniversaire et je veux lui réserver une surprise.

Ingrid – Mais je croyais que Léa était votre seule petite-fille ?

Eugénie – Ah oui ??? C'est fou, j'étais persuadée que j'avais un petit-fils mais tu as raison, je n'en ai pas. Tans pis, je vais l'inscrire quand même.

Jim – On ne vient pas avec vous ?

Eugénie – Non merci, mon grand, je ne connais aucun d'entre vous. Je suis une vieille dame très seule qui ne comprend rien aux règlements par chèque.

Et elle est partie en nous faisant un super clin d'œil.

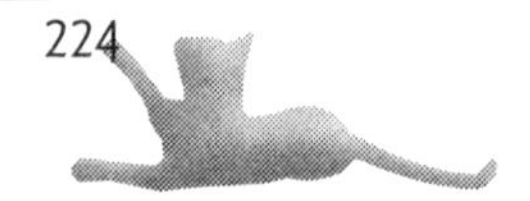

Ingrid – Pauvre Eugénie, elle commence à perdre la tête. J'ai entendu dire que certains vieux avaient une maladie qui effaçait leur mémoire. Je ne sais pas si nous devons lui faire confiance pour l'affaire de Jim.

Quand quelqu'un sort autant d'inepties à la minute, il arrive un moment où plus personne ne cherche à lui expliquer ses erreurs. C'est ce qui s'est passé. La remarque d'Ingrid est restée lettre morte.

Léa a sorti du fromage, du poulet froid et on a déjeuné sans un mot. C'est drôle parce qu'aucun d'entre nous ne parlait, mais on pouvait entendre chacun réfléchir dans son coin. Évidemment, c'est la peste qui a rompu le silence.

Ingrid – Léa vous a dit qu'elle a chauffé à mort un grand blond et qu'elle a un rencard samedi ?

Nicolas était bouche bée. Un peu comme dans les dessins animés quand les personnages restent bloqués sur une mimique. Il faut avouer que Léa chauffant un garçon, c'est aussi incroyable que si Ingrid nous annonçait qu'elle est nommée archevêque de Canterbury.

Justine – Elle ne l'a pas chauffé, elle l'a envoûté malgré elle. Adam est tombé sous le charme de notre belle Léa.

Nicolas – Adam, c'est un prénom ?

Justine – Oui, celui du premier homme et je trouve que c'est plutôt bon signe.

Nicolas – C'est le signe que son père avait bu le jour où il a été le déclarer à la mairie. Adam ! Il ne pouvait pas trouver plus ridicule.

Léa – Il prépare un mémoire sur Colette, la plus grande écrivaine du XXe siècle.

Nicolas – Ah ouais... Il part avec un handicap quand même !

Léa – Ça dépend pour qui.

Justine – Eh Léa, tu le défends ??? C'est trop mignon. Tu l'aimes déjà ???

Léa – N'importe quoi !

Ingrid – Oh tu peux le dire, ça ne me pose aucun problème, je te le laisse. Il n'est absolument pas mon genre.

Justine – T'es trop gentille, Ingrid, de le lui laisser parce qu'à voir comment il t'a regardée dans la librairie, moi j'ai bien compris qu'il s'est rabattu sur Léa par dépit.

J'étais persuadée que ma remarque perfide allait la vexer à mort, mais pas du tout ! La peste l'a prise au premier degré. Elle a posé sa main sur celle de Léa et lui a chuchoté façon héroïne de feuilleton sur TF1 :

Ingrid – Tu as ma bénédiction, ma chérie, sois heureuse !

Jim qui était resté dans son coin et n'avait pas ouvert la bouche depuis le départ d'Eugénie s'est levé brusquement.

Nicolas – Où tu vas ?

Jim – Il faut que je bouge sinon je vais péter un plomb. Tout se bouscule dans ma tête et j'ai l'impression d'être retourné plusieurs années en arrière.

Nicolas – Je viens avec toi.

Jim – Non, je t'assure, j'ai besoin d'être seul.

Léa – Tu promets que tu reviens dans moins d'une heure ?

Jim – Je te le promets Léa, c'est juste que là, si je ne bouge pas, je vais imploser.

Léa – Très bien, on t'attend alors.

Jim est sorti sous le regard inquiet de Nicolas.

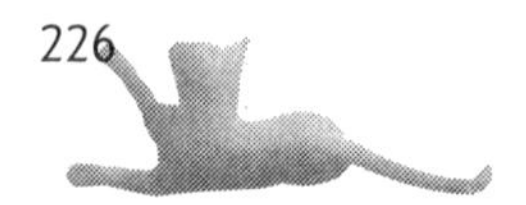

À apprendre par coeur pour ne pas avoir l'air trop débile quand Léa me parle de Colette !!!!

Sidonie-Gabrielle Colette est née en janvier 1873. Elle a vingt ans quand elle se marie avec Henry Gauthier-Villars, dit « Willy ». Celui-ci l'encourage à écrire et publier ses souvenirs d'enfance : c'est ainsi qu'est écrite (mais publiée sous le nom de son mari) la série des CLAUDINE.

Ma Léa !!

Après son divorce d'avec Willy (1906), Colette signe ses œuvres. Avec « Missy », avec qui elle s'est liée, elle fait l'expérience du music-hall.
Elle épouse Henry de Jouvenel en 1912 et devient journaliste au Matin. Colette publie CHÉRI en 1920, LE BLÉ EN HERBE (1923), SIDO (1930) et LA CHATTE en 1933. En 1945, Colette est élue membre de l'Académie Goncourt.
Elle meurt en août 1954 à Paris.

Nicolas – T'es sûre que c'est prudent de le laisser seul maintenant ? Tu sais de quoi il est capable.

Léa – Aie confiance en lui. Il a promis qu'il reviendrait avant une heure.

Nicolas – Quand vous êtes arrivées tout à l'heure, il frappait dans le mur.

Je ne peux pas vous dire l'état dans lequel on a été pendant tout le temps où on a attendu Jim. Vingt fois, Nicolas s'est levé en disant : « Cette fois, j'y vais... Il va faire une connerie et moi, je suis là comme un taré, le cul sur une chaise » et vingt fois, Léa l'a obligé à se rasseoir en lui demandant de laisser à Jim la possibilité de choisir de revenir pour affronter la difficulté.

Léa – C'est important pour lui de se confronter à cette situation.

Nicolas – Putain, Léa, je comprends rien quand tu parles. Moi, je sais un truc, Jim c'est mon pote et il a besoin de moi. Il faut que j'y aille, c'est tout. Ton baratin de psy à deux euros, ça me gave.

Léa – Fais-moi confiance. Il va revenir. Et s'il te trouve assis à son retour, il saura que tu crois en lui.

Nicolas n'a pas bougé de sa chaise mais à entendre les coups réguliers qu'il balançait dans les pieds de la table, il n'était pas rassuré.

Pourtant, Jim est revenu au bout d'une heure comme prévu. Il était assez pâle mais il semblait aller mieux. Il a donné un grand coup d'épaule à Nicolas en s'asseyant avec nous.

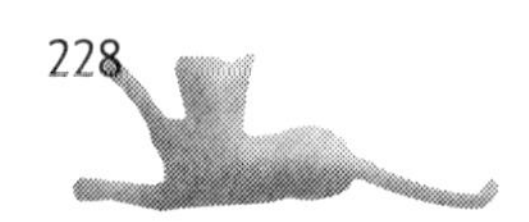

On a parlé de choses et d'autres pourtant on savait que Jim, même s'il était revenu, n'était pas vraiment parmi nous.

Ingrid – Et si on se faisait un jeu de la vérité sur « Quel est votre genre de garçon ? »

Moi, j'aurais préféré un vote pour connaître le nom de celle dont on a envie de se débarrasser dans la minute. Je ne sais pas pourquoi, je suis presque sûre de connaître l'élue !

Eugénie est réapparue une heure plus tard.

Eugénie – Vous avez mangé la tarte aux pommes qui était dans le four ?

J'ai demandé discrètement à Léa :

Justine – Et la tarte aux pommes dans le four, ça veut dire quoi en langage de sorcière ? Que l'affaire est résolue ?

Léa – Non, que c'est l'heure du dessert !

Justine – Eh bien, je commence à être bilingue mortelle/sorcière, j'avais compris toute seule.

Eugénie s'est assise à table avec nous. Jim est resté comme pétrifié sur sa chaise.

Justine – Alors Eugénie, opération réussie ?

Eugénie – On va dire opération lancée avec résultats assurés avant la fin de la journée.

Léa – Et tu peux nous expliquer ?

Eugénie – Bien sûr ! Si je reprends les informations données par Jim tout à l'heure, je sais plusieurs choses importantes. Premièrement, seule Barbara, la fille de l'accueil, s'occupe des encaissements, deuxièmement il existe deux sortes de cotisations : soit on paie plein tarif parce qu'on s'inscrit tout seul, soit on paie un tarif réduit parce que le comité d'entreprise de la société dans laquelle on travaille règle le reste. Ils ont un formulaire unique et il est donc possible de faire régler l'une ou l'autre cotisation avant que le dossier passe dans les mains du comptable. Troisièmement, Jim s'occupe de l'accueil, le mardi et le vendredi soir de dix-huit heures à vingt heures, il relaie donc Barbara à son poste. Il n'a pas le droit de procéder à l'encaissement de nouvelles cotisations, mais il a accès à la caisse. Il fait un coupable idéal. Je me suis donc demandé ce matin ce que la jolie et intrigante Barbara faisait avec les chèques. Je me suis présentée tout à l'heure pour inscrire mon petit-fils. Mon air niais de vieille dame qui ne comprend rien aux histoires d'argent l'a littéralement ravie. J'ai fait exactement ce qu'elle me demandait : un règlement en deux chèques dont un correspond à la cotisation avec réduction. Évidemment, elle a insisté pour que je ne mette pas d'ordre. Il est donc probable que cette demoiselle enregistre en « abonnement entreprise » des particuliers et qu'elle détourne une partie de la somme.

Nicolas – On va lui péter la gueule tout de suite alors !

Eugénie – Non, certainement pas. On va attendre dix-huit heures qu'elle remette la caisse à son patron et je retournerai faire une visite pour voir ce qu'il en est. Il y a fort à parier que la demoiselle ne va donner qu'un chèque et encaisser l'autre. Pour patienter, on va faire un sort à ma tarte aux pommes, cette expédition m'a ouvert l'appétit. Merci les enfants, ça fait longtemps que je ne m'étais pas autant amusée.

Le reste de l'après-midi est passé agréablement et même Jim a fini par se détendre.

Eugénie nous a raconté comment elle avait fait plier une société qui refusait d'indemniser ses salariés après une faillite frauduleuse. Elle n'avait pas exigé d'honoraires pour assurer leur défense.

Eugénie – J'ai toujours préféré prendre de l'argent à ceux qui en avaient beaucoup !!!

À six heures tapantes, Eugénie a remis sa paire de lunettes roses sur le bout de son nez et s'est de nouveau éclipsée.

Eugénie – À dix-neuf heures, je souhaiterais que vous soyez devant le *Paradisio*. Je viendrai chercher Jim le moment venu. Ne soyez pas en retard, vous feriez échouer mon plan.

Il n'y avait aucun risque qu'on arrive en retard. À peine était-elle partie qu'on s'est mis en chemin. C'était impossible de rester sans rien faire. L'excitation nous avait tous gagnés et nous attendions avec impatience le dénouement de l'histoire.

À sept heures, alors que nous la guettions assis sur un banc, Eugénie est sortie. Elle a fait signe à Jim de venir. J'avais le cœur dans les chaussettes. Elle avait peut-être réussi à confondre la coupable mais il n'en restait pas moins que Jim ne s'était pas bien conduit avec son patron et qu'il y avait des risques qu'il le renvoie.

Les minutes qui ont suivi m'ont paru une éternité. Gérer mon stress était déjà difficile, supporter Nicolas tournant en rond comme un lion en cage était intolérable. Seule Ingrid avait trouvé une activité. Elle avait sorti une pince et un miroir, et elle s'épilait tranquillement les sourcils. Enfin plutôt des poils invisibles qu'elle était seule à distinguer.

Il était sept heures et demie, je craignais que le plan d'Eugénie ait échoué.

Léa avait fermé les yeux et ne disait pas un mot.

Soudain, elle s'est levée totalement radieuse.

Léa – Et voilà, tout est bien qui finit bien !

Justine – Où tu vois ça ?

Je n'avais pas posé ma question depuis une minute que la porte du *Paradisio* s'est ouverte laissant apparaître Eugénie et Jim. Ils nous ont fait le V de la victoire.

Nicolas – Alors, vous lui avez fait cracher ses dents au gros porc ?

Eugénie – Non, mieux que ça, il a présenté ses excuses.

Léa – Vas-y raconte !

Eugénie – Eh bien, j'ai attendu le départ de Barbara et je suis entrée sans frapper dans le bureau du directeur, monsieur Blanc. Il m'a évidemment demandé de sortir. Comme je lui rappelais ses petits problèmes de caisse et que je lui proposais de lui livrer le coupable, il a été immédiatement plus courtois. Je lui ai raconté mon inscription de l'après-midi et les deux chèques qu'on m'avait fait faire. Il n'a pas paru saisir tout de suite puis soudain il a compris. Je lui ai proposé d'attendre que sa secrétaire encaisse le chèque, histoire de la prendre la main dans le sac. Il m'a remerciée et m'a demandé pourquoi j'avais fait tout ça. C'est à ce moment-là que j'ai fait entrer Jim. Monsieur Blanc est devenu blanc comme un linge. Je l'ai rassuré sur le bon état d'esprit de votre copain. D'ailleurs, je le laisse vous raconter la suite.

Jim – Le vieux n'avait toujours pas digéré mon comportement du matin et m'a demandé de revenir un autre jour pour chercher mon solde de tout compte. C'est là qu'Eugénie a été géniale.

Elle lui a rappelé qu'il n'avait aucun droit de forcer les casiers de ses employés même s'il les soupçonnait de vol et qu'en agissant ainsi, il se substituait à la police. Elle lui a affirmé en souriant qu'elle se trouvait le matin au *Paradisio* et qu'elle pourrait témoigner de toutes ces infractions à la loi. Puis elle a ajouté, avec son air de ne pas y toucher, qu'en se promenant dans le club, elle avait vu certains petits problèmes qui intéresseraient un comité d'hygiène. Blanc a très vite compris où était son intérêt. Il m'a dit, histoire de ne pas trop perdre la face, qu'il passait l'éponge pour cette fois. Il m'a demandé de garder à l'avenir mon sang-froid et on s'est serré la main.

Justine – Et vous êtes sortis après ça ?

Jim – Non, Eugénie en a rajouté. Elle a demandé à voir mes feuilles de paie et a négocié une petite augmentation. Alors, je vous invite tous ce soir, au Mac Do, pour fêter ça.

J'ai glissé ma main dans celle de Jim, j'étais tellement heureuse que tout s'arrange pour lui. Il m'a souri avec les yeux.

Jim – Tout le monde est d'accord pour une soirée Mac Do ?

J'ai hurlé « oui » avec les autres, pourtant un nombre incroyable de questions tournait dans ma tête : Léa allait-elle accepter un rendez-vous avec le grand blond ? Saurait-il lui faire oublier son prof d'art dramatique ? Thibault se déciderait-il enfin à venir me chercher sur son beau scooter blanc ? Serait-il ma première fois ?

Dans la mesure où je n'avais aucun moyen d'obtenir une réponse, j'ai décidé de noyer mes doutes dans un double brownie au chocolat avec un Coca... même pas light !

Princesse chinoise

Nicolas – Quelle galère, vous avez vu le monde, on en a pour trois plombes, je crève de faim, moi !

Justine – Ça va, attends cinq minutes. On est au Mac Do, pas dans un restaurant cinq étoiles, et puis tu peux faire un effort pour Jim ! Je te rappelle qu'on fête son augmentation au *Paradisio*.

Mon cousin a fait la grimace du type pris entre son désir profond (en l'occurrence manger) et l'envie de faire plaisir aux autres. Ça avait l'air d'être très pénible pour lui. Il a pourtant rapidement réglé son conflit intérieur en extorquant à une jolie serveuse une petite frite pour patienter.

Il avait les doigts pleins de gras lorsque son portable a sonné. Sûrement une de ses conquêtes !

Nicolas – Allô ? Ouais... Ah salut comment ça va ? Non, je suis au Mac avec les autres, tu veux venir ?

Ah non ! Mon cousin n'allait pas nous imposer une de ses petites copines tartouilles qui rigolent dès qu'il ouvre la bouche. C'était une fête entre amis et une étrangère n'avait rien à y faire. Déjà qu'on supportait Ingrid.

Nicolas – Ouais, pourquoi pas ? C'est un bon plan, je leur demande s'ils sont d'accord pour venir.

Non, non et non, je n'étais d'accord pour rien. Les plans de Nicolas, j'avais déjà eu largement ma dose. On allait se retrouver dans un café désertique ou à zoner je ne sais où avec des gens qu'on ne connaissait pas.

Nicolas – Ça vous dit d'aller chez...

Justine – Non, moi ça ne me dit pas. Il est déjà huit heures moins le quart, on n'a pas le temps d'aller ailleurs. En plus, demain il y a cours.

Je ne sais pas si j'avais traduit la pensée de tout le monde ou si j'avais exprimé les choses de façon tellement péremptoire que plus personne n'osait donner son avis, mais Nicolas, après avoir regardé rapidement l'assemblée, a répondu :

Nicolas – Non, laisse tomber... Merci pour ton invit mais ça va être dur de les faire bouger. Surtout Justine, elle est accrochée à Ronald et elle ne veut plus le quitter.

Je suis accrochée à Ronald ??? Ah... Ronald Mac Donald ! Et puis, c'est qui cette fille à qui il parle et qui me connaît ? Certainement une pestouille du lycée. Nicolas a raccroché.

Nicolas – C'est con d'avoir répondu non, je trouvais ça sympa l'idée d'apporter la bouffe chez Thibault et de manger dans son jardin. Il avait l'air déçu.

QUOI ?????? C'ÉTAIT THIBAULT AU TÉLÉPHONE ???? MON THIBAULT ??? Mon prince, ma lumière d'Orient, ma première fois ? Il nous invitait à pique-niquer dans son jardin ? J'ai hurlé comme un putois.

Justine – Mais pourquoi t'as pas dit que c'était lui ?

Nicolas – Tu ne m'as pas vraiment laissé le temps. T'as vu comment tu m'as répondu ! Elle est chiante, celle-là !

Justine – Rappelle-le tout de suite et dis-lui que c'est OK.

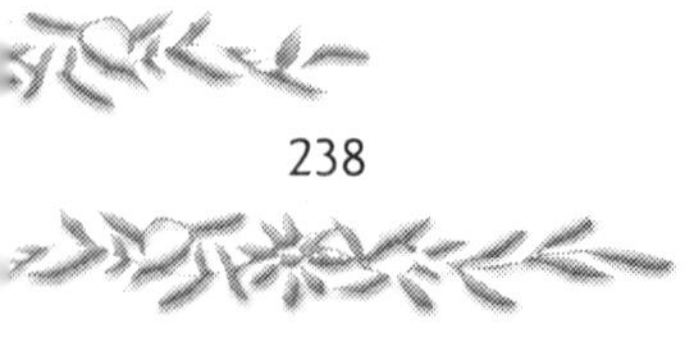

Nicolas – Ah non, je fais pas girouette, moi. T'as qu'à l'appeler, toi. C'est toi qui as dit non, maintenant tu assumes.

J'ai supplié Léa du regard pour qu'elle prenne les choses en main mais elle n'a pas bougé.

Ingrid – Je vais l'appeler, moi, le beau Thibault et vous pouvez être sûrs qu'il sera ravi qu'on arrive.

Et aussi sec, elle a pris le portable de Nicolas.

Ingrid – Allô Thibault, c'est Ingrid ! Ça va ???

Mais pourquoi cette fille se sent-elle toujours obligée de prendre une voix d'hôtesse d'accueil quand elle demande de ses nouvelles à un garçon ?

Ingrid – Moi ça va. Je ne t'ai pas vu ce matin au lycée. Pourtant, je t'ai cherché. Ah oui ? On a dû se croiser alors... Je t'appelle pour te dire qu'on est tous OK pour venir pique-niquer chez toi. Il n'y a que Justine qui ne voulait pas mais ça y est, j'ai réussi à la convaincre.

Dans le cas du meurtre sans préméditation d'une blonde allumeuse qui joue avec vos nerfs, on en prend pour combien ? J'étais prête à hypothéquer les vingt prochaines années de ma vie du moment que cette fille arrêtait de raconter n'importe quoi au garçon que j'aime.

Ingrid – Oui, je sais... J'obtiens toujours ce que je veux ! Personne ne me résiste. Bon, à tout de suite Thibault.

Et elle a raccroché super contente d'elle.

Jim – Tu lui as demandé ce qu'il voulait qu'on lui rapporte question bouffe ?

Ingrid – Non... Je ne peux pas tout faire : rattraper les gaffes de Justine et assurer l'intendance. Bon, je le rappelle !

Mon Dieu, si vous existez, donnez-moi la force de supporter cette fille ou de l'achever d'un seul coup d'un seul.

Nicolas – Ne le dérange pas, on n'a qu'à lui prendre comme pour nous.

Eh bien, il ne mourrait pas de faim ! S'il y a un truc qui m'épate chez les garçons, c'est la quantité de nourriture qu'ils sont capables d'ingurgiter au Mac Do. Quand, avec Léa, on prend quatre nuggets de poulet et une petite salade, eux ils avalent deux menus Big Mac chacun avec trois grandes frites en plus.

Oui, bon c'est vrai, on ajoute souvent deux énormes muffins au chocolat et des glaces vanille avec les morceaux de Crunch mais on les avale très vite et toujours debout au moment de sortir. Ça va dans les pieds directement sans passer par la case ventre-hanches-fesses cette façon de les engloutir, non ??? Enfin, c'est ce qu'on espère avec Léa quand on culpabilise d'être des goinfres compulsives après un repas « diet ».

Léa – Et toi Eugénie, tu veux quoi ?

Mince, j'avais oublié qu'on avait Eugénie avec nous. Qu'est-ce qu'une dame comme elle allait manger dans un endroit comme celui-ci ? Je ne doutais pas qu'Eugénie soit une grand-mère hyper-moderne, mais elle affectionne les bons petits plats. En général, soit elle cuisine, soit elle nous invite avec Léa dans les meilleurs restos de la ville.

Eugénie – Un Cheese, des potatoes et un McFlurry M & Ms.

Et comme Léa la regardait en souriant, elle a ajouté :

Eugénie – Et attention qu'ils n'oublient pas la sauce à la ciboulette. C'est compris dans le prix mais, une fois sur deux, ils ne la donnent pas.

Incroyable ! Cette Eugénie, ce n'est pas une grand-mère, c'est un phénomène...

Au moment où Jim sortait des sous de sa poche pour payer, elle lui a chuchoté quelque chose à l'oreille.

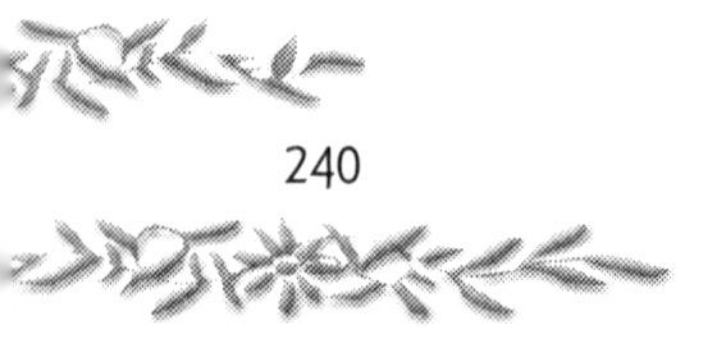

Eugénie – Alors, c'est d'accord, mon grand ?

Jim – D'accord, Eugénie !

Il a éclaté de rire et l'a laissée régler l'addition.

On a bien compris qu'un pacte venait d'être scellé entre eux, mais ils n'ont voulu nous donner aucune information. Seule Léa a souri d'un air entendu. Elles sont énervantes dans cette famille à tout saisir à demi-mot !!!

Thibault nous attendait sous le parasol et nous a accueillis avec un grand sourire. Mon cœur a fait des bonds de Marsupilami hyperactif. Il avait mis une nappe blanche en dentelle sur la table en teck et disposé de très jolies assiettes octogonales en porcelaine. Des verres à pied en cristal étincelaient dans le soleil couchant.

Nicolas – Y a une communion ici ou quoi ?

Thibault – Non, mais j'ai mis la table. Même pour un hamburger, j'aime bien que tout soit clean.

Nicolas – Moi, je bouffe direct dans le carton, j'ai peur de péter ta vaisselle de jeune marié. Dis donc Justine, pour te faire pardonner de ne pas avoir voulu venir alors que Thibault nous invitait gentiment, tu vas nous chercher le champagne dans ton frigo ?

Je me suis tournée vers mon prince, il fallait absolument que je lui explique ma méprise.

Justine – Je ne savais pas que c'était toi qui téléphonais à Nicolas, je pensais que...

Thibault – Tu n'as pas à t'excuser, Justine, tu as parfaitement le droit de ne pas avoir envie de venir chez moi.

Justine – Je n'ai envie que de ça...

Je ne voulais absolument pas dire cela, surtout avec cette voix tremblante, mais les mots sont sortis sans que je sache comment. Il y a eu un silence très épais. Comme d'habitude, Léa a sauvé la situation.

Léa – Thibault, tu ne connais pas Eugénie, je crois ?

Thibault – J'attendais qu'on nous présente. Je ne parle aux jolies femmes qu'une fois les présentations effectuées.

Et il s'est avancé vers Eugénie et lui a fait un baisemain. Les garçons ont sifflé et hurlé façon « ambiance stade ».

Nicolas – Putain, il assure, le fils de l'ambassadeur !

Je ne peux pas vous raconter la suite parce qu'après ma sortie monstrueuse à Thibault je n'avais plus qu'une seule envie : disparaître de la surface de la Terre et ne réapparaître qu'en 2047. Je me suis donc précipitée pour, officiellement, aller récupérer le champagne. En réalité, je cherchais surtout un moyen de me présenter de nouveau devant Thibault avec un minimum de crédibilité. À part une chirurgie esthétique qui me rendrait méconnaissable, je ne voyais pas. J'ai donc décidé de rester enfermée dans ma cuisine jusqu'à ce que mort s'ensuive.

– C'est à cette heure-ci que tu rentres le premier jour de cours ? Je m'inquiétais. C'est fini les vacances, alors plus de sorties en semaine. Tu sais, l'année de terminale c'est...

Il ne manquait plus que ma mère. Comme si ma journée n'était pas assez ratée !

Justine – Je sais, l'année de terminale, c'est l'année de tous les dangers. Et le bagne d'Alcatraz, c'est le Club Med à côté de ce que tu me réserves. Mais qu'est-ce que vous avez à vouloir m'angoisser aujourd'hui ?

Le père – C'est quoi ces cris dans la cuisine ?

Et de deux... Mon père ! Avec un peu de chance, c'est lui qui a préparé le repas et il va faire sa crise lui aussi parce que je dîne en bas.

La mère – C'est ta fille ! Elle arrive à huit heures et demie le jour de la rentrée. Nous l'attendons gentiment pour dîner, et comme j'ai le malheur de lui faire remarquer qu'elle est en terminale et que ce n'est plus le moment de s'amuser, mademoiselle hausse le ton.

Le père – Ta mère a raison, Justine, tu devrais l'écouter.

Vous voyez, il y a encore cinq minutes, rester au jardin dans les conditions que vous connaissez me semblait ce qu'il y a de pire sur terre, eh bien là, j'avais trouvé pire : un tête à tête avec mes parents.

J'ai récupéré les deux bouteilles de champagne que j'avais placées dans le bac à légumes du frigo et je suis sortie. Je préférais encore passer pour une gourdasse énamourée qui ne sait pas se tenir, que supporter monsieur et madame Gendarme.

Le père – C'est quoi ces bouteilles ?

Il m'a regardée avec un air catastrophé comme si j'étais devenue alcoolique entre le petit-déjeuner et le dîner.

Justine – Je ne vous l'ai pas dit mais je bois. Et puis autant que vous le sachiez, je me drogue aussi !

Théo – C'est Thibault qui t'a donné de la drogue ?

Il ne manquait plus que le morveux précoce.

Le père – C'est qui ce Thibault ?

Théo – C'est le nouveau garçon qui habite au rez-de-chaussée. Nicolas le soupçonne d'être un dealer.

Quand je vous disais qu'il ne fallait pas parler devant mon petit frère.

Le père – C'est vrai, Justine ?

Justine – Mais non.

Le père – D'où sortent ces bouteilles ?

Justine – C'est Thibault qui me les a...

Oh non... J'aggravais mon cas, enfin celui de Thibault. Non seulement Théo l'avait accusé d'être un dealer, mais moi j'en faisais mon fournisseur d'alcool attitré.

Le père – Qu'est-ce que c'est que cet énergumène ? Je vais lui remonter les bretelles à celui-là, moi. Il va voir s'il peut distribuer ses saletés dans ma propre maison !

Comme ma mère regardait mon père avec la fierté de celle qui est mariée à un héros national, il a ajouté :

Le père – J'en ai maté des plus coriaces.

On se serait crus dans *Le Cid*, la pièce que j'ai étudiée l'an dernier pour le bac. Une fille dont le père et le fiancé doivent se battre en duel. Sauf que, dans le rôle du vieux noble espagnol, il y avait mon père. C'est tout de suite plus comique comme situation !

Il y a eu des cris dans le jardin et puis des voix qui scandaient :

– JUSTINE LE CHAMPAGNE, JUSTINE LE CHAMPAGNE !!!

Mon père a ouvert les fenêtres brusquement, avec l'air du propriétaire qui ne supporte plus les sales gamins qui sonnent chez lui et se sauvent en courant dès qu'il arrive. Il a regardé en bas et s'est retourné vers moi.

Le père – En plus il me provoque ! Bon, je descends.

Pitié ! S'il descendait pour dire à Thibault qu'il était un délinquant et qu'il n'allait pas le laisser dealer à la maison bleue, je ne resterais pas comme Chimène à attendre le drame, je préférais supprimer mon père moi-même.

Justine – Papa, s'il te plaît. Thibault est un garçon très bien élevé.

Le père – Ben voyons...

Théo – C'est vrai papa, il est très gentil. Quand j'ai fait tomber ma balle dans son jardin, il m'a invité chez lui et il m'a donné des gâteaux.

Le père – Et tu es entré chez lui alors que tu ne le connaissais pas ?

Théo – Ben oui, il habite dans notre maison !

Le père – Et qu'est-ce qui s'est passé ?

Pauvre Thibault. En plus d'être un dealer, un fournisseur d'alcool, il était maintenant soupçonné d'être un pervers sexuel. Mon père n'a pas attendu la réponse de mon frère, il s'est précipité dans les escaliers, prêt à bouter l'ennemi hors des murs de la maison bleue.

Je l'ai suivi, partagée entre l'envie de rire face au ridicule de la situation et l'angoisse de le voir vraiment se jeter sur Thibault.

Notre arrivée dans le jardin a été accueillie par des applaudissements. J'avais toujours mes bouteilles à la main et la présence de mon père, que tous (sauf Thibault) connaissaient, a été appréciée. À moins que ce ne soit le champagne !

Nicolas – Salut tonton, tu viens boire une coupe avec nous ?

Jim – Ouais, ce soir, c'est open bar !

Mon père a été complètement décontenancé. Il les a regardés comme s'il était somnambule et venait de se réveiller en pyjama au milieu du jardin. Mais très vite, il s'est repris.

Le père – C'est qui le fameux Thibault ?

Oh non, il n'allait pas oser ? Comment on fait pour ne plus être la fille de son père ? S'il y a une procédure rapide, je signe. Là, tout de suite. Même s'il faut vendre son âme au diable. Je ne supporte pas la moindre prise de sang, mais pour un pacte urgentissimo je suis d'accord pour une transfusion totale.

Eugénie, qui jusqu'alors était dos à mon père, s'est levée de sa chaise et lui a ouvert ses bras.

Eugénie – Bonjour mon petit Laurent, quelle joie de vous voir !

S'il y a une personne que mon père ne s'attendait absolument pas à rencontrer dans un squat de drogués-alcooliques-pervers sexuels, c'est bien notre vieille dame préférée. Il l'a embrassée, tout en regardant par-dessus son épaule les voyous invités à la rave party.

Léa, Ingrid, Jim, Nicolas et Thibault en train de manger des hamburgers dans de la vaisselle en porcelaine sur une nappe immaculée...

J'ai senti qu'il perdait sa belle assurance.

Thibault – Bonsoir monsieur ! Je suis Thibault de l'Amétrine, votre nouveau voisin. J'espère que le bruit que nous avons fait ne vous a pas importunés ? Si c'était le cas, je vous prie de bien vouloir m'en excuser, je suis seul responsable. Me feriez-vous le plaisir de vous asseoir un instant et de boire une coupe de champagne ? Nous fêtons le succès de votre fille dans sa lutte pour le maintien de Patou dans son enclos et l'augmentation de Jim au *Paradisio*.

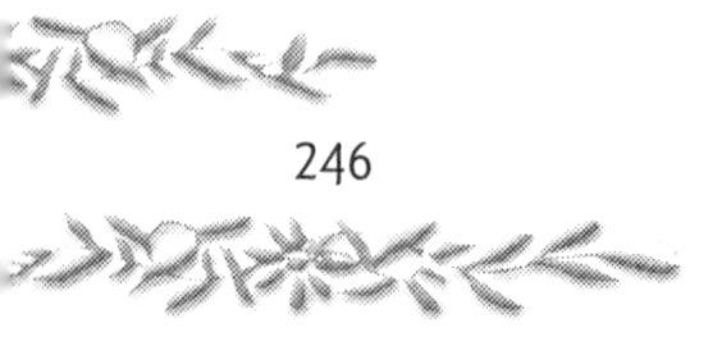

Mon père est resté la bouche ouverte avec un air totalement débile. Maintenant, je sais de qui je tiens quand je regarde Thibault !

Thibault – Pensez-vous que votre épouse accepterait de nous rejoindre ? Ce serait une joie pour moi...

La dernière réplique de Thibault a aggravé le trouble de mon père qui est demeuré figé, les amygdales à l'air.

Eugénie – Quelle bonne idée, Laurent ! Il y a si longtemps que je n'ai pas vu Sophie. Je monte la prévenir.

Il n'a pas fallu deux minutes pour que ma mère descende. Comme la table était mise dans le jardin, elle est repartie chercher le repas qu'elle avait préparé pour qu'on mange ensemble.

Si un jour, dans votre vie, vous vous demandez quelle est la définition de l'enfer sur terre, appelez-moi : j'en ai une sous la main. Ma mère qui n'en finit pas de raconter mes petits défauts, mon père qui cherche à être drôle, Thibault qui les écoute d'un air poli et moi au milieu ! Une situation qui donne envie de creuser une galerie jusqu'au lieu le plus géographiquement opposé à celui où vous êtes.

Le père – Et vos parents, où habitent-ils alors ?

Thibault – Actuellement à Beyrouth.

Le père – Mais c'est au Liban...

Avec mon père, on a toujours l'impression que la vie est un Trivial Pursuit et qu'il faut répondre à une question camembert. Question bleue, histoire-géographie : « Dans quel pays se trouve Beyrouth ? »

Thibault – Exact ! Mon père est diplomate et en poste pour trois ans à Beyrouth.

La mère – Ah, très bien...

C'est fou comme avec les parents, certains mots sont magiques. Thibault aurait eu un père manutentionnaire à Auchan, ma mère n'aurait jamais sorti son « Ah, très bien... » avec des étoiles dans les yeux. Ça m'agace, ça, il faudra que je me souvienne quand je serai adulte et mère de famille de ne pas devenir comme eux.

Léa s'est approchée de moi et m'a chuchoté à l'oreille :

Léa – Pourquoi tu fais cette tête ? Elle est pas belle la vie ? Ton amoureux s'entend bien avec beau-papa et belle-maman. Il s'est même mis son beau-frère dans la poche, regarde comme Théo le colle.

Justine – Je suis au bord de la crise de nerfs. Après le show de mes parents, mon histoire avec Thibault est grillée. Tu le vois tomber amoureux d'une pauvrette asexuée, amie d'une girafe, qui l'espionne derrière ses volets et qui a un père qui arrive comme Jack Bauer dans *24 heures chrono* et se transforme une minute plus tard en candidat de *Questions pour un champion* ?

Léa – Pourquoi pas ? Il peut apprécier.

Justine – C'est tout ce que tu trouves pour me remonter le moral ?

Léa – Il faut dire que ta situation commence à devenir désespérée.

Justine – Tu l'as vu dans ta boule de cristal ??? Les astres sont contre nous ? Je t'en supplie, Léa, sors ton pendule ou tes bâtonnets d'encens pour conjurer le mauvais sort. Je ne suis pas si moche que ça ! Je peux lui plaire, non ?

Léa a souri comme lorsqu'elle a obtenu ce qu'elle voulait.

Léa – Je suis contente de t'entendre enfin dire des choses sensées.

Et elle m'a embrassée en me serrant fort dans ses bras.

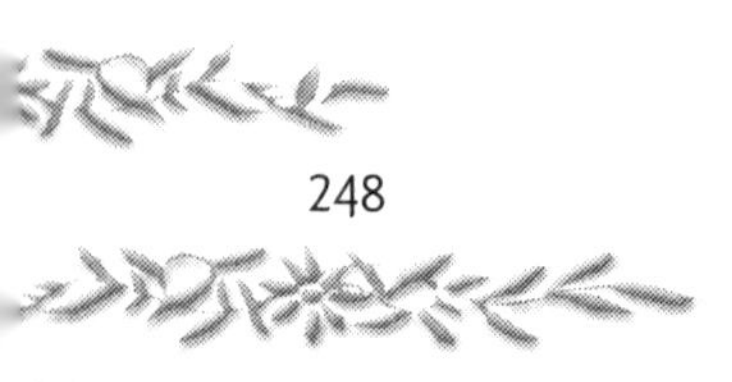

Justine – Sorcière !

Léa – Amie de sorcière !

Comme mon père ne finit jamais un repas sans son expresso, il a proposé à Eugénie de monter boire le café là-haut.

Le père – On vous laisse, les jeunes. On monte boire un kawa à la maison. Vous êtes les bienvenus si vous voulez nous rejoindre. Quant à vous Thibault, je suis ravi de vous avoir rencontré, vous semblez être un garçon très bien. Je m'en suis douté dès que Justine m'a parlé de vous...

Dommage que Théo ait été trop loin pour l'entendre parce que mon père aurait vraiment mérité une remarque dont mon petit frère a l'exclusivité : « Euh non, papa, t'as dit que c'était un voyou et que tu allais le mater » ou « Tout à l'heure, tu voulais le renvoyer de la maison bleue parce que c'était un dealer ». Bon, il valait sûrement mieux que les choses se passent ainsi.

La mère – Dites, la jeunesse, je ne voudrais pas passer pour une rabat-joie mais il ne faudrait pas trop tarder. Je vous rappelle que vous êtes en terminale et que demain...

Justine – On sait maman.

La mère – Ah, vous voyez, Thibault, quand je vous parlais de son sale caractère.

Thibault – Moi, j'appellerais plutôt ça du caractère et puis elle ressemble à sa mère, donc on lui pardonne tout.

Ma mère a gloussé comme si elle avait huit ans et demi et qu'un copain de sa classe lui disait qu'elle était belle avec ses couettes.

J'y crois pas...

Thibault s'est avancé vers elle et l'a saluée de son petit hochement de tête.

La mère – Je vous confie ma fille. Je sais que vous ne me la renverrez pas trop tard.

Oh hé, est-ce que quelqu'un se souvient que je suis un être humain avec son libre arbitre et pas une balle de tennis ?

Thibault – Comptez sur moi, madame, je ne quitterai pas votre fille des yeux un instant.

C'est vrai ??? Il va me regarder et s'occuper de moi ??? On peut me repasser cette dernière phrase en boucle jusqu'à la fin de la nuit, j'adore...

J'ai soudain eu l'impression d'avoir la consistance d'un loukoum au soleil. Je suis restée avec cette expression qui commençait à me devenir habituelle : un sourire niais et un regard totalement illuminé. Un peu le genre jeune vierge visitée par l'Esprit saint sur les peintures religieuses. Remarquez, il y avait de ça : j'étais toujours vierge et Thibault était mon dieu vivant.

Léa – Oh hé... Justine...

J'ai sursauté. Je ne sais pas depuis combien de temps Léa m'appelait. J'étais restée bloquée sur la dernière réplique de mon prince et je n'avais pas vu mes parents partir.

Justine – Oui ? Il faut y aller ?

Léa – Où ça ?

Justine – Je... Je ne sais pas.

Ils ont éclaté de rire.

Nicolas – T'as bu trop de champagne ou quoi ?

Justine – Non. Je dois être un peu fatiguée et puis...

Je cherchais à toute allure une raison qui pourrait justifier mon état.

Justine – Et puis le prof de maths a été odieux ce matin et à l'idée de revoir sa tête demain, ça me flanque le cafard.

Alors là, s'il n'y avait pas eu ce monde qui me regardait, je me serais embrassé les mains. Je ne sais pas d'où m'était venue cette excuse mais elle était géniale. Parfaitement crédible !

Nicolas – T'as qui en maths ?

Justine – Ajoupa.

Ingrid – Oh l'horreur ! Tu vas vivre une année de cauchemar. Je l'ai eu en seconde, on a tous fini dépressifs.

Brave Ingrid... Même quand j'arrivais à me sortir d'une situation périlleuse, elle me replongeait immédiatement dans une autre. Moi, j'avais parlé d'Ajoupa juste pour qu'on me lâche avec mon air absent, pas pour qu'on me relate ses actes de torture mentale sur mineurs.

Nicolas – Ouais, il a une sale réputation au lycée. Certains élèves l'ont surnommé le bourreau, c'est pour dire.

Justine

À tous, voici venu le temps de réagir intelligemment à l'oppression des profs. Jusqu'à maintenant, les tentatives de certains élèves ont échoué... Pourquoi ? Trop de violence. Je vous présente notre maître à tous : Gandhi.

Aujourd'hui, 21h47 · J'aime · Commenter

Nicolas et **Jim** aiment ça.

Justine Il a été un pionnier et un théoricien du satyagraha, de la résistance à l'oppression à l'aide de la désobéissance civile de masse, le tout fondé sur l'ahimsa (totale non-violence), qui a contribué à conduire l'Inde à l'indépendance.

Aujourd'hui, 21h52 · J'aime

Jim – Eh, vous vous souvenez de la prof d'anglais qui est restée seulement une année ? Comment elle s'appelait déjà ?

Ingrid – Earl Grey ?

Jim – Non, ça c'était son surnom parce qu'elle avait toujours sa tasse de thé avec la ficelle et le bout de papier qui pendait. Oh les traces de rouge à lèvres sur les rebords, c'était à gerber.

Léa – Turpin, Mme Turpin !

Jim – Oui, c'est ça... Turpin ! Quelle vieille folle ! Elle se promenait en permanence avec sa bouilloire et lorsqu'elle entrait dans une pièce elle cherchait la prise. Elle avait peur de ne pas pouvoir brancher son vieux truc plein de tartre.

Nicolas – Et Saraille, le prof d'histoire ? Tu te rappelles, Jim, quand on a passé la pause à installer la corbeille à papier au-dessus de la porte et que tu as hurlé « panier » quand il se l'est prise sur la tête.

Jim – Sûr que je m'en souviens, ça a été mon premier avertissement de conduite et ma première engueulade sévère avec mon père.

Thibault – Il n'y a que Jim qui a été attrapé ?

Nicolas – Ouais, il m'a interdit de me dénoncer. Comme il s'était grillé tout seul en criant « panier », il a trouvé inutile que je me tape un averto moi aussi. C'est à ça qu'on reconnaît un vrai copain !!!

Jim – Tu oublies que tu m'as rendu la pareille pas longtemps après.

Justine – Ah oui, quand ? Vous ne nous l'avez pas raconté !

Nicolas – Normal, c'est resté confidentiel.

Justine – Comment ça ?

Jim – Euh... rien... j'avais apporté en cours un magazine dans lequel les filles ne sont pas très habillées et on s'est fait choper par le CPE dans les toilettes. Nicolas a été grandiose, il a dit que c'était lui qui l'avait acheté.

Léa – Oh la honte !!! Vous ne vous en êtes pas vantés de cette histoire.

Ingrid – C'est d'autant plus nul que si vous vouliez voir de jolies filles, il y avait juste à regarder autour. J'étais là quand même.

Oui, c'est vrai !!! Et la plupart du temps, pas très habillée non plus, mais si je lui dis, elle va se sentir très flattée d'être un sex-symbol.

Justine – Je ne me rappelle pas que tu aies eu un avertissement.

Nicolas – Non, j'ai eu pire !!! J'ai vécu en résidence surveillée toute l'année. À chaque fois qu'il me croisait dans le couloir, le CPE me disait : « Vous vous souvenez que j'ai un dossier sur vous et qu'au premier faux pas c'est l'avertissement de conduite. » Un cauchemar.

Léa – Eh bien moi, vous savez qui j'ai en histoire ? Harding !

On a poussé des cris de terreur. Harding ! Le monstre qui a massacré des générations d'ados !

Thibault – Il est si terrible que ça ?

Nicolas – ELLE est si terrible que ça. C'est une femme, enfin on croit. À voir sa moustache et ses poils aux pattes, on se demande parfois. En début d'année, son petit plaisir, c'est d'annoncer aux élèves qu'ils pleureront tous au moins une fois avant la fin du trimestre.

Thibault – Et ils pleurent ?

Léa – En général, oui. Cette femme recèle des trésors de méchanceté. Elle se renseigne sur les élèves, lit les dossiers de fond en comble et connaît les points faibles de chacun. Alors quand elle interroge un élève, elle appuie exactement là où ça fait mal.

Jim – Et vous n'avez pas essayé d'en parler aux autres profs ?

Léa – Si ! Mais personne n'ose aller la voir, même les adultes ont peur d'elle. L'an dernier, elle a fait pleurer une jeune prof qui venait d'arriver.

Justine – Qui ?

Léa – Mademoiselle Chaplin.

Justine – Non ?!? Mais elle est super sympa, c'est elle qui m'a fait passer mon oral blanc de français. Ses élèves l'adorent.

Léa – Et la vieille Harding ne supporte pas qu'un cours puisse se dérouler dans la bonne humeur. Ce qui est drôle, c'est que lorsque ses élèves, qui n'avaient pas osé bouger une oreille des deux trimestres, ont appris qu'elle avait martyrisé mademoiselle Chaplin, ils ont décidé de se venger.

Thibault – Qu'est-ce qu'ils ont fait ?

Léa – Comme ils savaient qu'elle avait la phobie des insectes, ils ont décidé de ramasser toutes les petites bêtes possibles pour lui en mettre un peu partout dans ses affaires.

Justine – Comment tu sais ça, toi ? Tu ne m'as jamais parlé de cette histoire non plus. C'est la soirée des révélations.

Léa – J'ai participé à la vengeance mais j'avais juré de ne rien répéter tant qu'ils avaient encore cours avec Harding.

Thibault – Et alors ? Que s'est-il passé ?

Léa – Le lundi matin, ils ont apporté des fourmis, des limaces, des mouches, des vers de terre. Une fille avait même emprunté un rat à sa cousine.

Ingrid – Un rat???

Léa – Oui, un gros rat immonde. À l'intercours, ils ont libéré leur ménagerie sur le bureau de la prof. Le vieux dragon est arrivé avec son air revêche. Comme d'habitude, elle a jeté son cartable sur le bureau. Il n'y avait pas un bruit dans la salle. Il est juste de dire qu'on pouvait entendre quatre mouches voler. Soudain elle a perçu le bourdonnement des insectes. Elle a exigé qu'on ouvre immédiatement les fenêtres. Elle s'est assise et s'est recroquevillée sur sa chaise, l'air paniqué. C'est là qu'elle a vu les limaces.

Elle a poussé un cri strident, le genre qu'on entend dans les films d'horreur quand l'héroïne qui descend boire un verre de lait à la cuisine, à deux heures du matin, dans une maison hantée où il y a déjà eu douze meurtres, voit une main pleine de sang sortir de derrière un rideau.

Mais ce cri n'était rien par rapport à celui qu'elle a poussé lorsqu'elle a senti le rat grimper sur ses pieds !

Elle s'est levée d'un bond et est sortie de la classe en hurlant. Les élèves se sont dépêchés de récupérer le rat et ont rangé consciencieusement les limaces et les vers de terre dans le cartable de la prof.

Vingt minutes plus tard, monsieur Présario, le proviseur, est entré dans la salle l'air contrarié. Madame Harding était à l'infirmerie où un médecin appelé d'urgence lui avait administré un calmant. Il a demandé des explications. Un des garçons qui avaient organisé la révolte a pris la parole : « À part une ou deux mouches qui sont entrées par la fenêtre et les élèves que madame Harding considère comme des animaux, nous ne voyons pas de quelles bêtes elle veut parler. »

Le proviseur est resté silencieux mais il a ouvert le cartable de la prof et a découvert le pot aux roses. Cette fois-ci, tout était fichu. Pourtant, il a dit : « Je ne vois aucun animal dans cette classe. Je rapporte son cartable à votre professeur, le médecin lui a conseillé de rentrer chez elle. Elle aura eu des visions, le surmenage sans doute ! » Et il est sorti sous le regard ahuri des élèves.

Nicolas – Putain, la claque pour Harding !

Léa – Oui, on n'imagine pas un désaveu plus cinglant.

Décidément, les êtres humains qui se conduisent comme des bêtes périssent par où ils ont péché. Marie Toncorfi, mon bourreau de maternelle terrorisée par les araignées, Harding, même combat !!!

Thibault – Et comment s'est passé le retour de la prof ?

Léa – Elle a continué à être odieuse avec les élèves lorsqu'elle les interrogeait en particulier, mais face à la classe elle avait perdu de son pouvoir toxique. Les élèves la craignaient moins : ses gesticulations de petite fille effrayée face aux limaces l'avaient rendue en partie inoffensive. Le comportement de monsieur Présario avait aussi changé les choses.

Thibault – Mais il n'y a que des monstres dans votre lycée ? Vous commencez à m'inquiéter.

Léa – Non !!! Il y a des super profs, aussi. En quatrième, côté collège, je suis devenue bonne en maths grâce à madame Cabourg et pourtant je peux te dire que les maths et moi, on n'était pas amies. Et en seconde, quand j'ai eu madame Sidonie, j'ai su que je voulais faire des études de lettres. Ce n'étaient pas des cours qu'elle faisait, c'étaient des expériences supra cosmiques.

Jim – Attends, moi aussi je l'ai eue Cabourg, l'année de ma troisième, et elle a changé ma vie : elle a exigé mon renvoi définitif du collège.

Léa – Il faut dire que tu lui avais donné de bonnes raisons. Tu venais un jour sur douze et quand tu étais là, tu mettais un tel souk qu'aucun prof ne pouvait faire cours !

Jim – C'est vrai. En même temps, pour une fois que les élèves se marraient à ses cours, elle aurait pu être au moins reconnaissante.

Thibault – Moi j'ai eu un prof exceptionnel quand j'étais à Pékin.

Ingrid – À Pékin, au Japon ???

Thibault – Non, à Pékin en Chine.

Ingrid – Oui, enfin c'est la même chose, ils ont les yeux bridés.

Il y a eu une lueur d'agacement dans les yeux de Thibault.

Thibault – Non, ce n'est pas la même chose. C'est comme si on te disait que tu es allemande ou anglaise parce que tu es blanche.

Nicolas – Ou conne parce que tu es blonde !

Cinq minutes avant, je me serais réjouie de la remarque de Nicolas mais là, j'étais totalement préoccupée par les informations que mon prince nous livrait sur sa vie. Il avait donc vécu à Pékin. Je l'ai imaginé dans un pousse-pousse au milieu d'étals de canards laqués et de porcs caramélisés. Mon Thibault et des milliards de petits Chinois. On ne devait voir que lui... Les Chinoises le regardaient certainement subjuguées lorsqu'il passait.

Ingrid – Vous voulez que je vous la joue intello et que je vous explique la politique d'exportation du textile en Chine ? Je connais ça très bien, vous savez. Mais qu'est-ce que vous avez, tous, contre les blondes ?

Nicolas – Moi, personnellement rien, surtout quand elles sont à poil dans mon lit !

Pourquoi certains garçons se sentent-ils toujours obligés d'être lourds quand ils parlent des filles?

Mon beau Thibault n'a pas souri à sa vanne hyper vaseuse. J'en étais sûre.

Léa – Tu es resté combien de temps à Pékin?

Thibault – Trois ans. J'ai des souvenirs incroyables dans ce pays. C'est là-bas que j'ai rencontré le prof de maths le plus génial.

Ingrid – Il faisait cours en chinois?

Thibault – Non, en français, j'étais au lycée français. Lui était parisien d'origine, passionné par la Chine et il avait demandé un poste à Pékin. Ce type était dingue, une sorte de génie. Avec lui, on n'a jamais appris un cours ou fait un exercice. Il nous racontait les maths et on écoutait. Parfois, il apportait du carton et on réalisait des constructions géométriques. Il disait que les maths c'est de la poésie et qu'on devait rêver les choses avec d'autres repères, dans d'autres univers. Je ne sais pas comment il a procédé mais à la fin de l'année, on était tous bons en maths. Ce prof a changé mon regard. Comme madame Sidonie a changé le tien, Léa. Après lui, j'ai su ce que je ferais plus tard.

Jim – Remarque, à y réfléchir, grâce à Sidonie, moi aussi, j'ai su ce que je voulais faire plus tard : arrêter mes études!!!

Bien sûr, j'étais passionnée par le prof de maths de Thibault et touchée par le désir de Jim de participer à cette discussion dont il se sentait exclu mais, en réalité, je n'avais qu'une envie : que mon prince nous parle davantage de sa vie au quotidien. J'ai osé une question.

Justine – Tu étais en internat là-bas ou tu vivais avec tes parents?

Thibault – Je vivais avec mes parents. Mon père avait un logement de fonction à l'ambassade. Mais tu sais, je ne les voyais pas beaucoup. Ma mère a toujours été plus préoccupée par le choix de ses robes et la préparation des cocktails de mon père que par mon éducation.

Le regard de mon grand amour s'est voilé d'un coup. J'avais posé LA question à ne pas poser. Je pouvais toujours me moquer de la lourdeur de Nicolas ou de la bêtise d'Ingrid, j'étais la pire de tous.

Justine – Je suis désolée.

Thibault – Il n'y a pas de quoi, Justine, tu n'y es pour rien. On a la mère qu'on a. D'ailleurs, à propos de mère, j'ai fait une promesse à la tienne. Je vais être obligé de te renvoyer chez toi.

Oui, je sais... Demain, il y a cours et je ne dois pas me coucher trop tard. Mais pourquoi faut-il que cela intervienne au moment où Thibault s'ouvrait un peu ?

À moins que ça ne l'arrange de clore la discussion. Mon prince n'était pas un pro de la confidence et je sentais bien, à la façon dont il souriait, qu'il ne voulait pas se dévoiler davantage. Le sourire du garçon bien élevé qui maîtrise ses émotions. J'ai reçu comme un coup de poignard dans le cœur. J'aurais voulu le serrer dans mes bras et lui dire que moi je me fiche du choix de mes robes parce que je suis toujours en jean et que j'aurais tout le temps de m'occuper de lui jusqu'à la fin de ma vie. Mais je n'ai su que me lever, ranger ma chaise contre la table en teck et balbutier quelques mots d'adieu.

Justine – C'est vrai, il est tard.

Léa – Ouh là, oui... Déjà onze heures. Je vais récupérer Eugénie et je rentre.

Jim – Puisque les filles s'en vont comme des voleuses, nous on va t'aider à débarrasser, Thibault.

Tout le monde a fini par se lever.

Au moment où je partais, Thibault s'est avancé vers moi, m'a embrassée tendrement sur la joue en caressant légèrement mon épaule.

Hé Léa !

Qu'est ce que t'en penses si je me marie en rouge ? Je sais, tu vas me dire : c'est pas pour maintenant et puis une robe de mariée, c'est blanc depuis la nuit des temps.
Eh ben, pas du tout !!
Lis ça :

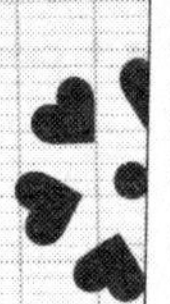

SE MARIER EN ROUGE

Savez-vous que la robe de la mariée n'a pas toujours été blanche ?

Se marier en blanc, pour évoquer la pureté virginale, ne remonte en fait qu'à la fin du XVIIIe siècle. De tout temps, la jeune fille qui se mariait se devait de porter sa plus belle robe. Or pendant plusieurs siècles pour la classe paysanne européenne, cette robe fut rouge.

Ce n'était pas une main posée sur l'épaule en signe de franche camaraderie, non, c'était une main de velours qui frôle la peau dans le but de réveiller une sensualité endormie et de provoquer l'embrasement des sens. J'ai cru que j'allais m'évanouir.

Mais non, j'ai marché bien droit devant moi pour qu'il ne se rende compte de rien !

Léa m'a attrapée fermement par le bras.

Au lieu de rentrer chez moi, je me dirigeais vers la porte qui donne sur la rue.

J'ai fait demi-tour sur place et je suis repassée devant Thibault avec mon air de vierge visitée par l'Esprit saint.

Plus rien n'avait d'importance. Les doigts de mon prince avaient effleuré ma peau nue et je me sentais la fille la plus heureuse du monde. J'ai monté les escaliers en volant au-dessus des marches.

À peine Eugénie et Léa parties, j'ai eu droit à un conseil de famille dans la cuisine.

La mère – Nous n'avons absolument rien contre ce Thibault qui est un garçon bien élevé, mais il n'est pas question que tu passes tes soirées en bas. Tu es en terminale et tu dois te mettre au travail si tu ne veux pas louper ton bac.

Le père – Ta mère a raison, tu dois te mettre au travail si tu ne veux pas louper ton bac.

La mère – Tu peux voir tes amis le week-end, une ou deux fois, dans l'après-midi.

Le père – Oui, c'est bien le week-end.

Je ne sais pas si c'est l'effet caresse de Thibault, mais mes parents dans le rôle de Dupont et Dupond ne m'ont même pas agacée. Ils faisaient comme une bande sonore au film que je me tournais. J'étais à Pékin, vêtue d'une superbe robe de mariée rouge comme c'est la tradition là-bas, Thibault, à mes côtés, portait un smoking noir et une chemise blanche à col Mao. Il me tenait par la main. Le prof de maths rêveur et Léa étaient nos deux témoins.

Huit baby-sitters pour un BB

Samedi matin, alors que j'étais encore en kimono à Pékin en train de respirer le parfum délicat de mille orchidées immaculées (attention de Thibault après notre nuit de noces), le réveil a sonné.

Je me suis traînée jusqu'à la cuisine pour prendre mon petit-déjeuner. Le spectacle était désolant. Théo, la tête sur les bras, s'était rendormi et mon père fixait son café avec un air totalement ahuri.

Seule ma mère, branchée comme d'hab sur du 220 volts, frottait une tache minuscule de sauce tomate sur le bloc évier. Depuis qu'elle a découvert les lingettes, on ne l'arrête plus. Elle dégaine plus vite que son ombre. À se demander si elle ne se lève pas la nuit pour faire des taches et avoir le plaisir de les nettoyer au réveil.

J'ai lu dans *Psychologies*, il n'y a pas longtemps, que ça s'appelle le syndrome de Macbeth. À cause de la pièce de Shakespeare dans laquelle Lady Macbeth voit sans cesse réapparaître les taches de sang sur ses mains. Elle a beau frotter, laver, rien n'y fait. Elle est marquée par son crime. Bref, les psy parlent du syndrome de Macbeth toutes les fois où quelqu'un est obsédé par les taches. Apparemment, ces gens-là auraient quelque chose sur la conscience qu'ils ne pourraient pas avouer, genre gros sentiment de culpabilité.

Moi, je n'aurais pas à chercher loin pour savoir ce que ma mère doit se reprocher. Tiens, par exemple : le passage dominical d'aspirateur. Ça ne vous dit rien ? Alors imaginez...

Samedi soir, vous avez fait la fête avec vos copains et vous vous dites en vous couchant que, le lendemain, vous allez vous offrir une grasse matinée. C'est trop bon de dormir bien au chaud dans ses draps le dimanche matin, alors que toute la semaine le réveil sonne aux aurores. EH BIEN NON !!! Alors que vous êtes encore en djellaba à Marrakech en train de respirer le parfum délicat de mille fleurs de jasmin immaculées (petite attention de votre lover lors de votre voyage de noces), vous êtes agressée par un vrombissement atroce.

– Continue à dormir, je ne fais que passer !

Voilà, vous venez d'assister en direct à la grande spécialité de ma mère : le passage dominical d'aspirateur à neuf heures trente du matin.

Plus fiable qu'un coq psychorigide, plus exacte que l'horloge parlante, lorsque ma mère passe l'aspirateur le dimanche, tu sais l'heure qu'il est à la minute près.

Elle est horripilante. Je préférerais qu'elle me réveille en disant clairement la vérité mais non, elle a trop peur que je l'envoie balader. Alors elle fait vrombir son appareil dans mes oreilles et dès qu'elle voit que j'ouvre les yeux, elle dit presque gênée : « Continue à dormir, je ne fais que passer. »

C'est super pervers comme système, parce que si tu émets la moindre revendication tu deviens l'ado ingrate qui dort jusqu'à point d'heures pendant que sa pauvre mère qui se tue toute la semaine au travail est en outre l'esclave de sa famille le dimanche.

Non, tu n'as plus qu'à te lever et sans râler en plus ! C'est imparable le coup de l'aspirateur. Et des plans pareils, ma mère en a plein son escarcelle, vous comprenez maintenant pourquoi elle passe son temps à frotter. Avec ce qu'elle m'oblige à supporter, elle doit avoir à gérer une méga culpabilité.

La mère – Bonjour ma Justine, bien dormi ?

Justine – Oui, merci.

La mère – Allez, on se dépêche. Il est tard.

Ma mère adore le samedi matin parce qu'elle est enfin seule à la maison. Moi, je vais au lycée et mon père amène Théo à l'école avant de faire son jogging.

Justine – Ça te dérange de me déposer, pa ?

Le père – Où ça ?

Justine – Ben au lycée. Où veux-tu que j'aille ?

Le père – D'accord. Mais est-ce que je pourrai te déposer juste devant ou il faudra que je me gare trois rues plus loin, comme un pestiféré ?

Justine – Oooh c'est bon, pa, je t'ai fait le coup une fois et j'étais en troisième. Tu ne vas pas m'en parler jusqu'à la fin des temps.

Mon père a fait la tête du type qui vient de marquer un point. J'étais en troisième et je sortais avec un type de première. Je marchais à deux mètres du sol tellement j'étais fière. Comme j'avais peur qu'il me prenne pour une gamine, je jouais les filles hyper libérées qui savent tout de la vie. J'apprenais par cœur des répliques de *Miss* que je lui ressortais dès qu'on discutait. Et puis un samedi matin, j'étais très en retard, j'ai demandé à mon père de me déposer. Au moment où on arrivait en voiture devant l'entrée du collège, j'ai aperçu mon bel amoureux qui discutait avec des copains.

Déjà que j'avais deux ans de moins que lui, si en plus il voyait que mon père m'accompagnait à l'école, il allait me quitter. J'ai donc hurlé pour qu'il me dépose dans la rue d'à côté. Sur le moment, j'avais l'air tellement paniquée qu'il a obéi, mais après il s'est fâché. Évidemment, je n'ai pas pu lui expliquer que c'était à cause de mon amoureux et mon père a cru que j'avais honte de lui. Pendant des mois, il a refusé de m'accompagner le samedi même quand il pleuvait à verse et puis les choses se sont calmées. Mais il ne rate jamais l'occasion de me rappeler ce petit incident.

Je me suis donc habillée en vitesse et mon père m'a déposée juste DEVANT le lycée. Évidemment, j'aurais préféré y aller avec mon prince, en scooter, après une nuit torride passée dans son lit, mais dans la vie il y a ce qu'on désire et puis... la réalité. Et dans mon cas, il y avait un fossé énorme entre les deux !

J'ai passé la matinée de cours dans un brouillard total. Je pense que si je dis que j'ai eu deux heures de spé maths et deux heures de physique, tout le monde comprendra la force de l'abrutissement ! À midi, lorsque la cloche a sonné, je suis sortie comme un zombie.

– Justine !!! Ohé Justine !!!

Le temps que je me rappelle que c'était mon prénom et que je réinvestisse mon corps, je me suis retrouvée face à Thibault. J'ai reçu une décharge électrique jusque dans les pieds. Ça, c'est un symptôme qui ne trompe pas. Quand un garçon te fait cet effet juste en apparaissant devant toi, tu sais que c'est l'homme de ta vie.

Thibault – Tu dors, Justine ?

Si ma vie était un rêve dont Thibault était le héros, oui je dormais et je voulais bien rester seule dans un château abandonné à l'attendre pendant cent ans. Même s'il n'y a pas la télé.

Justine – Ah c'est toi Thibault ! Qu'est-ce que tu fais là ?

Quoi, qu'est-ce qu'il fait là ? Il est au lycée et il est en train de me parler. Mais où est-ce que je trouve ces répliques débiles ? Vite, je dois trouver LA chose intelligente à lui dire.

Justine – Ça va ?

Pour être intelligent, c'est super intelligent. Il faudrait que j'écrive du théâtre plus tard ou que je devienne dialoguiste. J'ai un sens inné de la répartie. Thibault m'a regardée avec un petit sourire amusé. J'ai eu l'impression de rapetisser et de devenir un atome de 10^{-10m}.

Thibault – Avec Nicolas, on a décidé d'organiser une soirée musique ce soir chez moi. Il descend sa guitare et moi je l'accompagne au saxo. Ça te dit ?

Justine – Waouh !!! Tu joues du saxo ??? J'adore !!!

Pourvu qu'il ne me demande pas ce que j'aime dans le saxo, je n'y connais strictement rien. Je vois juste la forme de l'instrument et le son qu'il produit, mais je serais totalement incapable de citer le moindre musicien.

Ça devait se remarquer que je n'y connaissais rien parce que mon prince a continué.

Thibault – On a pensé inviter les jumelles pour qu'elles chantent. Comme Jim doit voir Yseult cette après-midi, il lui demandera si elle veut venir.

Justine – Comment ça Jim doit voir Yseult ? Pour quoi faire ?

Thibault – Ah je ne lui ai pas demandé mais j'ai ma petite idée.

J'ai eu l'impression qu'une main crochue serrait mon cœur. Jim amoureux ? Il y avait de quoi, Yseult était jolie et vraiment sympa. Et puis de toute façon, moi j'étais amoureuse de Thibault et il n'y avait plus rien entre Jim et moi. Oui, mais pourquoi ça me pinçait le cœur alors ?

Thibault – Je suis désolé de t'avoir dit les choses de cette façon, Justine. J'ai l'impression que j'ai commis une gaffe. Je croyais que vous étiez seulement amis avec Jim.

– Salut la compagnie.

Mon cousin venait de faire son entrée. On ne pouvait tomber plus mal à propos. Je devais absolument rattraper la situation avec Thibault, lui dire que je n'aimais que lui, que Jim était comme un frère et que...

Nicolas – Eh ben c'est quoi cette tête, Justine ? C'est toi Thibault qui tortures ma cousine ?

Thibault – Non, je crois plutôt que c'est ton copain Jim.

Alors là, c'était le bouquet. Mais qu'est-ce que je pouvais faire pour le convaincre qu'il était mon seul amour ? J'ai longuement hésité entre me jeter sur lui sauvagement pour lui montrer l'étendue de mon désir ou mourir sur ses baskets en lui laissant des regrets éternels. En réalité, je n'ai pas bougé. Je suis restée comme une cruche à regarder mon bel amour penser que j'en aimais un autre.

J'ai soudain eu l'impression d'être Yseult... non, pas la « jumelle » d'Anna ! La vraie, celle du roman de Tristan et Yseult. J'avais bu le Coca light d'amour dans la petite fiole de la sorcière et j'étais tombée raide dingue de Thibault. J'allais braver l'ordre, la loi, le roi pour lui mais le destin allait s'abattre sur moi. Ma vie était une tragédie.

– Coucou les copains !

Oh non, pas elle.

Ingrid – T'en fais une tête, Justine ! Tu t'es cassé un ongle ou quoi ? C'est vous les garçons qui mettez ma copine dans cet état ?

Nicolas – Non, il paraît que c'est Jim.

Ingrid – Jim ? Quel rapport avec Justine ?

Parfois, la vie vous vient en aide et ce n'est pas toujours de la façon dont on s'y attend. La peste, en une phrase, avait levé le doute sur ma relation avec Jim. Je devais me souvenir de ce geste et tenter enfin d'aimer cette fille (non, n'exagérons rien), d'apprécier cette fille. Grâce à elle, mon histoire avec Thibault redevenait possible. J'ai senti de nouveau l'odeur des orchidées à Pékin et du jasmin à Marrakech.

> **Notes**
>
> Verbes synonymes de haïr dont il faut se souvenir pour parler de ma relation à Ingrid :
>
> ~ abhorrer
> ~ abominer
> ~ détester
> ~ exécrer
> ~ honnir
> ~ mépriser
> ~ maudire
> ~ répudier
> ~ vilipender
> ~ vomir
> ~ anathémiser

Ingrid – Remarque, depuis le temps que Justine attend que Jim revienne, elle a raison de s'énerver. Elle en a vu défiler des petites amies et elle a laissé faire. Enfin, pas toujours. Moi, je te soutiens, ma Justine, quand on veut un mec, tous les mauvais coups sont permis.

Je hais cette fille. Non, ce n'est pas assez fort. Je l'exècre, je l'abhorre. La mission que le diable lui a confiée quand elle est arrivée sur terre était simple : me pourrir la vie. On peut dire qu'elle a parfaitement réussi.

Heureusement, au moment où j'envisageais un meurtre par strangulation avec comme arme du crime la bretelle de Wonderbra de la victime, Léa est arrivée.

Son sourire m'a rendu un peu d'humanité. J'ai cru de nouveau à la possibilité d'un monde paisible et harmonieux.

Léa – C'est quoi ces mines de conspirateurs ? Vous préparez un mauvais coup ?

Nicolas – Non, il paraît qu'il y a un problème entre Justine et Jim mais moi, je ne suis pas au courant.

Alors là, c'était trop ! J'ai explosé.

Justine – Jim peut sortir avec le monde entier, ça m'est égal. C'est clair, non ? Lâchez-moi avec lui.

Et je suis partie sans me retourner. Je n'avais pas fait deux pas que j'ai entendu la peste chuchoter aux autres :

Ingrid – Alors là, c'est typiquement la réaction de la fille amoureuse qui souffre. Il faudrait prévenir Jim de la ménager.

Je suis revenue comme une furie et je me suis jetée sur Ingrid.

Justine – Toi, d'abord tu te tais, je t'interdis de commenter ma vie ! C'est compris ? Ensuite, puisque vous êtes tous tellement au courant de mes sentiments, je suppose que je ne vous apprendrai rien en vous affirmant que je suis amoureuse. Amoureuse folle, même ! Seulement celui dont il s'agit ne voit rien alors voilà, il sait... Mon seul vrai problème maintenant, c'est que s'il ne veut pas de moi et que je me jette par la fenêtre pour en finir avec l'existence, j'atterrirai dans son jardin !

Mais qu'est-ce que je venais de dire ? Je suis restée quelques secondes à regarder les visages surpris de mes amis et lorsque j'ai vu sur les lèvres de Thibault son petit sourire moqueur, j'ai pris conscience de l'incongruité de mon comportement. Je suis partie en courant. Non, ce n'est pas exactement l'expression qui convient. J'ai décollé comme une fusée. Une course qui, si elle avait été chronométrée, m'aurait permis d'être sélectionnée pour les jeux Olympiques. Je suis arrivée chez moi en un temps record. Je n'avais plus qu'une envie, me planquer sous ma couette et ne plus jamais en ressortir.

Seulement, un malheur n'arrivant jamais seul, ma mère qui m'avait entendue arriver est entrée dans ma chambre sans frapper.

La mère – Justine, tu es gentille, tu mets la table. J'ai rangé toute la matinée, j'ai préparé à déjeuner, donc maintenant, j'aimerais qu'on m'aide un peu.

Justine – Parce que j'ai fait quoi, moi, ce matin, tu crois ? Je suis allée me faire bronzer ? Non, madame, j'étais au lycée. Et comme tu me le répètes si bien depuis un certain temps, j'ai le bac à la fin de l'année.

Je ne sais pas si les mères entendent au-delà des mots et ont des antennes paraboliques pour capter les chagrins d'amour de leur fille, mais ma mère n'a pas réagi face à mon agressivité. Elle m'a observée très attentivement, l'air ennuyé.

La mère – Qu'est-ce qu'il y a ma Justine ? Qu'est-ce qui te cause du chagrin à ce point ?

Elle n'aurait jamais dû me dire ça, surtout en me caressant la tête. Je me suis effondrée dans ses bras.

La mère – Qu'est-ce qu'il y a, ma grande fille ?

Je n'avais pas envie de lui expliquer pour Thibault. La situation était assez compliquée comme ça. Déjà qu'on habitait tous dans la même maison, il ne manquait plus que les caméras pour se croire dans un épisode de télé réalité.

Justine – Laisse tomber, maman, ça va aller.

La mère – Tu t'es protégée au moins ?

Justine – De quoi ?

La mère – Justine, tu sais que tu peux me parler. Je ne suis pas de la génération de mamie, il y a des choses que je peux entendre.

J'ai mis un moment à percuter. N'importe quoi !!! Il y a cinq minutes, je devais mettre la table comme une petite fille obéissante et maintenant, elle voulait qu'on parle préservatifs et pilule comme deux vieilles copines.

Justine – C'est pas ça, maman. S'il te plaît, laisse-moi.

La mère – Bien, je respecte ton silence mais tu sais où me trouver si tu as besoin de moi.

Au moment où elle sortait de la chambre, elle m'a dit très doucement :

La mère – Sèche tes larmes, ma chérie. Aucun garçon ne vaut la peine que tu te mettes dans un état pareil. Pas même le charmant voisin.

Alors là, elle marquait un point !!! Elle n'était pas partie depuis deux minutes que Léa est arrivée.

Léa – T'as emprunté des produits dopants aux cyclistes du tour de France ou quoi ? C'est quoi ce sprint depuis le lycée ?

Justine – Je t'en supplie Léa, ne me raconte surtout pas ce qu'ils ont dit après mon départ. Je suis morte de honte.

Léa – Ne t'inquiète pas, personne n'a rien dit. Tu étais à peine partie qu'Ingrid a aperçu un ex et lui a couru après, quant à Thibault il s'est sauvé parce qu'il avait un rendez-vous. Je suis restée une seconde avec Nicolas qui m'a prévenue pour la fête de ce soir et je t'ai suivie. Enfin j'ai essayé !

Justine – Je ne viens pas ce soir. Ni ce soir ni les autres soirs, d'ailleurs.

Léa – Tu disparais en fait !

Justine – C'est ça. Et ne te moque pas de moi, t'as vu la gadoue dans laquelle je suis ?

Léa – Non, je ne vois pas. Tu as crié haut et fort devant l'intéressé le désir que tu avais pour lui. C'est audacieux mais pas honteux. Pourquoi ce seraient toujours les garçons qui se dévoileraient les premiers ? Toi, tu fais partie des filles qui osent ! Il te reste juste à assumer.

Mais comment s'arrange cette fille pour transformer un scénario catastrophe en comportement nouvelle tendance ? Le pire c'est qu'elle m'avait presque convaincue.

Justine – Et comment elle assume maintenant, la fille qui ose exprimer ses désirs ?

Léa – Ah maintenant, elle vit sa vie normalement. Tout a été dit. La balle est dans le camp de l'autre.

On a frappé à la porte de ma chambre. Ma mère a passé la tête. Elle m'a regardée à la dérobée et, apparemment rassurée par la présence de ma meilleure amie, elle a déclaré en souriant :

La mère – Léa, tu déjeunes avec nous, je rajoute une assiette.

Léa – Avec plaisir.

En fait, Léa n'est pas restée seulement pour déjeuner. Elle a passé l'après-midi à la maison. Il avait été décidé que les participants à la fête de ce soir apporteraient une partie du repas et nous avions été désignées pour faire les gâteaux au chocolat.

Ma mère nous a donné une recette inratable qu'elle tient de mamie et vers six heures, après des heures de blancs à monter en neige et de levure à délayer dans du lait, on a sorti du four un magma marronnasse plus proche d'une déjection de mammouth contaminé par le choléra que du gâteau au chocolat. Léa, qui ne se laisse jamais abattre, a proposé un repli stratégique au Franprix pour acheter quelques paquets de Pépito. On a jeté au fond de la poubelle en hurlant de rire notre vestige préhistorique et on a foncé chercher nos gâteaux.

Mon père était au téléphone lorsque je suis rentrée et il avait l'air totalement catastrophé.

Le père – Mais Jean-Marc, ta présence à ce dîner est impérative. Il faut absolument te débrouiller pour trouver une solution. Dis-moi, je pense à une chose, ta femme accepterait de le sortir de la maison ? Oui ? Alors j'ai une idée.

Je n'ai pas écouté la suite de la discussion. J'avais beaucoup mieux à faire. Après notre après-midi cuisine au cours de laquelle j'avais voulu préparer moi-même un gâteau pour mon Thibault (je souhaitais en effet comme Peau d'âne y glisser ma bague pour que mon prince la découvre en mangeant, bon d'accord c'était raté), je désirais trouver un jean « couleur du temps ». Je devais affronter la situation seule puisque ma meilleure amie était partie prendre une douche chez elle.

Je suis donc allée dans ma chambre, totalement déterminée à dénicher une tenue digne de mon prince. Après ma prestation du matin, je devais assurer. Et à en croire Léa, il ne fallait pas

la jouer pauvrette discrète mais au contraire belle conquérante qui assume. J'envisageais donc un décolleté audacieux et un maquillage léger.

Remarque, pour parler de décolleté, il faudrait avoir de quoi le remplir.

STOP Justine, n'oublie pas que tu es désormais une frondeuse qui n'a pas froid aux yeux.

J'en étais à mon dixième tee-shirt roulé en boule et donc à ma dixième dépression nerveuse pour problème d'image, lorsque j'ai entendu mes parents se disputer.

La mère – Mais tu aurais pu lui demander avant, on ne dispose pas des gens comme ça !

Le père – C'est pas des gens, c'est ma fille !

La mère – Et alors, ça ne te donne pas le droit de répondre à sa place.

Ouh là ! On parlait de moi. J'ai entrebâillé ma porte pour avoir davantage d'informations.

Le père – Elle peut bien me rendre ce service. De toute façon, Jean-Marc a l'intention de lui payer le baby-sitting et moi, je double la mise.

La mère – C'est vraiment toi, ça ! Tu crois qu'en payant, tout s'arrange ! Ce que j'essaie de te faire comprendre, c'est qu'avant d'accepter qu'elle garde un bébé d'un mois, tu devais demander à ta fille si elle est d'accord.

Je suis carrément sortie dans le couloir.

Justine – C'est quoi ce plan ?

Ma mère a fait un signe de tête à mon père, l'air de dire « Mon grand, tu te débrouilles avec TA fille... ». Papa m'a regardée en coin. Si je n'avais pas su que ma soirée était menacée, j'aurais souri. Lorsque mon père est ennuyé, il a la même tête que Théo.

Le père – Ça te dit de gagner beaucoup d'argent en très peu de temps ?

Justine – Oui, sauf ce soir où j'ai quelque chose de prévu. Une soirée que je ne manquerais pour rien au monde.

Et je suis repartie dans ma chambre sans ajouter un seul mot. J'ai entendu mes parents chuchoter un moment et on a frappé à ma porte. Mon père est entré.

Le père – Justine, j'ai un problème et je n'irai pas par quatre chemins. J'ai accepté un baby-sitting pour toi, ce soir. Et maintenant, je suis coincé.

Justine – Désolée, mais là, je ne peux rien faire pour toi. Je suis invitée. Pourquoi tu ne le gardes pas toi-même ce charmant enfant ?

Le père – Parce qu'on est tous conviés à un dîner chez mon patron et que la mamie du petit de Jean-Marc est tombée malade et s'est décommandée.

Justine – Eh bien moi, je sors. Qu'est-ce que tu veux que je te dise ? Il va falloir que tu trouves une autre solution.

Devant ma résistance, mon père a quitté son air désolé pour celui du type exaspéré. À force de commander au boulot, il a perdu l'habitude qu'on le contredise. Il s'est levé d'un coup et a claqué violemment la porte de ma chambre. Je l'ai entendu hurler dans le salon.

Le père – Il y en a marre ! On ne peut rien lui demander. Quel égoïsme ! Elle se pose la question de savoir si j'avais envie de voir mon patron un samedi soir ? Non... Pour qui j'y vais, moi ? Pourquoi je me crève dans un boulot qui ne m'intéresse pas sinon pour que cette demoiselle ait tout ce qu'il lui faut ?

Nous y voilà ! Entre la carrière ratée de danseuse de ma mère et l'infarctus pour surmenage de mon père, on porte, avec Théo, une responsabilité terrible. À se demander si les couples ne font pas des bébés juste pour avoir des alibis à leur mal-être. Je n'avais aucune envie d'en entendre davantage. De toute façon, je ne trouvais aucune tenue qui m'allait et j'avais de plus en plus peur de me retrouver face à Thibault.

J'allais lui garder son gamin.

Justine – Il habite où ton collègue ? C'est toi qui me déposes ?

Mon père a semblé soulagé par mes questions, mais il a tenté de le masquer pour ne pas paraître trop victorieux.

Le père – Non, j'ai demandé qu'ils l'amènent ici. Comme ça, tu resteras avec Léa à regarder un DVD. Je peux aller t'en chercher un, si tu veux.

Justine – C'est trop gentil, mais je n'ai pas besoin que tu m'organises ma soirée. Tu me l'as flinguée, tu assumes.

Parfois, lorsqu'on est piégé, il est très agréable d'enfoncer le clou. Sentir l'autre gagné à son tour par une petite culpabilité est assez plaisant. Puisque ma soirée avec mes copains était ratée, il n'y avait aucune raison que mon père profite de la sienne.

À huit heures, Jean-je-ne-sais-plus-comment et sa femme sont arrivés avec leur bébé. Il dormait sagement dans un couffin bleu. À l'idée de laisser son trésor de fils à une ado inconnue, la mère semblait catastrophée. A priori, on avait des points communs toutes les deux. Quelqu'un avait décidé de notre soirée sans nous demander notre accord.

Elle m'a expliqué vingt-cinq fois le coup des tétines à trois vitesses, la façon dont on branchait le chauffe-biberon et la crème à mettre sur les fesses rouges. Au moment de partir, elle a embrassé furieusement son fils comme si elle ne devait jamais le revoir. Elle m'a regardée et m'a chuchoté, la voix cassée :

La mère du BB – Vous ferez attention, vous me le promettez ?

Justine – Ne vous inquiétez pas, j'ai l'habitude des enfants avec mon petit frère. Ce soir, il dort chez ma grand-mère sinon il vous aurait dit à quel point je suis une baby-sitter géniale.

Elle a semblé rassurée par ma réponse, mais il a quand même fallu que son mari la tire par le bras pour qu'elle accepte de s'en aller. Léa est arrivée une demi-heure après leur départ et comme j'étais toujours avec mon vieux jean et un tee-shirt pas repassé, elle a paru étonnée.

Léa – Eh bien, tu n'es pas prête ? Ils sont déjà tous en bas.

Justine – Je ne peux pas venir.

Léa – Allons bon. C'est quoi cette histoire encore ?

Justine – Regarde...

Et j'ai montré le couffin à ma meilleure amie.

Léa – Et dire que je n'avais rien vu. Qui est le père ? Si c'est Thibault, il est plus que rapide !!!

On a éclaté de rire.

Justine – C'est le fils d'un collègue de mon père, je suis de garde ce soir.

Léa – Ça t'arrange bien, hein ?

Cette fille m'énerve à tout comprendre.

Léa – Bon, je préviens les autres qu'on reste en haut. On les rejoindra plus tard quand les parents du bébé seront rentrés.

Justine – Ne te sens pas obligée de me tenir compagnie.

Léa ne s'est pas donné la peine de me répondre et elle est descendue. J'ai regardé Roméo qui dormait à poings fermés. Dire que, dans moins de vingt ans, il briserait le cœur d'une pauvre fille comme moi. Une Juliette qui n'était peut-être même pas encore née et dont la destinée était déjà liée à ce petit bonhomme qui tétait son pouce.

Je me suis imaginée un moment dans l'appartement de Thibault avec un bébé à nous qui dormirait dans un berceau. Je ne sais pas comment je me suis arrangée, mais je me suis fait pleurer.

Léa – Pourquoi tu pleures ma Justine ?

Justine – Pour rien.

Léa – J'ai une bonne nouvelle ! Les autres sont d'accord pour ne pas jouer de musique, comme ça le petit continuera à dormir. On le descend dans son couffin, on le met dans le salon et on le surveille. Nous, on dîne dans le jardin.

Justine – Tu crois ?

Léa – Allez pas de discussion, et je te donne cinq minutes pour faire disparaître la souillon de ma vue. Va t'habiller.

J'avais la peur au ventre de revoir Thibault après ma prestation du matin, mais la proposition de Léa m'a envoyé comme une décharge d'adrénaline. Je me suis dépêchée de me préparer et on est descendus.

Le petit Roméo a fait l'objet de toutes les attentions lorsqu'on est arrivés. Ça m'a bien arrangée ! Cinq minutes après, on était à table et la discussion a porté essentiellement sur la musique.

Yseult – C'est pas tout d'avoir une voix, il y a des milliers de filles qui en ont une et pourtant il ne se passe rien. Écoute Lisa Ekdahl et tu comprendras ce que c'est qu'une vraie présence aérienne.

Thibault – Bien sûr, dit comme ça, ça paraît évident. Mais on n'est pas obligé de choisir entre fromage et dessert, on a aussi le droit de désirer une chanteuse qui a les deux. Écoute Mary J Blige et t'auras le groove en plus.

Finalement, j'aurais eu tort de me priver de cette soirée.

On en était au poulet au curry préparé par mon prince himself, lorsqu'on a entendu des petits couinements qui provenaient du salon. Roméo ! Je l'avais presque oublié.

Je me suis précipitée pour lui réchauffer son biberon. J'ai bien rempli les dosettes de lait maternisé et j'ai ajouté de l'Evian. Et hop, dans le chauffe-biberon.

Cela ne faisait pas trente secondes que le biberon chauffait que Roméo a passé la vitesse supérieure côté pleurs. J'ai bercé doucement le couffin pour le calmer. Mais je n'ai pas obtenu l'effet désiré. Au contraire ! Mister BB s'est mis à hurler.

Les autres sont arrivés en renfort.

Nicolas – Qu'est-ce qu'il a ?

Justine – Il a faim.

Nicolas – Donne-lui à manger.

Justine – Ce n'est pas encore chaud.

Léa a pris le petit dans les bras et lui a tapoté doucement le dos. Les cris ont redoublé d'intensité.

Ingrid – Attends, c'est un garçon, il ne va pas résister à ma voix. Coucou petit chouchou, c'est moi ! Regarde-moi.

Ce n'est pas pour être mauvaise langue mais l'intervention d'Ingrid a provoqué un cataclysme. Roméo s'est mis à hurler si fort qu'il a viré au violet. Tant pis si le lait n'était pas chaud, je lui ai collé la tétine dans la bouche et la sirène s'est arrêtée. Il y a eu comme un instant d'éternité. Le bonheur...

Le monstre a tété à la vitesse de la lumière et, en quelques secondes, le biberon a été englouti. J'ai pensé : « Trois rototos et il va se rendormir. » J'avais tort !!! Je ne lui avais pas encore enlevé la tétine qu'il a recommencé à hurler.

Nicolas – Qu'est-ce qu'il a maintenant ? Il a bouffé, non ?

Jim – Peut-être qu'il n'a pas assez mangé. Tu peux lui refaire un bib.

Nicolas – Bonne idée. On lui file des biberons jusqu'à ce que ses parents viennent le chercher.

Justine – Non, il n'a qu'un mois. Il ne faut pas trop lui donner à manger. Il faut qu'il se calme. Retournez à table, je m'en occupe. Ça ne sert à rien qu'on reste tous.

J'ai senti que ma proposition était la bienvenue. Les jumelles qui, jusqu'alors, avaient été super discrètes m'ont proposé de prendre des tours de veille.

Yseult – Tu le gardes dix minutes et j'assure le relais. Je pense que ce sera moins violent pour tes nerfs. D'accord ?

Justine – D'accord.

J'ai passé les dix minutes les plus éprouvantes de ma vie. J'avais lu, un jour, dans *Science & Vie Junior* que la nature s'était arrangée pour que les cris des nourrissons soient insupportables, de manière à ce que les mères ne tardent pas à les nourrir. Des hurlements génétiquement programmés pour que l'espèce soit préservée. Aujourd'hui, je peux témoigner. Impossible de ne pas entendre les cris stridents de Roméo. On était forcés d'agir, non pour son bien-être, mais pour le nôtre.

Alors que je marchais de long en large, en lui récitant à l'oreille *Le Corbeau et le Renard*, j'ai senti un truc chaud couler dans mon cou...

J'ai passé ma main. Une espèce de lait caillé collait mes cheveux à mon tee-shirt. Il avait régurgité une partie de son biberon.

J'ai poussé un cri.

Les autres sont arrivés en courant. Si la situation n'avait pas été si désespérante, j'aurais éclaté de rire en voyant la tête de Nicolas. Il semblait dégoûté. Léa m'a pris Roméo des bras et m'a tendu du Sopalin. J'ai essuyé comme j'ai pu la colle blanche.

Léa – Ouh là, il ne sent pas bon. Tu lui as changé sa couche après manger ?

Justine – Non.

Léa – Il est grand temps.

J'ai posé une serviette en éponge pour protéger le canapé et je l'ai déshabillé. Le spectacle sous la grenouillère ressemblait étrangement à notre gâteau raté de l'après-midi. La couche n'avait pas rempli son rôle et Roméo en avait jusque sous les bras.

Nicolas – Oh putain, c'est immonde. C'est un porc, ce gosse.

Justine – Parce que tu crois que tu étais comment toi à son âge ?

Nicolas – Je ne sais pas mais si j'ai un enfant un jour, c'est sûr que je ne le changerai jamais.

Thibault – Justine, tu veux laver le petit dans la salle de bain ?

Justine – Non merci, sa mère m'a laissé des lingettes spécial bébé.

Nicolas – Attends, c'est une serpillière qu'il lui faut, pas des lingettes. T'as vu l'état... Mais pourquoi il n'arrête pas de brailler ?

C'est vrai que c'était l'enfer, et malgré le sentiment de protection que l'on éprouve pour un bébé j'avais des envies d'abandon.

Léa a dû le sentir. Elle a fini de le nettoyer, lui a mis une couche propre et a exigé qu'on s'en aille dans le jardin. Nicolas a fermé les portes-fenêtres du salon pour ne plus entendre les cris. Peine perdue, c'étaient des cris supersoniques qui traversaient le béton.

On s'est remis à table mais personne n'a mangé. L'ambiance était hyper tendue. Les fenêtres du vieux pervers n'arrêtaient pas de s'ouvrir et de se fermer. C'était peut-être la seule bonne nouvelle. Il voulait sûrement nous espionner mais comme les hurlements de Roméo lui vrillaient les oreilles, il les refermait de temps à autre pour ne pas imploser.

Léa a fini par nous rejoindre dans le jardin.

Léa – Yseult, tu peux le prendre un peu ? Je n'y arrive plus là.

On est tous restés sans voix. Léa ne trouvant pas de solution à un problème humain, on n'avait jamais vu ça. La sorcière aurait-elle des limites ? Une limite qui mesurait soixante centimètres, pesait cinq kilos maximum et ne comptabilisait que trente petits jours de vie sur terre ?

Yseult s'est levée immédiatement et a emmené Roméo dans le salon. Je me suis excusée d'être à l'origine de cette galère. J'avais transformé une soirée musique entre copains en une épreuve pour les nerfs. On était tous suspendus aux lèvres de Roméo et lorsqu'il cessait un quart de seconde de pleurer pour reprendre son souffle, on attendait avec angoisse le moment où il allait redémarrer. Mais soudain, on n'a plus rien entendu.

Nicolas – Je rêve ou il s'est calmé ?

Jim – À moins que...

Justine – À moins que quoi ?

Jim – Qu'Yseult l'ait bâillonné ou étouffé avec son oreiller !

Non, Jim n'était pas drôle. On s'est levés en même temps pour vérifier. Je crois que l'idée de bâillonner ou d'étouffer Roméo nous avait tous effleurés et il ne nous semblait pas impossible qu'Yseult, dans un moment de folie, soit passée à l'acte.

Le spectacle auquel nous avons eu droit en pénétrant dans le salon nous a scotchés net. Roméo couché sur un énorme coussin du canapé ne quittait pas des yeux Yseult qui lui chantait *The Girl in the Other Room* de Diana Krall. Plus un cri, plus une larme. Un merveilleux silence dans lequel résonnait la voix vibrante d'Yseult. Si je n'avais pas eu autant besoin de calme, je crois qu'Yseult m'aurait sérieusement agacée. C'est vrai, elle finissait par être énervante à charmer tous les mâles de ma vie avec sa douceur. Anna s'est approchée et a commencé elle aussi à chanter.

On s'est assis par terre autour du coussin où trônait le roi BB et on a profité du duo. Il n'a pas fallu cinq minutes pour que les garçons aillent chercher leurs instruments et accompagnent les jumelles. Trop bien...

Ingrid qui n'avait toujours pas abandonné l'idée d'être sélectionnée pour *Étoile naissante* a voulu se joindre au groupe. Elle a tenté un solo soprano façon Castafiore. Roméo a plissé les yeux comme s'il s'apprêtait à repleurer. Sans se concerter, on l'a tous mitraillée du regard. Elle s'est arrêtée net.

Je ne peux pas vous raconter le plaisir que l'on a éprouvé durant les minutes qui ont suivi. Oui, je le certifie, la musique adoucit les mœurs.

Roméo est resté les yeux ouverts à écouter son concert perso en live. Puis on l'a transporté dans le jardin.

Les jumelles chantaient divinement bien et il était évident qu'elles finiraient par en faire leur métier. Si je vous dis que mon prince jouait comme un dieu et qu'on se serait crus dans un club de jazz, vous allez penser que je manque d'objectivité mais je vous jure que c'est vrai. J'étais béate d'admiration et malgré les coups de coude discrets de Léa je n'arrivais pas à fermer la bouche quand je le regardais.

Oh Thibault, mon Mozart, mon ange musicien...

Même Nicolas qui, en temps normal, joue moyennement de la guitare, était galvanisé.

Mais quelle soirée !!!

Il était près de minuit et Roméo, que j'avais couvert avec un pull de Thibault, dormait enfin sur son gros coussin. On avait bien pensé le remettre dans son couffin à l'intérieur de la maison, mais la peur qu'il se réveille et entame un autre épisode de la guerre des nerfs nous en avait dissuadé. Après tout, s'il s'était endormi avec ce charmant bruit autour de lui... De plus, c'était encore l'été et la douceur de la nuit permettait de rester dans le jardin.

Alors que Thibault entonnait *You're so beautiful*, j'ai entendu mon père qui hurlait depuis ma fenêtre.

Le père – Ils sont là en bas, ils sont là en bas !

On a levé la tête et on a aperçu mes parents, Jean-je-ne-sais-plus-comment et sa femme qui nous regardaient. J'ai chuchoté à Léa :

Justine – Je vais me faire tuer.

Léa – Mais non, t'inquiète, on va justifier.

Dans la seconde qui a suivi, la mère du petit était là. Je ne sais pas par où elle est descendue pour arriver si vite. Les autres nous ont rejoints un petit moment après.

Le père – Eh bien, Justine, tu nous as fait peur ! On ne t'a pas trouvée à la maison. On se demandait où tu étais partie avec le petit.

Justine – C'est parce que...

J'allais commencer à expliquer pour quelles raisons Roméo dormait sur un coussin dans le jardin du voisin, en plein milieu d'un concert de jazz, lorsque le père de Roméo m'a interrompue.

Le père du BB – Mon fils a déjà tout compris à la vie ! De la bonne musique, une bande de copains, des jolies filles à ses genoux. Vous ne lui avez fait boire que du lait, j'espère ?

Sa femme a eu l'air horrifié. Pendant quelques secondes, elle nous a tous regardés comme si on était de dangereux toxicomanes alcooliques et qu'on avait entraîné son enfant dans la débauche. J'ai tenté de la rassurer.

Justine – Il a un peu pleuré après avoir bu son biberon, alors les filles ont chanté pour lui et ça l'a aussitôt calmé. Les garçons ont donc décidé de les accompagner au saxo et à la guitare. On était huit baby-sitters pour veiller sur lui ce soir : Yseult, Anna, Ingrid, Léa, Thibault, Jim, Nicolas et moi.

Je ne suis pas sûre de l'avoir convaincue. Elle a pris son fils dans ses bras et a demandé où était le couffin. Après nous avoir remerciés rapidement, elle a exigé que son mari aille chercher la voiture. Cinq minutes plus tard, ils étaient partis.

Le père – Pas commode, la femme de Jean-Marc !

La mère – C'est son premier enfant, rappelle-toi comme on était angoissés lorsqu'on laissait Justine pour sortir.

Oh non, pitié ! Ils n'allaient pas commencer une séquence nostalgie avec moi en couche-culotte. Je me suis arrangée pour leur faire comprendre qu'il était temps pour eux d'aller se coucher.

Pour fêter notre liberté, les jumelles ont chanté sur des rythmes endiablés *Bananeira* et *Tanto tempo*. En quelques instants, on a été transportés à Rio de Janeiro. Nicolas a invité Léa à danser une samba torride, suivi de près par Jim qui a débauché une de nos chanteuses. N'écoutant que mon courage, j'ai attrapé Thibault par les mains et on a bougé collés serrés. Il n'a pas cherché à se soustraire. Bien au contraire... WAOUH !!! C'était pas chaud, c'était ultra chaud bouillant !!! Il aurait fallu un seau d'eau froide – ou le regard énervé de mon cousin – pour nous séparer.

Lorsque, transportée par la fièvre (du samedi soir), j'ai levé la tête pour hurler à la lune « Brazil, Brazil », j'ai aperçu le vieux pervers qui tapait dans ses mains.

Quand Léa s'est penchée pour me chuchoter à l'oreille : « Elle est pas belle la vie ? », je n'ai pas pu m'empêcher de penser qu'elle était plus que belle, elle était merveilleuse !

Le grand plongeon

Le lendemain matin, je n'avais qu'une envie : dormir jusqu'à midi. Mais dans la vie, même le dimanche, il y a ce qu'on veut et il y a ce qu'elle propose.

Et à neuf heures huit exactement, mon portable a sonné. Pendant quelques secondes, je me suis dit que je n'allais pas répondre et puis j'ai pensé que s'il y avait une chance sur un milliard que ce soit Thibault, je ne pouvais pas la rater. J'ai donc décroché les yeux fermés. Peut-être que si je ne les ouvrais pas, je pourrais me rendormir. La voix d'un être surexcité m'a hurlé un allô monstrueux dans les oreilles. J'ai eu l'impression d'avoir un réacteur d'Airbus A380 dans le tympan droit.

Jim – Dépêche-toi de prendre ta douche, j'ai réussi à avoir cinq invitations !

Mais est-ce que quelqu'un pourrait baisser le son ?

Justine – Jim, il est neuf heures huit, nous sommes dimanche matin. Je te rappelle que demain c'est lundi et que je devrai me lever pendant six jours à sept heures. Je souhaiterais donc dormir.

Jim – Il n'en est pas question. Ça fait un mois que je me bats pour avoir cinq entrées gratuites. Si tu savais ce que j'ai été obligé de faire pour les obtenir... Alors tu ne vas pas jouer la marmotte !

Justine – C'est quoi encore cette histoire ?

Jim – Le personnel du *Paradisio* a droit à deux invitations par an pour les personnes de leur choix. Les personnes invitées viennent durant une journée et ont accès à toutes les installations. Moi, je voulais que vous veniez tous ensemble mais avoir cinq invitations, c'était impossible. Alors, j'ai assuré la surveillance du grand bassin à la place du maître nageur pendant une semaine et j'ai rangé le matériel dans la salle de stretching pendant un mois à la place du prof, tout ça en échange de leurs invitations gratuites. Ce n'était pas gagné mais ça y est, j'ai les cinq billets. Tu comprends pourquoi il faut que tu te bouges.

Oui, je comprenais. Je comprenais surtout qu'il était important pour Jim qu'on vienne dans l'endroit où il travaillait. Il voulait nous montrer que même s'il avait arrêté ses études il n'avait pas raté sa vie. Je comprenais aussi qu'il voulait encore et toujours nous faire plaisir pour qu'on l'aime.

Ce que lui ne comprenait pas en revanche, c'est qu'on l'aimait quoi qu'il fasse et qu'il n'avait pas besoin de s'agiter pour ça. Mais ce n'était pas le moment de le lui expliquer.

Justine – Génial, Jim. Je prends ma douche et j'arrive.

Jim – Est-ce que tu peux réveiller Nicolas ? Il ne répond pas sur son portable et je n'ose pas appeler chez lui, son père doit dormir.

Ah non, le sens du sacrifice a ses limites. Je voulais bien me lever à l'aube le premier week-end après la rentrée par amitié pour Jim, mais je n'avais pas envie de risquer ma vie en réveillant mon cousin.

Justine – Désolée, Jim mais ça, pas question. Tu connais Nicolas aussi bien que moi et tu sais l'état dans lequel ça le met lorsqu'on le réveille le matin. Je peux me charger de Thibault, si tu veux ?

Parce qu'en revanche s'il fallait réveiller mon prince, j'étais plus que volontaire ! À voir comment on avait fini ventousés, hier, dans une samba d'enfer... J'imaginais déjà la scène...

Je frappe à ses volets, il dort encore.

Je l'appelle doucement. Ma voix se mélange à son rêve, j'entre dans son univers onirique et je deviens sa princesse. Il est à cheval et moi, assise au bord d'un ruisseau. Je regarde une libellule qui semble marcher sur l'eau. Thibault approche, je me retourne. Il n'a pas besoin de prononcer un seul mot, il tend sa main vers moi et je grimpe en croupe derrière lui, mon corps collé contre le sien.

Les paysages défilent à toute allure et nous arrivons bientôt dans la vallée de l'amour.

Je frappe de nouveau à ses volets.

Cette fois-ci, Thibault revient à la réalité. Il se lève et vient m'ouvrir. Il est nu, son corps sculptural me scotche sur place. Il me regarde. L'émoi dans lequel l'a plongé son rêve le rend fou de désir. Il m'entraîne dans sa chambre et c'est enfin pour moi la première fois.

Jim – Non, ce n'est pas la peine que tu ailles chez Thibault. Il n'a pas dormi chez lui.

À ces mots, je suis tombée de mon cheval, pardon, je suis tombée de mon lit.

Justine – Comment ça, il n'a pas dormi chez lui ? Cette nuit, à une heure, il était bien avec nous dans le jardin ?

Jim – Ah oui, mais il est parti en même temps que nous. Il a pris son scoot et il est allé dormir ailleurs.

Justine – Chez qui ?

Jim – Je ne lui ai pas demandé. J'ai réussi à le joindre, il sera au *Paradisio* à dix heures.

Le fait que Thibault abandonne à neuf heures du matin la fille avec laquelle il avait passé la nuit me donnait une petite lueur d'espoir. Elle n'était qu'un objet sexuel et Thibault n'aimait que moi.

Enfin, on se rassure comme on peut. Si ça se trouve, il était fou d'elle. Oui, c'est ça, il était fou d'elle et c'est elle qui le mettait à la porte au petit matin. J'étais fichue.

Jim – Tu veux bien faire un effort pour moi et aller réveiller Nicolas ?

Après tout, entre mourir étranglée par mon cousin ou mourir d'un chagrin d'amour, je préférais encore la strangulation, c'est aussi douloureux mais c'est plus rapide.

Justine – OK, j'y go.

Je vous épargnerai le récit du réveil de mon cousin. Il y a peut-être des âmes sensibles parmi vous et je n'ai pas envie de répéter le chapelet d'injures qui m'a accueillie. En tout cas, à dix heures, on était devant le *Paradisio* avec des mines de déterrés. Le manque de sommeil, ça ne pardonne pas.

Nicolas s'est assis sur le bord du trottoir et n'a pas décroché un mot. Thibault avait les yeux cernés et j'ai eu envie de pleurer en pensant à la nuit torride qu'il avait dû passer.

Léa faisait une tête de trois mètres de long. Elle déteste le sport et les sportifs. Son idéal masculin, c'est les intellos névrosés légèrement maladifs qu'on trouve dans les théâtres poussiéreux ou les bibliothèques désaffectées. Seule Ingrid avait l'air de revenir d'une semaine de vacances au Club Med et l'idée de voir des créatures musclées en short faisait briller ses yeux.

Léa – Vous avez eu le temps de prendre un petit-déjeuner, vous ?

Thibault – Ah non malheureusement.

Quoi « Ah non malheureusement. » ? Mademoiselle n'est pas fichue de se lever pour préparer le café et beurrer des tartines ? Moi, je fais les meilleures tartines du monde. Avec Théo en client principal, je suis devenue une experte. Il vérifie que le niveau de beurre soit égal sur toute la longueur du pain. La plupart du temps, il sort son double décimètre. Croyez-moi, une exigence pareille ça vous forme !

Thibault – Et je meurs de faim.

Eh oui, une nuit torride ça creuse. Quel manque de délicatesse. Dire cela devant moi ! Ah le lâche, l'infidèle...

Léa – Il y a un problème, Justine ?

Justine – Non, pourquoi ?

Léa – Tu fais une tête de cent pieds de long. On dirait que tu as envie de tuer quelqu'un.

Justine – Non, j'ai juste un peu sommeil et puis j'espère que vous ne m'en voulez pas pour le baby-sitting d'hier.

Thibault – Tu plaisantes ou quoi ? J'ai passé une soirée merveilleuse. Ta présence dans cette demeure adoucit ma vie. Je ne me sens plus jamais seul maintenant.

Oh c'est trop beau ce qu'il vient de dire !

Allez, d'accord, je lui pardonne pour cette nuit, c'était une histoire sans importance. Si ça se trouve, elle l'a forcé. Elle lui a peut-être fait croire qu'elle se suiciderait s'il ne venait pas tout de suite. C'est même sûr. Pourquoi y serait-il allé à une heure du matin si ce n'est contraint et forcé ? Mon pauvre Thibault, généreux comme il est, n'a pas pu refuser de venir en aide à une hystérique nymphomane.

– Bonjour tout le monde, bienvenue au *Paradisio*.

Je me suis retournée, Jim était là, avec son sourire solaire des jours heureux.

Jim – Vous êtes prêts ? Je vous fais une visite guidée pour que vous voyiez les installations et après, vous utilisez ce que vous voulez.

C'est étrange la vie. Vous vous dites l'amie de quelqu'un et, en cela, vous sous-entendez que vous savez beaucoup de choses de lui. Or, la plupart du temps, vous ne connaissez que quelques facettes de cette personne : Jim et son père, Jim et Nicolas, Jim et son groupe d'amis, Jim et son envie de devenir moniteur de judo, Jim et ses doutes et même Jim et ses errances secrètes.

Et soudain, vous réalisez que celui que vous considérez comme un frère vit des milliers d'heures sans vous dans des univers inconnus. C'est étrange et douloureux parce que même les amis les plus intimes deviennent, à ces moments-là, des presque étrangers.

C'est l'impression que j'ai eue lorsqu'on est entrés au *Paradisio*. Bien sûr, on était souvent venus chercher Jim après les cours mais jamais on n'avait dépassé le hall d'entrée. Si l'on voulait aller au-delà, il fallait prendre une carte d'abonnement et, à cause des tarifs, aucun de nous ne pouvait se le permettre. Je n'avais donc jamais vu Jim dans son rôle d'employé d'un club de fitness select. Je n'avais même pas imaginé qu'il s'était fait des relations de travail, des gens avec lesquels il parlait, déjeunait, se disputait ou qu'il aimait.

Peut-être que je suis trop possessive mais pour moi, Jim, c'était d'abord nous et, dans l'intervalle, des événements plus ou moins anodins.

Alors quand je l'ai vu dire un mot à l'un, en embrasser une autre, plaisanter sur un truc incompréhensible avec un type qui passait, ça m'a fait bizarre. Je me suis sentie comme abandonnée. C'est idiot, je sais. À ce moment, j'ai senti une légère pression sur mon bras et j'ai entendu une voix me chuchoter :

Léa – Le fait qu'il aime d'autres gens ne change rien à son amour pour nous.

Mais cette fille lit dans mon cerveau ou quoi ???

Jim – Vous me suivez ? Eh souriez, on dirait que je vous ai pris des places pour l'enfer.

Léa – Ne t'inquiète pas, Jim, on est juste encore endormis mais on est heureux que tu nous fasses découvrir ton club. On va enfin voir les endroits dont tu nous parles depuis des mois.

Jim – Pas seulement les voir, vous pouvez aussi essayer toutes les installations comme si vous étiez abonnés !

Léa – En ce qui me concerne, le sauna suffira.

Jim – Ah non, vous n'allez pas limacer !!! Je suis responsable de la salle de muscu, je veux vous voir sur les appareils.

Nicolas – Quand est-ce qu'on bouffe ? J'ai la dalle.

Jim – D'abord, je vous montre tout parce que je dois retourner dans ma salle. Vous irez au nouvel espace diététique ensuite, ils ont des formules petit-déjeuner.

Jim nous a fait la visite des lieux. Les installations du *Paradisio* étaient impressionnantes. Il y avait des appareils de musculation hyper perfectionnés. D'immenses plantes vertes poussaient çà et là.

Pour la clientèle, il n'y avait pas de vestiaire commun, uniquement des loges individuelles comme pour les stars. On s'y est déshabillés. Un grand peignoir blanc avec capuche et des tongues en éponge blanche attendaient chacun de nous dans sa cabine. Lorsqu'on s'est retrouvés affublés de nos déguisements de Schtroumpfs décolorés, on a éclaté de rire.

Ce sont les piscines qui nous ont le plus impressionnés. Il y avait une grande piscine olympique et une piscine plus petite d'eau chaude. À côté régnait un jacuzzi pour au moins dix personnes. Tout autour, des transats avec des parasols multicolores.

Ingrid – Waouh...

Justine – C'est beau, hein ???

Ingrid – Ah oui, ça me plaît beaucoup les tablettes de chocolat !!!

Justine – Où ça du chocolat ?

Ils ont éclaté de rire. Quoi ? Qu'est-ce que j'avais dit de spécial ? J'ai suivi le regard d'Ingrid. Au bord de la piscine se pavanait un garçon ultra musclé avec des abdos comme... des tablettes de chocolat. Il avait le teint bronzé des surfers californiens. Ses cheveux gominés et plaqués en arrière étaient méchés. Au départ, j'ai cru qu'il cherchait quelqu'un parce qu'il marchait en regardant à travers la paroi vitrée. Et puis j'ai compris : il ne cherchait personne, il admirait son reflet.

Ingrid – Eh bien moi, si ça ne vous dérange pas, je vais m'installer ici. Je crois que j'ai trouvé mon idéal de vie.

Léa m'a chuchoté à l'oreille :

Léa – S'ils font des petits ensemble, il faudra penser à les noyer dans la piscine. S'ils sont prétentieux et narcissiques comme leurs parents, ça ne sera pas supportable.

Jim – Bien, je vous ai tout montré, si vous voulez grignoter, c'est à droite après les grands palmiers. Léa, le sauna est juste à côté des douches. Alors, ça vous plaît? Vous êtes contents?

Nicolas – Putain, c'est classe. Ça doit coûter la peau du cul un abonnement ici.

Léa – Nicolas, tu ne pourrais pas t'exprimer autrement pour une fois? Dans un lieu aussi joli, sois plus délicat.

Thibault – Ce que voulait dire Nico c'est : « Quel endroit formidable. J'imagine que l'inscription dans ce lieu paradisiaque est hors de prix. »

Nicolas – Ouais tu as parfaitement traduit ma pensée, mais qu'est-ce que ça fait con, dit comme ça!

No comment.

Jim a rejoint la salle de musculation et on en a profité pour aller prendre notre petit-déjeuner. L'espace diététique était la copie des cafés de la plage de Deauville ou de Cabourg que l'on voit sur les vieilles gravures. Des planches de bois étaient posées sur du sable et des parasols bleus et blancs surplombaient des tables en fer forgé. Pour créer un véritable effet bord de mer, il y avait en fond sonore un CD de chant de mouettes et de bruits de vagues.

Une fille mince comme un Mikado nous a apporté une carte. Nicolas l'a lue rapidement et lui a demandé :

Nicolas – Il n'y a pas de pain, de beurre et de confiture?

Le mikado – Ah non, monsieur, nous ne servons que des repas diététiques, mais n'ayez aucune inquiétude tout est parfaitement bio.

Et elle s'est éloignée pour apporter un jus de carottes à la table voisine. Nicolas l'a fixée avec un air mauvais.

Nicolas – Putain, ce qui m'inquiète c'est pas que ce soit pas bio, c'est que je vais mourir de faim. Regardez-moi cette carte : fromage de brebis sucré à la purée d'orange amère, galette de riz complet et son tofu grillé, compote de pommes fraîches et son bâton de cannelle des îles. Même la compote qui était le seul truc bouffable, ils l'ont salopée avec un bout de bois. Heureusement qu'on paye pas, vous avez vu les prix ?

Léa – Non, où ça ?

Nicolas – Écrits en minuscule, juste en dessous !

Justine – C'est pas possible que ce soit les prix, ça doit être le code de commande pour la caisse.

Nicolas – De toute façon, on s'en fout, on est invités.

Le mikado s'est replanté devant nous et nous a demandé avec une voix de fille qui a passé vingt ans dans un ashram en Inde du Sud :

Le mikado – Vous avez choisi ?

À voir la tête de mon cousin, j'ai craint un instant que la réponse soit violente. Mais heureusement, Thibault très gentleman a pris la parole.

Thibault – Si vous pouviez nous laisser encore un moment... C'est si difficile de se décider entre tous ces mets raffinés !

Le mikado a adoré la réponse et lui a fait le sourire de Bouddha au moment où il atteint le dernier degré de la compréhension cosmique. Avec Léa, on a applaudi.

Léa – Tu as été magistral, Thibault.

Thibault – Je sais. Mais il va falloir choisir quand même. Vous prenez quoi, vous ?

Justine – Moi, je prends le truc qui ressemble le plus à ce que je connais en hypermarché : une compote de pommes.

Léa – Moi, je tente le fromage de brebis sucré à la purée d'orange amère.

Thibault – Deux alors. Et toi Nicolas ?

Mon cousin nous a regardés comme si on venait d'arriver sur une île déserte et qu'on le forçait à choisir entre une brochette de sauterelles grillées et de la cervelle de singe vivant.

Nicolas – Comme Justine, de la compote de pommes avec leur putain de bout de bois dedans.

Lorsque le mikado nous a apporté « nos mets raffinés », j'ai cru que mon cousin allait imploser.

Nicolas – C'est des échantillons ou quoi ?

Le mikado – Non, monsieur, ce sont des quantités qui respectent l'équilibre du corps.

Nicolas – Vous avez vu ma taille ? Moi je meurs si je ne mange que ça.

Ce n'est pas pour défendre mon cousin, mais il faut avouer que les parts étaient minuscules. Les pots en terre cuite dans lesquels étaient servis les compotes et les fromages étaient plus petits que des coquetiers. Ils contenaient au plus deux cuillerées à soupe d'aliment. Encore une fois, Thibault a sauvé la situation avec ses phrases de fils d'ambassadeur, et le mikado ne s'est plus adressé qu'à lui.

Le mikado – Je vous propose, pour accompagner votre fromage, un jus de carotte au sel de céleri de Provence ou un jus de pamplemousse rose de Floride pressé à la main.

Je crois que Thibault a senti le danger qui guettait le mikado si elle continuait à proposer ses boissons ridicules. Nicolas avait retroussé ses babines et un grognement d'ours caractériel à qui on veut piquer sa grotte commençait à se faire entendre.

Thibault – Nous allons prendre de l'eau tout simplement.

Le mikado – Vous préférez quel type d'eau ?

Elle n'aurait pas dû insister. Pourtant Thibault avait essayé de la sauver.

Nicolas – ON T'A DIT DE L'EAU, TU NE COMPRENDS PAS ? TU OUVRES LE ROBINET ET ÇA COULE ! PUTAIN, ELLE EST CONNE OU QUOI ?

Le mikado a sursauté puis, se reprenant, elle a inspiré trois fois avec le ventre pour ouvrir ses chakras. Elle a regardé Nicolas avec un air de compassion totale.

Nicolas – Pourquoi elle me mate comme ça ?

Léa – Elle est tout amour et elle ne veut pas de ta colère. Elle souhaite que tu t'apaises et que tu retrouves la paix de l'âme.

Encore une fois, je crois que si le mikado n'était pas parti empoisonner un autre client avec sa galette de riz et son tofu grillé, elle serait morte assassinée à mains nues par mon cousin.

On ne peut pas dire qu'on ait perdu deux heures à table. En deux bouchées, on avait terminé. Il a donc été décidé que les garçons rejoignaient Jim à la muscu et qu'avec Léa on irait se détendre au sauna. Ingrid devait être en train de batifoler avec Terminator et il nous semblait inutile de la déranger.

Au moment où on se levait pour partir, le mikado nous a barré le passage.

Le mikado – Je crois que vous avez oublié de régler votre addition.

Léa – Nous avons des invitations pour la journée.

C'est alors que Bouddha s'est transformé en tiroir caisse. J'ai même cru voir les dollars en fond d'écran de ses yeux.

Le mikado – Certainement pas dans mon établissement. Pour des raisons que j'ignore, quelqu'un vous a permis de venir gracieusement au *Paradisio*, mais ce que vous consommez ici est à votre charge. Ce restaurant est indépendant du *Paradisio*. Je loue l'emplacement, c'est tout. Vous êtes ici chez moi.

Et elle nous a tendu l'addition. Nicolas avait eu raison tout à l'heure, ce n'étaient pas les codes de commande, c'étaient bien les prix. Il y en avait pour soixante euros.

Nicolas – Elle se fout de notre gueule là ou quoi ? Moi, je ne paye pas. Avec ce qu'elle nous demande comme fric pour ses échantillons, tu peux nourrir une famille africaine pendant six mois.

Le mikado – Vous préférez que j'appelle le service de sécurité ?

Tiens, Bouddha était chef de la police maintenant ? C'est étrange, moi qui la croyais plus proche de la non-violence de Gandhi. Comme quoi, soixante euros, ça peut vous changer un destin.

Léa a répondu calmement avec ce ton métallique qu'elle utilise rarement, mais qui est plus efficace qu'un M16.

Léa – Nous allons vous régler, je ne sais pas encore comment mais vous serez payée. Toutefois, je tiens à vous dire que, malgré les efforts démesurés que vous déployez pour offrir une image d'équilibre, vous êtes une voleuse. Vous ne trompez personne avec vos faux airs de femme zen et vos noms pompeux pour une nourriture qui ne vous coûte rien. On voit très vite à quel genre d'individu on a affaire lorsqu'on vous observe. Il n'y a pas pire que les escrocs qui s'abritent derrière de belles idées pour arnaquer les autres. Je n'aimerais pas être à votre place lorsque vous vous regardez le matin dans votre miroir.

Une minute plus tôt, l'idée de donner quinze euros gagnés durement avec mon baby-sitting me révoltait mais là, je trouvais que ça valait le coup. Je payais quinze euros pour voir, debout au premier rang, la justice triompher.

Le mikado n'a rien dit. Elle n'a même pas essayé de respirer trois fois par le ventre. Elle a laissé tomber son emballage marketing de sérénité supracosmique. Il n'y a plus eu, devant nous, qu'une fille maigre qui avait perdu toute contenance.

Thibault nous a proposé de nous avancer l'argent et il est allé le chercher dans sa cabine. Il a payé sans un sourire et on est partis.

Justine – Bravo Léa, tu as trouvé les mots exacts.

Nicolas – Vous auriez dû me laisser faire, je lui aurais réglé son compte, moi, à cette...

Léa – Nicolas, s'il te plaît, pas de grossièreté. Je propose qu'on ne parle pas de cet incident à Jim. Il ne savait certainement pas qu'on allait nous faire payer. Il va vouloir nous rembourser et ce serait injuste. Il a tout organisé pour nous faire plaisir, je crois qu'il faut lui mentir un peu, il le mérite.

On a tous été d'accord et Thibault a proposé un étalement de notre dette, si on n'avait pas de quoi le rembourser tout de suite.

Ah Thibault le généreux, mon Jésus multipliant les petits pains, mon Karl Marx partageant les outils du capital, mon Robin des Bois rétablissant la justice dans le monde...

Les garçons ont rejoint Jim et nous sommes allées, comme prévu, au sauna. Je n'avais jamais mis les pieds dans un truc pareil et lorsque nous sommes entrées, j'ai cru que j'allais mourir étouffée. Deux femmes allongées sur des serviettes dormaient. À moins qu'elles n'aient été déjà mortes. Dire qu'il y a des gens qui payent pour supporter cette chaleur...

Justine – Je t'attends dehors, Léa, j'ai trop chaud.

Léa – Tu ne veux pas rester un petit moment ? C'est parfois difficile au début mais on se sent vraiment bien quand on sort.

Je n'ai pas osé lui rétorquer que lorsqu'on se tapait sur les doigts avec un marteau et qu'on s'arrêtait, on se sentait aussi très bien après. Et que le mieux était peut-être de ne pas commencer... Mais Léa avait l'air très convaincue du bienfait de la cuisson à cinquante degrés d'un corps comme le mien, alors je suis restée.

Comme j'avais lu sur Internet un article sur la puissance du mental des sportifs et la possibilité qu'a tout être humain de s'imaginer dans une autre situation que celle dans laquelle il est vraiment, j'ai pensé très fort que j'étais à la montagne, prise dans une avalanche, et que je mourais de froid. La neige a fondu autour de moi, je me suis retrouvée en combinaison de ski et Moon Boots dans le sauna. Je suis sortie à toute allure, suivie de près par Léa.

Léa – Ça ne va pas ?

Justine – Ah non, j'ai trop chaud. J'ai du mal à respirer.

Léa – Tu veux qu'on se baigne ?

Justine – Pourquoi tu ne restes pas, toi ? Je t'attends sur un transat au bord de la piscine. On se baignera après.

Léa – Ça ne te dérange pas ?

Justine – Ben non... J'ai la preuve que seules les sorcières sont capables de résister à l'enfer.

Ma meilleure amie m'a fait un bisou sur la joue et est repartie terminer sa cuisson.

Ingrid était assise au bord de la grande piscine et se faisait mordiller les orteils par Terminator quand je suis arrivée. A priori, ils se rejouaient *Les dents de la mer*. La peste poussait des cris qui ravissaient le squale aux cheveux méchés.

J'ai tourné la tête. Je ne sais pas si ça vous fait ça à vous aussi, mais j'ai parfois l'impression que certains spectacles stupides sont dangereux pour l'intelligence. Comme si on risquait la contamination... Si je regardais trop le nouvel amoureux d'Ingrid je pourrais me retrouver soudain les cheveux méchés et les neurones dans les biceps. Quelle horreur !

Sur le plongeoir, un type ajustait ses lunettes. Voilà un spectacle intéressant : un homme qui plonge... Il a fait rouler ses épaules en guise d'échauffement, a remonté son maillot, replacé ses pieds à plusieurs reprises pour être bien stable. C'était certainement un super pro. Je ne l'ai pas lâché des yeux. Il n'y a pas plus beau qu'un corps tendu comme une flèche qui fend l'eau.

Sauf que j'avais oublié que c'était une journée pourrie. J'ai donc eu droit à un plongeon pourri.

Le type s'est bouché le nez avec ses doigts et a sauté, les jambes repliées contre sa poitrine comme les gosses quand ils veulent éclabousser les gens autour. Ingrid en a pris plein son brushing. Terminator a immédiatement réagi. Il s'est précipité, dans un crawl impeccable, vers la bombe humaine.

J'ai vraiment regretté de ne pas avoir une caméra pour filmer, parce que la suite a été hilarante. Mister tablettes de chocolat avait en fait une voix de jeune fille, comme dans les dessins animés lorsque l'éléphant prend la voix suraiguë de la souris. Mais il lui était arrivé quoi, à ce garçon, pour avoir une voix pareille !!! Plus il hurlait pour terroriser le champion du monde du plongeon, plus il perdait en crédibilité. J'ai entendu rire derrière moi. Je me suis retournée. Léa était pliée en deux.

Léa – C'est le chéri d'Ingrid qui a cette voix de castrat ?

Justine – Je le crains, oui.

Le médaillé d'or du plongeon le plus ridicule de l'année s'est défendu vaillamment et, au bout de cinq minutes, l'affaire était réglée. Ils occupaient chacun un bout de la piscine et évitaient de se regarder. Ingrid, folle d'admiration pour le sauveur de son brushing, s'agrippait à ses épaules musclées.

Avec Léa, on est allées se baigner dans la petite piscine d'eau chaude, on n'avait pas envie de recevoir une balle perdue...

La matinée est passée comme un rien et lorsque les garçons sont venus nous chercher pour déjeuner, on somnolait sur nos transats.

Jim – Allez les limaces, on va déjeuner dans le petit square à côté. À moins que vous préfériez vous installer à l'espace diététique ?

Léa – Non merci. C'était très bien ce matin mais là, c'est plus sympa de manger dans l'herbe.

Jim – L'avantage c'est qu'ici, vous, vous êtes invités. Si on sort il va falloir faire des courses. Moi, ça m'est égal de payer ma part à l'espace diététique, je ne veux pas que vous vous priviez pour moi.

J'ai senti Nicolas à deux doigts de raconter notre petit-déjeuner avec le mikado, pourtant son amitié pour Jim l'a emporté.

Nicolas – Moi aussi, je préfère sortir pour déjeuner et revenir ensuite.

Ingrid n'a pas voulu nous suivre. Il n'était pas question qu'elle mange quoi que ce soit. Elle serait morte d'inanition plutôt que de prendre un gramme en maillot de bain. On l'a donc laissée aux mains de son « homme » et on est partis.

En chemin, on s'est arrêtés dans une épicerie et on a acheté de quoi pique-niquer. Jim a voulu payer, on s'y est tous opposés.

Jim – Je ne veux pas que cette journée vous coûte un sou. Si j'étais riche, je vous offrirais un abonnement à chacun mais ce n'est pas dans mes moyens. Alors ne me gâchez pas mon petit plaisir.

J'ai prié pour que Jim ne sache jamais ce qui s'était passé le matin.

Le déjeuner a été une suite de fous rires, les garçons nous ont raconté leurs expériences sur les machines de muscu.

Nicolas – Attends, à un moment, j'ai voulu faire comme un type. Ça n'avait pas l'air compliqué, il était assis sur un appareil et ramenait deux barres devant lui. Je suis resté écartelé. Non seulement je n'ai pas réussi à ramener les barres, mais elles sont reparties en arrière avec mes bras. Si Jim n'était pas intervenu, je pense qu'il aurait fallu m'amputer.

Jim – Tu exagères. Tu as besoin d'entraînement ! Ce n'est pas en tapant constamment sur un clavier d'ordi qu'on se muscle.

Nicolas – Vous avez raté, les filles ! En salle de muscu, monsieur Jim est une vedette.

Justine – Ah oui ?

Thibault – Tout le monde le veut : Jim par-ci, Jim par-là... Tu peux me régler le cardio-training ! Tu peux m'expliquer comment muscler les deltoïdes !

Nicolas – Enfin, la demande vient surtout des belles meufs !

Justine – Parce qu'il y a beaucoup de filles qui veulent se muscler les deltoïdes ?

Nicolas – Quelques-unes. Mais tu t'énerves chérie ou je rêve ? C'est parce qu'on essaie de te piquer Jim ?

Justine – Qu'est-ce que j'en ai à faire ?

Jim – Bon allez... On arrête de dire n'importe quoi. Il est presque quatorze heures, on y retourne. J'ai fini ma journée alors je reste avec vous !

À notre retour, Ingrid avait disparu mais on ne s'est pas inquiétés pour elle. Elle était entre de bonnes mains. On a voté pour passer l'après-midi dans la piscine sauf Thibault qui a préféré retourner s'entraîner dans la salle de musculation. J'ai eu un petit pincement au cœur. En fait, depuis le début de la journée, j'espérais le rejoindre dans l'eau.

Qu'y a-t-il de plus révélateur que de nager avec quelqu'un qu'on aime mais avec lequel il ne s'est encore rien passé ?

Les corps sont proches, presque nus, ils se frôlent, s'éloignent et se retrouvent. Avec un peu de chance, un crétin vous éclabousse, vous faites un bond sur le côté et vous vous retrouvez, comme par hasard, dans les bras de votre chéri. Là, s'il ne vous embrasse pas, c'est que vous avez mangé trois gousses d'ail et un camembert farci aux anchois, ou qu'il va vous annoncer qu'il est fou amoureux d'une grande blonde qui fait du 95C.

Le test de la piscine est assez efficace et je le conseille à toutes celles qui ont un doute. En ce qui me concerne, je n'ai pas pu vérifier mon pouvoir d'attraction sur mon prince, puisqu'il a préféré se muscler ailleurs que dans mes bras.

Mais que je suis bête, si ça se trouve, c'est pour moi qu'il travaille ses deltoïdes ? Pour avoir un corps de rêve, le jour de ma première fois !

Oh Thibault, ma montagne de muscles, mon concentré de testostérone...

J'ai plongé dans la piscine d'eau froide pour me rafraîchir.

Heureusement quand l'amour se fait attendre, l'amitié est une valeur sûre. Et une après-midi piscine à critiquer toutes les filles qui passent avec Léa est une chose que je n'échangerais contre rien au monde (si, contre un dixième de seconde dans les bras de Thibault. Mais ça, on est d'accord, c'est hors concours).

On s'est donc allongées côte à côte sur les transats et on a mis des notes comme à l'Eurovision à la télé. Jim et Nicolas ont fini par nous rejoindre et ont noté eux aussi. Ça m'a agacée, je déteste quand Jim trouve une fille belle !!!

C'est fou comme les garçons ont des critères différents des filles pour juger de la beauté féminine. On est beaucoup plus sévères qu'eux sur les petites rondeurs. Dès qu'une copine a du ventre ou des hanches un peu larges, on a tendance à la cataloguer dans les grosses. Eux, non. Ils trouvent appétissantes les filles avec des formes. Comme quoi, la plupart d'entre nous devraient arrêter de se pourrir la vie avec des régimes qui les rendent anorexiques.

J'ai bien vu que les remarques des garçons rassuraient Léa. Elle ne se plaint jamais de ses rondeurs mais je sais que lorsque vient l'été, elle déprime. Quant à moi, ça m'a définitivement achevée. La seule chose que j'ai c'est ma minceur, alors si ça doit être un handicap, il ne me reste plus qu'à entrer dans les ordres et, franchement, je ne me vois pas en sœur Justine de l'abbaye de la Stricte Observance.

Thibault a fini par nous rejoindre. Il avait l'air contrarié. À moins que les efforts sur les machines l'aient épuisé. En tout cas, il avait perdu son sourire et ça n'a échappé à personne.

Jim – Tout va bien ?

Thibault – Oui...

Nicolas – Tu viens nager avec nous ?

Thibault – Non merci.

Nicolas – Allez, fais pas ta chochotte.

Jim – C'est vrai qu'il fait sa chochotte...

Nicolas – T'as joué au malin sur le cardio-training et tu t'es bien foutu de moi ce matin, mais tu donnes quoi dans l'eau ? Je vais le foutre à la baille, moi, monsieur le fils de l'ambassadeur.

Bien sûr, ce n'était qu'un jeu pourtant j'ai senti très vite que Thibault n'avait pas envie de plaisanter. Et lorsque Léa s'est levée pour crier aux garçons d'arrêter, j'ai compris qu'il y avait un problème. C'était trop tard.

Ils ont attrapé mon prince par les bras et les jambes et l'ont soulevé pour le jeter à l'eau. Je n'oublierai jamais le cri de terreur qu'il a poussé. Ça m'a glacé le sang et j'ai eu l'impression que le temps se suspendait.

J'ai vu Thibault, la bouche déformée par la peur, tomber comme au ralenti dans la piscine. Il s'est débattu pour ne pas couler, ses bras se sont agités un moment à la surface de l'eau puis plus rien. Il n'est pas remonté. Les garçons ont éclaté de rire, persuadés qu'il mimait la noyade.

Avec Léa, on a sauté exactement au même instant et on a essayé de le ramener à la surface. Mais dans sa panique, il s'accrochait à nous et nous enfonçait la tête sous l'eau.

Jim et Nicolas ont fini par comprendre et sont venus à notre aide. À quatre, on a réussi à le sortir de la piscine.

Il était tétanisé d'angoisse quand on l'a allongé sur le sol. Léa s'est assise près de lui et a placé sa main au niveau du plexus. Elle lui a parlé très doucement. Thibault a fini par se calmer.

Lorsqu'il s'est enfin levé, il y a eu un grand moment de malaise. Les garçons ne savaient pas quoi dire pour s'excuser. Il faut avouer pour leur défense que personne ne pouvait imaginer qu'un type comme Thibault, avec une éducation comme la sienne, ne sache pas nager. C'est mon prince qui a parlé en premier.

Thibault – Désolé pour le spectacle. C'est ma faute, j'aurais dû vous prévenir... J'ai une terrible phobie de l'eau. J'ai failli me noyer quand j'étais petit et depuis, c'est la panique totale pour moi.

Pour aider Thibault

Les phobies sont des crises d'angoisse déclenchées par la présence d'un objet ou d'une situation spécifiques, lesquels ne présentent pas de caractère objectivement dangereux. Tant mieux!

Pour éviter l'angoisse, le sujet peut développer des comportements dits « contraphobiques » :

1- Évitement de l'objet ou de la situation phobique

2- Tentative de réassurance à l'aide de personnes ou d'objets « contraphobiques »

3- Conduite de défi.

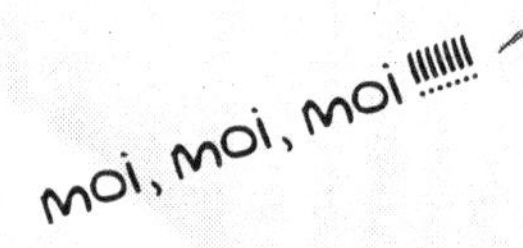

Nicolas – C'est nous qui sommes désolés, Thibault. Sincèrement désolés... Tu penses bien que si on l'avait su, on n'aurait jamais fait ça. En plus, c'est moi qui ai eu cette idée stupide, je m'en veux terriblement.

Thibault a souri.

Thibault – As-tu remarqué, Nicolas, que dans les situations dramatiques comme celle-ci, tu ne prononces pas la moindre grossièreté ?

Je ne sais pas si la question était drôle ou si on était soulagés de voir mon prince refaire de l'humour, mais on a éclaté de rire. Quand l'un s'arrêtait, l'autre recommençait. Si bien qu'on a fini, pour la deuxième fois en cinq minutes, par être l'attraction publique.

– Je peux savoir ce qui vous fait marrer comme ça ?

Ah ben, elle était de retour celle-là ? Et toute seule ? Terminator s'était désagrégé dans les bains bouillonnants du jacuzzi en lui chuchotant : « I'll be back ! » ?

Ingrid – Alors, vous me répondez ou j'en choisis un au hasard et je le mets à l'eau ? Thibault, par exemple ?

C'est dingue comme cette fille a toujours le mot pour rire.

Thibault – Je ne te conseille pas de me choisir !

Ingrid – Pourquoi, tu as peur de craquer si je tombe à l'eau avec toi ?

Tiens ! Qu'est-ce que je vous disais pour le test de la piscine... Comme d'hab, ma meilleure amie a parlé comme un vieux sage.

Léa – Je ne sais pas ce que vous en pensez mais je crois que c'est l'heure de rentrer. Demain, on a cours et entre notre samedi baby-sitting et notre dimanche *Paradisio*, on a vécu assez d'émotions fortes.

À part Ingrid qui se trémoussait pour rester encore, on était tous d'accord. Personnellement, je n'avais qu'une envie, c'était de m'éloigner de l'eau. Je ne supportais pas l'idée de savoir mon prince en danger.

J'ai eu droit à une scène de ma mère à peine la porte franchie. J'avais été absente presque tout le week-end et elle me reprochait de ne pas avoir travaillé une seule seconde. J'ai râlé pour la forme mais je savais qu'elle avait raison. J'étais encore sur le rythme des vacances et j'avais intérêt à bosser un peu plus à l'avenir si je voulais mon bac. J'ai dîné le plus vite possible pour avoir le temps de terminer mes exercices de physique et je suis allée me coucher.

Lorsque j'ai fermé les yeux pour m'endormir, je me suis vue debout, à la proue du Titanic, les bras en croix, avec Thibault qui me tenait par les hanches et qui criait : « Tu voles, Rose ! » ah non, pardon « Tu voles, Justine, tu voles ! ».

Oh mon Thibault, ne crains rien, je te laisserai la planche pour que tu survives et je mourrai, moi, dans l'eau glacée.

Amours, brouilles et embrouilles

Léa – Justine ! Justine ! Ohé, je suis là !

Ce matin, dans la cour, j'entendais bien la voix de ma meilleure amie mais je ne la voyais pas. Il faut dire qu'à la pause du matin, les distributeurs de boissons et de gâteaux sont pris d'assaut et pour retrouver quelqu'un dans ce magma humain, il faut le vouloir. J'ai fini par distinguer une main avec une énorme bague en argent et une mitaine en dentelle noire qui s'agitait et j'en ai conclu que c'était Léa.

Léa – Dépêche-toi, je t'ai pris ton thé et j'ai les deux gobelets brûlants dans la même main.

Justine – Merci la sorcière.

Léa – De rien, la mortelle.

Justine – Tu as vu Thibault ?

Léa – Non, pas ce matin.

Justine – Il nous évite, c'est sûr. J'ai réfléchi cette nuit et je crains qu'après l'épisode de la piscine, il ne veuille plus jamais nous voir.

Léa – Tu as raison de penser au pire. Le malheur ne déçoit jamais.

J'ai avalé une gorgée de thé au citron. Ce n'est pas que je n'avais rien à lui répondre mais parfois Léa me dit des choses essentielles et il me faut un peu de temps pour les intégrer.

– Bonjour Justine.

Je me suis retournée. Je n'en ai pas cru mes yeux. J'ai demandé à Léa :

Justine – C'est le vrai ou tu as fait apparaître un hologramme pour justifier ce que tu viens de me balancer ?

Ma meilleure amie a souri et m'a chuchoté :

Léa – Je crois que ça s'appelle une réponse directe de la vie. À la question : « Puis-je avoir confiance ? », la réponse est « Thibault est là ».

Je me suis tournée de nouveau. Thibault était bien là, il m'a souri. Je sais que c'est ridicule mais je me suis sentie obligée de le toucher pour voir si ce n'était pas un sort de Léa.

Thibault – C'est plutôt très agréable d'être caressé par une jolie fille de bon matin.

Justine – C'était juste pour vérifier...

Thibault – Vérifier quoi ?

S'il y avait un jour un concours de la réplique la plus stupide du monde, je crois que j'aurais le premier prix. J'ai viré au rouge cramoisi.

Thibault – Il y a un problème, Justine ?

Justine – Non, pas du tout. Je me moque totalement que tu ne saches pas nager.

Thibault a viré au blanc cachet d'aspirine. Quelle idiote je faisais ! Je me suis aussitôt excusée. Mon prince a été magnanime et m'a assuré qu'être sauvé par deux filles aussi charmantes que Léa et moi justifiait la noyade.

Quel garçon merveilleux ! Comme un copain de sa classe l'appelait, il nous a saluées avec son petit hochement de tête habituel et il est parti.

Justine – J'ai encore agi comme une gourdasse !

Léa – Disons que tu n'as pas été très délicate mais il ne semble pas t'en avoir tenu rigueur. Il en a même profité pour te faire un joli compliment. Tu vois, il n'y a pas de quoi s'inquiéter.

La cloche a sonné et on a été obligées d'avaler d'un trait notre gobelet de Paic froid. Ce qui, il faut l'avouer, relève de l'acte héroïque, voire de la conduite suicidaire.

Justine – On déjeune chez moi à midi ?

Léa – Oh non, ça va nous faire courir. Tu ne veux pas plutôt qu'on mange tranquillement à la cantine ?

Justine – Même si je te fais une escalope de dinde et du gratin dauphinois ? Il en reste dans le congélateur.

J'ai senti qu'il m'en fallait peu pour emporter la victoire, j'ai ajouté :

Justine – Et en dessert, un double Magnum chocolat, bien sûr !

Léa – Avec un argument pareil, tu m'as eue vil coyote ! À tout à l'heure. On s'attend devant les grilles. Mais tu ne traînes pas à la fin du cours, je te veux à midi trente pile au garde à vous.

Justine – Bien, Majesté !

Lorsque je suis entrée dans la salle 204, j'ai vite repéré une place au dernier rang et je me suis installée. C'est fou comme la notion de bonne place change avec les années. En sixième, on se bat pour être au premier rang. Avec les années, on s'en éloigne. En terminale, les bonnes places sont celles qui sont géographiquement les plus éloignées d'un membre de l'Éducation nationale : au dernier rang.

La prof de physique est arrivée. Elle a vérifié qu'il y avait bien une éponge et elle a sorti des craies de couleur d'une boîte métallique. Elle les a alignées de façon méthodique : rouge, bleue, verte, jaune. Seulement après, elle a levé les yeux pour nous dire bonjour. Ça aurait été drôle qu'on ne soit pas là ! Il faudrait lui faire le coup un de ces jours. Elle arrive, elle prépare tout, comme si finalement, le plus important c'était son petit rituel et au moment où elle regarde enfin les élèves, il n'y en a pas !

J'en souriais de plaisir lorsque j'ai entendu mon nom.

La prof de physique – Mademoiselle Perrin, faites-nous le plaisir de corriger l'exercice numéro 3 page 2 de votre manuel, s'il vous plaît.

Premièrement ça ne me plaît pas mais je suppose que c'est le même prix, deuxièmement « faites-NOUS le plaisir », je ne voudrais pas la décevoir pourtant je pense qu'il n'y a qu'à elle que ça fait plaisir. Je ne connais pas un seul élève de cette classe transporté de joie à l'idée d'écouter une correction de l'exercice 3 page 2.

Ah si pardon... j'en connais un. Brice ! Mais ce n'est pas tout à fait un élève. C'est un extraterrestre venu ici pour nous démoraliser. Dix-neuf de moyenne générale, jamais une absence, jamais un retard, exercices à la maison toujours faits. Le genre d'élève que les profs et les parents adorent et que les copains détestent. Enfin sauf quand il y a un devoir à rendre et qu'il est d'accord pour qu'on copie sur lui... Ce sont d'ailleurs les seuls jours où on lui parle. Le reste du temps, il est seul mais ça ne le gêne pas, il préfère essayer de résoudre des problèmes de maths qu'on ne lui a pas demandé de faire. Vous voyez le profil ? Inquiétant, n'est-ce pas ?

Tout le monde n'a pas la chance d'être un gentil glandeur. Ça se travaille d'être dilettante, il faut savoir lâcher prise et avoir une grande confiance en soi !

J'ai sorti le bout de feuille de brouillon sur lequel, hier, dans mon brouillard post *Paradisio*, j'avais fait l'exercice. La prof m'a regardée d'un air ulcéré.

La prof de physique – Si la prochaine fois, vous cherchez une surface plus petite pour travailler, il vous reste le ticket de bus, mademoiselle Perrin !

Très drôle.

J'ai tenté vaillamment de présenter ma correction quelque peu originale, il est vrai, et j'ai senti que je n'avais pas été appréciée à ma juste valeur. Pour tout dire, j'ai été massacrée pour mon manque de rigueur et ma méthode fantaisiste. Du coup, j'ai été nommée correctrice officielle de tous les exercices de la page. J'ai eu envie de demander si c'était un cours particulier mais je me suis abstenue. Je dois quand même avouer qu'au bout des deux heures, j'avais compris.

La prof de physique – Je vous félicite mademoiselle Perrin. Ce qui compte dans la vie, ce n'est pas l'endroit d'où on part ni celui où on arrive, c'est le chemin qu'on a parcouru. Et on peut dire que vous avez réellement progressé.

Ça peut paraître débile mais j'ai été touchée par la réflexion de la prof. Et lorsque la cloche a sonné, j'ai presque regretté que ce soit la fin du cours. Arghh !!! Je me « bricelisais », j'allais, comme le fayot de la classe, me mettre à faire des exercices toute seule dans mon coin.

Je me suis dépêchée de sortir. Je n'avais pas envie d'être étripée par Léa. J'avais promis de me trouver devant les grilles à 12 h 30 et j'avais intérêt à y être.

J'ai dévalé les escaliers et je suis arrivée la première. YES !!!

En réalité, j'aurais vraiment eu le temps de descendre tranquillement parce que, dix minutes plus tard, ma meilleure amie n'était toujours pas là. Il était presque treize heures quand elle a fini par arriver. Je commençais franchement à m'inquiéter. Léa n'est jamais en retard.

Léa – Désolée, Justine, j'étais avec Peter.

Bien sûr, j'aurais dû m'en douter. Le seul capable de lui tourner la tête, de la pousser à ne pas tenir une promesse au point d'être en retard à un rendez-vous, c'est son prof d'art dramatique. Faux artiste et vrai pervers.

J'ai senti un flot de colère monter en moi.

Justine – Il est de retour, lui ? Il a trouvé le temps de te parler plus de cinq minutes ? C'est mieux que la dernière fois au café quand il voulait ton avis sur le choix des pièces et qu'il est parti au bout de trente secondes parce qu'on l'avait appelé de toute urgence sur son portable. Phèdre ou Andromaque, certainement... Elles avaient besoin de conseils matrimoniaux. Et comment va sa femme au fait ?

Léa – Il n'est peut-être pas marié, il ne porte pas d'alliance.

Justine – Comme tous les planqués qui ne veulent pas louper une opportunité.

Léa – Je n'aime pas ce que tu dis.

Justine – Moi, c'est lui que je n'aime pas. Il se fout de toi et tu ne vois rien. Il n'est jamais capable de plus qu'un coup de téléphone rapide ou qu'une discussion dans un couloir.

Léa – Eh bien, tu vois, les choses changent et ma patience commence à porter ses fruits. Il m'a invitée à dîner ce soir.

Justine – Et tu vas y aller ?

Léa – Je ne vois pas ce qui m'en empêcherait. J'attends ce moment depuis des mois.

Justine – Enfin, Léa, tu ne vas pas sortir avec ce type ! Il est l'exemple même du salaud qui joue avec les sentiments des autres et n'offre jamais rien.

Léa – Tu ne m'as pas bien entendue, il m'a invitée à dîner.

Justine – Il va surtout obtenir ce qu'il veut, sans se fatiguer. Tu parles d'un engagement, il est le grand gagnant : il va mettre dans son lit une jolie fille qu'il ne mérite pas et à laquelle il a réussi à faire croire que c'était un cadeau de la voir en dehors du lycée. Non, mais je rêve. Si j'étais un garçon, je lui collerais bien mon poing dans la figure.

Léa – Parfois je me demande si tes réactions à l'égard de Peter sont guidées par ton amitié pour moi.

Justine – Par quoi d'autre, alors ?

Léa – Une jalousie de fille peut-être.

J'ai eu l'impression qu'on me donnait un coup dans l'estomac. Mais pourquoi est-ce qu'elle me disait une chose pareille ?

Léa – Je vais déjeuner à la cantine, je crois que c'est préférable.

Léa m'a lancé le regard qu'elle réserve aux gens qu'elle n'aime pas et elle est partie sans se retourner. Jamais, durant nos années d'amitié, elle ne m'avait traitée de cette façon. Je n'avais connu de sa part que bienveillance et confiance. Bien sûr, il nous était arrivé de nous chamailler mais jamais elle ne m'avait reléguée dans le camp ennemi.

Je me suis sentie désemparée. J'ai couru pour rentrer chez moi, je n'avais plus aucune envie de remettre les pieds au lycée. Tant pis si ma mère l'apprenait et m'obligeait à déjeuner à la cantine jusqu'à la fin de l'année.

Lorsque je suis arrivée, je me suis jetée sur mon lit et j'ai pleuré. On parle toujours des chagrins d'amour eh bien je peux témoigner qu'un chagrin d'amitié, ça fait aussi mal. Je me suis repassé en boucle notre altercation et à chaque fois que je me remémorais le regard de Léa, je fondais en larmes. Mais qu'est-ce que j'avais dit pour mériter à ce point sa colère ?

Tout ça à cause de ce Peter... C'est lui qui ruinait notre amitié. Il avait réussi à transformer la plus douce des amies en ennemie. Je le détestais. J'ai cogné de toutes mes forces dans mon oreiller comme si c'était son visage.

Ça m'a fait un bien fou. Je me suis sentie plus calme. J'ai réfléchi.

Je n'avais pas été très délicate avec Léa. Si elle aimait Peter comme moi j'aime Thibault, elle n'avait pas dû supporter les horreurs que j'avais dites sur lui. Même si j'étais sûre d'avoir raison, je n'avais pas à parler de cette façon. Je devais la protéger elle, sans le juger lui. Si j'étais vraiment guidée par mon amitié, seul le bonheur de Léa devait compter. Or, je dois admettre que je n'étais pas très claire. Dès que Peter apparaissait dans sa vie, Léa n'avait plus d'yeux que pour lui. Je n'existais plus et j'avais du mal à l'accepter. Je n'avais pas la force de Léa qui accueillait mon amour pour Thibault sans une once de jalousie.

En fait, j'étais un monstre. Une mauvaise amie égoïste.

Je ferais mieux d'aller présenter des excuses.

J'ai claqué la porte de la maison et je suis repartie au lycée aussi vite que j'en étais revenue. Je n'avais pas fait la moitié du chemin que j'ai failli percuter Léa qui courait à ma rencontre.

On aurait dit une scène de film du réalisateur que ma mère aime. C'est toujours des histoires où les gens sont séparés et finissent par se retrouver avec de la musique qui fait « Chabadabada... Chabadabada... ».

De voir ma sorcière bien-aimée si brutalement m'a rendue timide. Tout ce que j'avais préparé dans ma tête s'est envolé. J'ai juste su la regarder avec un air totalement désespéré.

Léa – C'est quoi ces yeux gonflés ?

Justine – Je crois que je fais une allergie aux pollens.

Léa – Ah oui, ça doit être ça.

Justine – Léa, je voudrais te...

Léa – Non, moi d'abord. Je suis désolée pour ce que je t'ai dit tout à l'heure. J'étais furieuse parce que tu critiquais Peter et que tu ne te réjouissais pas avec moi qu'il m'ait invitée à dîner. Tu sais, le fait d'être amoureuse ne me rend pas complètement stupide. Je vois bien à quel point il est égoïste mais j'ai assez d'amour en moi pour supporter beaucoup de choses. Je suis très heureuse de dîner avec lui ce soir.

Justine – Alors je suis très heureuse pour toi aussi. Je ne te ferai plus jamais de remarques sur lui.

Léa – C'est impossible, Justine. Pour cela, il faudrait que tu réfléchisses avant de parler !

Léa m'a dit ça en m'attrapant gentiment par l'épaule. Je lui ai collé un énorme bisou baveux sur la joue pour me venger. C'est la spécialité de Théo. Quand je l'énerve mais qu'il n'arrive pas à l'exprimer, il m'embrasse comme un crapaud. Il n'y a pas plus désagréable.

Léa – Berk...

Justine – Ça t'apprendra. Bien sûr que je réfléchis avant de parler.

Léa – Tu as eu le temps de manger quelque chose ?

Justine – Non... Et toi ?

Léa – Ben non.

Les yeux de Léa ont pétillé.

Léa – On se fait un déjeuner « n'importe quoi » ?

Contrairement à son nom, le déjeuner « n'importe quoi » obéit à un règlement très précis :

1 - Aller dans un supermarché.

2 - Choisir uniquement ce qui fait plaisir : Crunch, chips au bacon, lait concentré sucré, mousse au chocolat, fraises Tagada, camembert. (Le principe d'équilibre alimentaire n'existe pas dans le repas « n'importe quoi ». Seul importe le plaisir.)

3 - S'asseoir sur un canapé ou par terre et manger avec les doigts ce qu'on veut et dans l'ordre qu'on veut. (Le principe de la table et des couverts est lui aussi banni.)

Bien sûr, un repas « n'importe quoi » a des effets secondaires : envie de vomir dans l'heure qui suit et régime obligatoire le lendemain. Mais vous en connaissez beaucoup, vous, des choses qui font plaisir et n'ont que des avantages ?

J'ai donc immédiatement répondu OUI à sa proposition et on a filé au Monop pour s'acheter nos provisions. Léa a tenu à payer. Sa mère lui avait donné de l'argent.

Il faut savoir que la mère de ma meilleure amie est journaliste pour une revue médicale très sérieuse. Mais de temps en temps, elle écrit des petites histoires d'amour dans un magazine féminin. Elle les signe avec un pseudonyme car elle ne veut pas qu'on la reconnaisse. Lorsqu'elle touche ses droits d'auteur, elle en remet

dix pour cent à sa fille en lui chuchotant à l'oreille : « C'est pour acheter ton silence, surtout ne dis à personne que c'est moi qui écris des choses pareilles. » Je trouve que c'est une manière très jolie de donner de l'argent de poche à sa fille.

Ce qui est amusant, c'est qu'elle agit de même avec Eugénie. Mais à elle, elle ne lui donne pas de sous, elle lui achète une boîte de macarons à la pistache chez le pâtissier le plus réputé du quartier. Il y a donc régulièrement une cérémonie secrète au cours de laquelle les trois sorcières prêtent serment en jurant sur la boîte de gâteaux. Je n'y ai jamais assisté mais je sais quand elle a lieu parce que, tout de suite après, Léa m'invite au ciné ou au Mac Do.

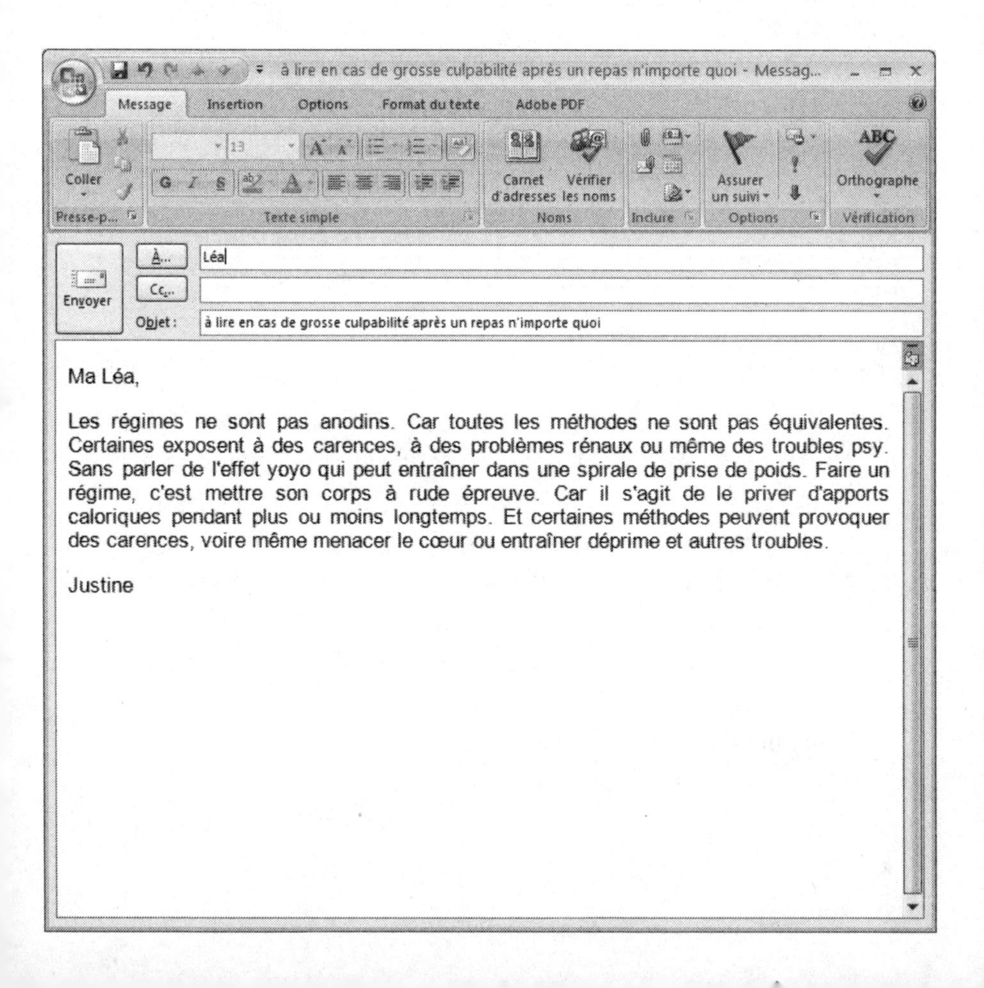
à lire en cas de grosse culpabilité après un repas n'importe quoi - Messag...

À... Léa

Cc...

Objet : à lire en cas de grosse culpabilité après un repas n'importe quoi

Ma Léa,

Les régimes ne sont pas anodins. Car toutes les méthodes ne sont pas équivalentes. Certaines exposent à des carences, à des problèmes rénaux ou même des troubles psy. Sans parler de l'effet yoyo qui peut entraîner dans une spirale de prise de poids. Faire un régime, c'est mettre son corps à rude épreuve. Car il s'agit de le priver d'apports caloriques pendant plus ou moins longtemps. Et certaines méthodes peuvent provoquer des carences, voire même menacer le cœur ou entraîner déprime et autres troubles.

Justine

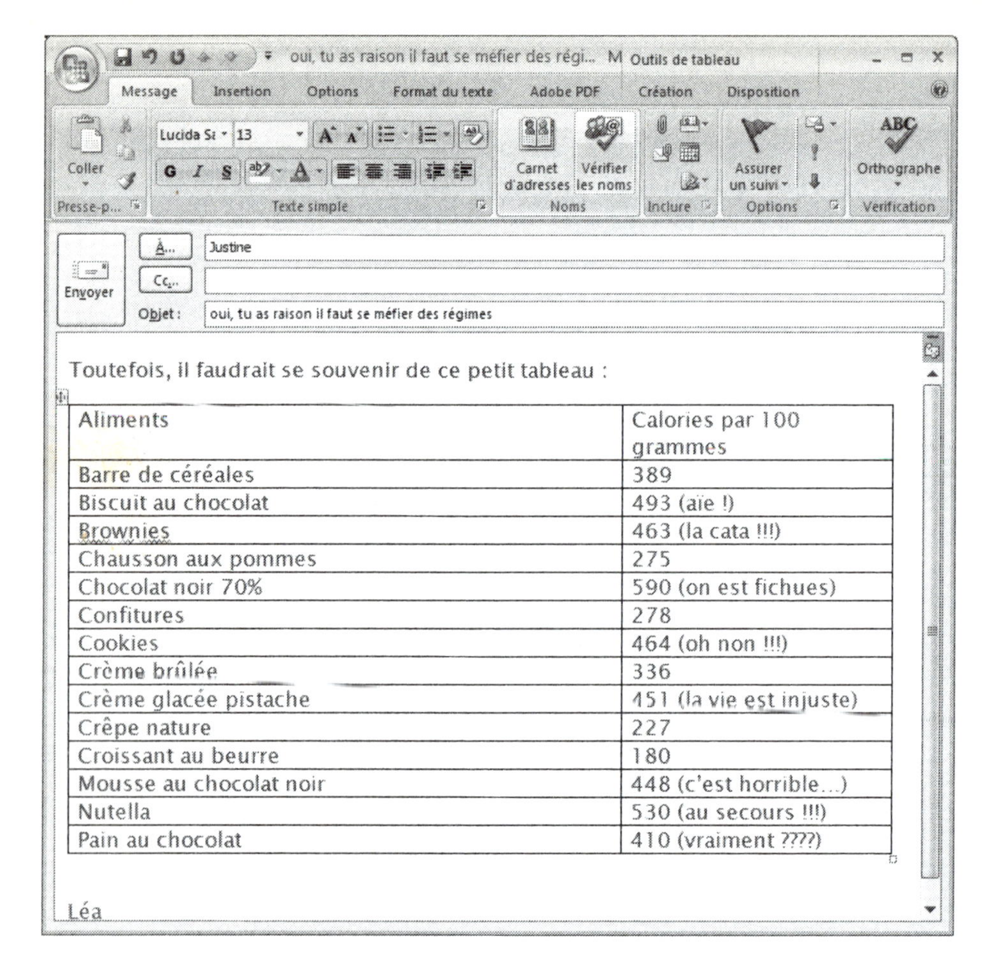

À : Justine

Objet : oui, tu as raison il faut se méfier des régimes

Toutefois, il faudrait se souvenir de ce petit tableau :

Aliments	Calories par 100 grammes
Barre de céréales	389
Biscuit au chocolat	493 (aïe !)
Brownies	463 (la cata !!!)
Chausson aux pommes	275
Chocolat noir 70%	590 (on est fichues)
Confitures	278
Cookies	464 (oh non !!!)
Crème brûlée	336
Crème glacée pistache	451 (la vie est injuste)
Crêpe nature	227
Croissant au beurre	180
Mousse au chocolat noir	448 (c'est horrible...)
Nutella	530 (au secours !!!)
Pain au chocolat	410 (vraiment ????)

Léa

Comme il nous restait très peu de temps avant le début des cours, on l'a joué light pour les courses. Enfin quand je dis light, j'entends par là qu'on n'a pas acheté beaucoup de choses. Côté calories, en revanche, ça a chiffré très vite : un paquet de Michoko, des chips à la crevette à tremper dans du guacamole, des tranches de saucisson et des Bounty glacés.

On s'est assises sur un banc pour profiter de notre festin et on s'est régalées.

Justine – Elle est pas belle la vie ?

Léa – Oh si ! Et puis l'avantage, c'est que les boutons ne pousseront pas avant demain. Ce qui veut dire que je serai très belle ce soir pour aller dîner.

Justine – Ouais, t'auras peut-être juste une super gastro ! C'est très romantique pour une première soirée si tu lui vomis sur les chaussures.

Léa – Et alors ? Dans la *Phèdre* montée par Chéreau, l'héroïne vomit à cause du poison dans la dernière scène. Le jour où on a visionné le DVD, Peter nous a dit d'observer le naturel avec lequel l'actrice Dominique Blanc vomissait. Il nous a même repassé la scène au ralenti.

Justine – Ah oui ??? Alors, il aimera sûrement ça. Vas-y, reprends du saucisson et trempe-le dans le guacamole.

On est évidemment arrivées en retard au lycée et on s'est fait cueillir à l'entrée par la CPE.

La CPE – Mesdemoiselles, si vous voulez bien me suivre dans mon bureau.

Et on a eu droit à un sermon d'une demi-heure sur la ponctualité, le respect et autres petites contrariétés. C'est fou comme certains adultes naviguent en pleine contradiction. On arrive avec dix minutes de retard, d'accord, mais avec un peu de chance, le prof a traîné dans le couloir, un élève lui a posé une question et du coup il n'a pas encore commencé son cours. Seulement avec son blabla pseudo éducatif, la CPE nous a gâché la chance qu'on avait de suivre le cours depuis le début. En fait, je pourrais même affirmer que j'ai loupé mon cours d'histoire à cause de la CPE.

La CPE – J'espère que vous m'avez bien comprise ?

Je n'ai pas osé lui dire que j'avais décroché dès les premiers mots, j'ai hoché la tête avec l'air de la fille qui vient de prendre conscience qu'elle a son destin entre les mains et qui compte lutter façon pitbull hyperactif. Ça lui a beaucoup plu.

La CPE – Très bien, je vous fais un billet de retard pour rejoindre votre classe. Il serait dommage que vous perdiez une seule minute de cours.

Mais c'est pas vrai... Elle se moque là ou quoi ???

Ah non, elle ne se moque pas. Elle a même l'air très sérieux.

Léa avait cours au troisième et moi au premier, on s'est donc quittées à toute allure. Elle m'a crié en courant dans les escaliers :

Léa – Je finis à cinq heures mais je ne t'attends pas. Je passerai vers sept heures pour te montrer ma tenue. Tu me diras si c'est bien.

Justine – D'accord.

Je ne pourrais pas vous raconter exactement ce que j'ai eu comme cours l'après-midi, parce qu'Élodie, ma voisine, avait acheté *Voici* et *Public*, et on a lu sous la table les amours des people. Il n'y a donc pas un beau garçon qui soit fidèle ??? Ça m'a fichu le cafard. Dès qu'ils sont beaux, ils rencontrent une grande à la bouche pulpeuse qui les embarque. À se demander s'il ne vaut pas mieux avoir un moche rien que pour soi plutôt qu'un beau à tout le monde !

J'ai pensé à mon Thibault. Je n'allais quand même pas lui mettre du barbelé tout autour, grimper dans un mirador et surveiller les

alentours jour et nuit avec un M16 à la main ! Alors comment on fait pour que l'homme qu'on aime n'aime que vous ? Comment on fait pour qu'il ne regarde jamais une autre fille et que surtout il n'en tombe pas amoureux ? Comment je vais faire pour vivre en paix maintenant que je suis amoureuse ?

Je n'ai pas trouvé de réponse.

Enfin si, deux. Mais je ne sais pas si ce sont des réponses : un garde du corps permanent pour Thibault ou l'ordination de sœur Justine de la Stricte Observance pour moi. Hors cela, point de salut.

On a le droit de mettre des jeans sous les grandes aubes noires des religieuses ? Parce que je ne me vois pas en robe toute la journée.

Je n'ai pas traîné en sortant du lycée. Le prof de maths nous avait donné une page entière d'exercices en nous précisant qu'il était inutile de chercher la correction sur Internet. Il a même ajouté avec l'air du militaire qui a élaboré un plan de guerre infaillible :

Le prof de maths – J'ai modifié les données d'exercices existants en ajoutant par-ci par-là quelques petits pièges !

Il y en a qui n'ont vraiment rien à faire pendant leurs vacances d'été.

Je me suis mise au travail immédiatement en rentrant. Je ne suis pas passée par la case cuisine, je n'ai pas touché au pot de Nutella, je ne me suis pas préparé de tasse de thé. J'ai sorti mes fonctions à étudier : limites aux bornes du domaine de définition, sens de variation, tableau de variation. Un cauchemar !!!

J'étais tellement concentrée que je n'ai pas entendu ma mère et Théo rentrer. Il faut dire que j'avais fermé la porte de ma chambre et mis NRJ à fond. Il était d'ailleurs étrange que ma mère ne soit pas venue vérifier que je travaillais. Parce que pour elle, à partir du moment où il y a la radio, je glande ! Elle n'arrive pas à concevoir qu'on puisse à la fois réfléchir et écouter de la musique. C'est l'un ou l'autre !

On a fini par frapper à ma porte. Je prends les paris : quatre-vingts pour ma mère qui vient espionner un petit coup l'air de rien, contre vingt pour Théo qui s'ennuie et veut squatter ma chambre.

– Alors, je suis belle ?

Perdu… C'était Léa !

Et pour être belle, elle était belle. Elle avait maquillé ses yeux comme une princesse orientale et ramassé ses cheveux noirs dans un chignon bas. Seule sa mèche blanche pendait devant en boucle anglaise. Elle portait une tunique noire en dentelle sur une robe rouge cramoisi. Une énorme salamandre en argent grimpait sur son épaule.

Je suis restée bouche bée. À force de voir ses amis tous les jours, on ne les regarde plus vraiment.

Léa – Qu'est-ce qu'il y a ? Ça ne me va pas ?

Justine – Oh si ma Léa, t'es super belle. Il va tomber par terre quand il arrivera.

Léa – T'es sûre ?

Justine – Oui.

Mon petit frère, à qui je venais d'interdire l'entrée de ma chambre sous peine de fessée, a profité de la présence de Léa pour se faufiler près de nous.

Théo – Ça y est, t'as fini de travailler ?

Justine – Non, mais tu peux rester un petit moment à condition que tu ne te mêles pas de tout, d'accord ?

Théo – D'accord.

Il n'a pas tenu cinq secondes.

Théo – Léa, pourquoi t'as mis une robe de princesse alors que c'est l'heure de prendre le bain ?

Justine – Théo, qu'est-ce que je viens de te dire ?

Théo – Ben quoi, je ne me mêle pas, je me renseigne.

Justine – Eh bien, tu ne te renseignes pas non plus. Si tu veux rester avec nous, tu fais la statue.

Mon petit frère s'est assis en tailleur sur mon lit en prenant soin de retirer ses chaussons. Il est trop mignon quand il a ses gestes de papy. Je lui ai souri. Je n'aurais pas dû. Il s'est senti autorisé à questionner Léa.

Théo – C'est exprès le noir partout sur tes yeux ou tu les as frottés et tout a débordé ?

Ma meilleure amie m'a jeté un regard désespéré.

Léa – Tu vois, ça ne me va pas. Il faut toujours écouter les enfants. Ils ont un sens inné du beau et leur goût n'est pas perverti par les magazines. Donne-moi du démaquillant, je vais tout enlever.

Justine – Pas question ! Tu es hyper tendance avec ton look princesse d'Orient. Théo, dégage de ma chambre.

Théo – Je jure que je dis plus rien.

Évidemment Léa a plaidé sa cause et il est resté avec l'air satisfait de celui qui a eu ce qu'il voulait.

Justine – Tu as rendez-vous à quelle heure ?

Léa – Huit heures.

Justine – Et il est quelle heure ?

Léa – Sept heures et quart.

Théo – Avec qui elle a rendez-vous ?

À peine Théo avait-il posé sa question qu'il s'est rendu compte qu'il venait de rompre le pacte de silence et, avant que j'aie eu le temps de réagir, il s'est sauvé en prenant soin d'emporter ses chaussons. Il a hurlé depuis le couloir :

Théo – En France, on a droit à la liberté d'expression, c'est même écrit dans la Déclaration des droits de l'homme. Je l'ai lu dans mon encyclo.

On a éclaté de rire.

Alors que Léa se regardait pour la cent cinquantième fois dans le miroir de ma chambre, j'ai entendu la voix de Nicolas, côté jardin.

Nicolas – Justiiiiiine !!!

J'ai ouvert mes fenêtres. Jim, Nicolas et Thibault dînaient.

Nicolas – Tu viens manger avec nous, Jim a rapporté une pizza quatre saisons.

Justine – OK, on descend.

Oui, c'était ça que je voulais pour ma vie : les quatre saisons dans le jardin de mon prince ! Léa a eu l'air ennuyé.

Léa – Je ne vais pas descendre habillée comme ça. C'est ridicule.

Justine – Mais non et puis tu auras des avis masculins pour ta tenue.

Léa – Tu as raison, s'ils me trouvent moche je me change des pieds à la tête.

Les garçons ont sifflé dès que Léa est apparue. Si elle avait eu des doutes sur son pouvoir de séduction, là, elle était rassurée.

Jim – Waouh... T'es magnifique Léa !

Nicolas – Ouais, une vraie bombe.

Thibault – Une princesse échappée d'un conte médiéval.

Léa est devenue rouge pivoine.

Nicolas – T'as un rencard avec un mec ?

Léa – Avec Peter.

Mon cousin a dodeliné de la tête. Léa a réagi au quart de tour.

Léa – J'ai déjà eu mon lot de remarques désagréables sur Peter aujourd'hui. Je vous demanderai donc d'éviter tout commentaire sur cette soirée. J'aime cet homme et si vous m'aimez, il va falloir l'accepter.

Thibault, qui n'était au courant de rien mais qui a dû sentir que la discussion virait à l'orage, a été mettre un peu de musique. Jim, ravi de trouver une occasion d'échapper à un conflit, s'est mis à danser en regardant sa pizza, les yeux dans les champignons. On en a donc profité pour changer de conversation.

Vers huit heures moins le quart, Léa nous a quittés. Elle n'a pas voulu que Thibault la dépose au restau en scooter, elle avait besoin de marcher pour se calmer. Je l'ai prise à part et je lui ai souhaité bonne chance pour ce premier rendez-vous avec son grand amour.

Justine – T'oublies pas de sortir couverte au cas où...

Léa – Arrête, on dirait Eugénie. Regarde ce qu'elle m'a mis dans ma trousse de maquillage.

Il y avait une maxi boîte de préservatifs.

Justine – Elle a prévu une nuit torride ! Tu me raconteras tout, hein ?

Léa – Promis !

Et elle a disparu. Nicolas a évidemment remis la discussion sur le tapis.

Nicolas – Vraiment Justine, je ne comprends pas comment tu peux la laisser rejoindre ce sale type.

Justine – Attends, je ne suis pas sa mère et puis tu ne sais pas l'engueulade qu'on a eue aujourd'hui à cause de ce rendez-vous. Elle est folle de cet homme et ne veut rien entendre, qu'est-ce que j'y peux moi ?

Thibault – De qui s'agit-il ?

Comme Thibault avait l'air intéressé, je lui ai expliqué qui était Peter, et son comportement avec Léa depuis un an.

Thibault – Elle a peut-être eu raison d'attendre. Le rendez-vous de ce soir montre qu'il y a du changement dans l'air. Il faut lui souhaiter d'être heureuse.

Oh Thibault, mon dieu de la psychanalyse, mon Sigmund Freud en treillis beige, mon Lacan en scooter ! Et moi, tu me souhaites d'être heureuse ? Si c'est le cas, ce n'est pas compliqué, tu as juste à m'embrasser et à m'amener jusqu'à ta chambre à coucher.

J'étais en train de m'imaginer dans les bras de mon prince, ventousée à sa bouche comme un poisson pilote à son requin, lorsque j'ai cru voir Léa derrière la grille du jardin. Je me suis levée. Ça ne pouvait pas être elle, elle venait de partir.

Je ne m'étais pas trompée, c'était bien elle. Adossée au mur, elle pleurait en silence. Je me suis approchée doucement et je

l'ai prise dans mes bras. Elle n'a pas eu besoin de me raconter que Peter avait annulé le rendez-vous au dernier moment. Il était inutile aussi qu'elle me dise le chagrin qui l'étouffait et son envie de disparaître. Je savais déjà.

Les garçons qui m'avaient vue me lever comme une folle et sortir du jardin nous ont rejointes dans la rue. Eux aussi ont compris tout de suite.

Ils sont restés un long moment sans savoir quoi faire et puis Jim a enlacé Léa et l'a portée jusque sur un transat. Il s'est assis par terre près d'elle et plus personne n'a pu le faire bouger. Alors on s'est assis comme lui, et on a fait une ronde tout autour de la tristesse de Léa.

Pour la première fois de ma vie, j'ai compris ce que ma meilleure amie me répète depuis des années : « On n'a pas besoin de mots pour dire aux gens qu'on les aime. »

Léa – Thibault, t'as pas un verre d'eau pour une pauvre fille stupide ?

Thibault – Pour une pauvre fille stupide, non. Mais pour une fille amoureuse qui n'a peut-être pas choisi le bon fiancé, oui !!!

Oh il est trop craquant quand il répond ça. Et pour une fille plate et amoureuse qui a choisi le fiancé le plus merveilleux du monde, il a quoi ???

Léa – Si vous saviez comme je m'en veux d'être aussi nulle !

Jim – Pourquoi tu dis ça ?

Léa – Parce que je vais avoir dix-huit ans dans quelques mois et que je me conduis avec Peter comme une gamine.

Jim – On se conduit tous comme des gamins quand on est amoureux. Si tu regardes autour de toi, tu n'es vraiment pas unique en ton genre !

Mais à qui il pense ? À moi ? Ça se voit tant que ça que je suis raide dingue de Thibault ? Il ne faut pas exagérer, j'ai quand même l'impression de me maîtriser.

Jim – Tu sais, moi, je ne suis pas plus malin que toi avec la fille qui me plaît. Elle est toute proche et je ne sais pas comment lui dire.

De qui il parle là ? Encore de moi ? Mais lui et moi, c'est une histoire terminée même s'il est certain qu'il y a entre nous un peu plus qu'une amitié. C'est pas parce qu'on s'est un peu embrassés au parc la dernière fois que c'est reparti. Et puis, il y a Thibault là, je n'ai pas envie que Jim me grille mes chances de sortir avec lui. Ah non, je vois trop bien le plan. Thibault par fidélité à Jim va renoncer à moi, ça va encore être la même histoire qu'avec Nicolas en quatrième.

Il faut que je trouve LA phrase qui remet les choses en place pour tout le monde.

Jim – C'est vrai, elle me plaît Yseult, le problème c'est qu'elle m'impressionne tellement que je n'ose rien faire.

Pardon ??? Il a prononcé le prénom de qui, là ??? Non mais je rêve, il la connaît à peine. Il l'a vue quoi, deux fois ? Bon d'accord, elle est discrète et elle chante bien, pourtant, excusez-moi, il n'y a pas non plus de quoi casser trois pattes à un canard. Vraiment tous les mêmes, les garçons ! Ils vous jurent un amour éternel et à la première fille qui passe, ils vous abandonnent.

Ça m'énerve !!!

Non, ça m'est parfaitement égal que Jim soit amoureux d'une autre fille, il est libre. Il fait ce qu'il veut ! Moi, je suis bien amoureuse de Thibault. En fait, je m'énerve juste pour le principe.

Nicolas – Et moi tu te souviens comme j'ai été con avec la fameuse Anastasia alias Vanessa ? J'attendais des heures pour un mail, je me faisais des films incroyables, j'étais prêt à tout pour cette meuf.

Justine – Ah ça pour avoir été con, t'as vraiment été con !

Léa – Ben, Justine, pourquoi t'es agressive comme ça ? C'est pas sympa !

Peut-être que j'ai pas été sympa, toutefois j'ai dit la vérité. À force de jouer avec le cœur des filles, Nicolas s'est fait avoir. Je ne m'en réjouis pas mais il faut bien qu'il y ait une forme de justice.

Qu'est-ce que je raconte, moi ? Il faut que je me calme.

Thibault – Ah oui, tu étais prêt à tout pour une fille, toi ??? Je croyais que tes aventures avaient une date limite de consommation d'une semaine et que tu avais pour principe de ne jamais te prendre la tête.

Nicolas – Eh bien non, tu vois ! Je me suis fait avoir comme tout le monde. Mieux que tout le monde, même, parce que c'était un amour virtuel !

Thibault – Ah bon ?

Et mon cousin a raconté à Thibault son histoire d'amour sur Internet.

Nicolas – Je te jure que quand j'ai compris que c'était une meuf du lycée je suis devenu fou. Il n'aurait pas fallu que je la croise ce jour-là, Vanessa, parce que je crois que je l'aurais tuée.

Thibault – Mais je n'ai pas saisi comment vous êtes remontés jusqu'à elle.

Nicolas – Grâce à Léa...

Léa – Et surtout grâce à Ingrid. On avait compris que la fille en question était au lycée et qu'elle voulait se venger de Nicolas, mais malheureusement cette information ne nous permettait pas de la démasquer. Il y avait au moins cinquante filles qui correspondaient à cette description. Dans ses mails, elle citait des titres de romans que seuls les élèves de première S2 avaient étudiés. Ingrid nous l'a dit et c'est comme ça qu'on a pu procéder à l'identification de la coupable.

Thibault – Une véritable enquête policière !!!

Justine – Et un des meilleurs souvenirs de ma vie.

Nicolas – Parle pour toi. Moi, ça a été un vrai cauchemar mais cette meuf ne perd rien pour attendre.

Léa – Tu devrais lâcher, cette histoire ne t'apportera rien de bon.

Nicolas – Tu l'as vu dans ta boule de cristal ?

Léa – Non, c'est du bon sens. Vanessa s'est vengée parce que tu l'avais blessée, tu ne vas pas relancer la machine en la blessant à nouveau.

Nicolas – Attends, elle m'a foutu la honte devant tout le lycée, elle a accroché des photos de moi avec une putain d'écharpe orange et tu veux que je laisse tomber ???

Thibault – C'est quoi exactement cette histoire d'écharpe orange ?

Justine – Sur ce coup-là, il faut avouer que Vanessa a été machiavélique.

Nicolas – Soyez sympas, on arrête d'en parler tout de suite parce que sinon je vais péter un câble. Je sens que j'ai l'adrénaline qui remonte. Raconte-nous, Thibault, ton chagrin à toi, on t'a pas entendu !

Thibault – Oh moi, tu sais, il n'y a pas grand-chose à raconter.

Nicolas – Comment il se la pète... Genre moi, je me suis jamais fait planter par une meuf.

Thibault – Si, comme tout le monde.

Là c'est mon petit cœur à moi qui s'est brisé. Thibault vivait un chagrin d'amour.

Mais oui, bien sûr ! C'était même la vraie raison de son exil. Terrassé par la perte de celle qu'il aimait, il s'était enfoncé dans un désespoir profond dont rien n'avait pu le faire sortir. Pour éviter le pire, ses parents s'étaient résolus à l'envoyer loin de Beyrouth.

Je comprenais tout désormais. Ses silences, son besoin de solitude, ses départs inexpliqués. Il luttait pour oublier. J'ai cru que j'allais me mettre à pleurer. Je ne pouvais rien contre une ex qui a disparu. Elle était parée de toutes les qualités que confère l'absence. Elle ne pouvait en aucun cas le décevoir puisqu'elle n'était plus qu'un fantasme ! Tandis que moi, avec mes gaffes et mes seins plats, j'étais bêtement présente.

Thibault – Ah si !!! On peut même dire que j'en ai bavé !

Bon, ça va, on a compris ! Je ne vais pas non plus lui servir de psy et payer son billet retour Paris-Beyrouth pour qu'il aille la rejoindre !

Thibault – Je devais avoir neuf ans, à l'époque on vivait à Yaoundé au Cameroun. La jeune femme qui nous faisait la cuisine avait une fille, Namata. Le règlement de l'ambassade était très strict : le personnel de maison ne devait faire entrer personne à l'intérieur du bâtiment. Seulement, la jeune cuisinière était veuve et elle cachait Namata dans la maison pour la garder avec elle. Un jour, j'ai surpris la clandestine sous la table de la cuisine et je lui ai juré le silence. En quelques jours, elle est devenue ma Juliette. Dès que je rentrais de l'école, je n'avais qu'une idée, la retrouver. Je l'emmenais dans ma chambre en échappant à la vigilance de ma nurse et je lui apprenais à lire. Je ne me souviens pas d'avoir vécu d'heures plus heureuses qu'avec Namata. Seulement, un jour, ma princesse a été découverte et elle a disparu du jour au lendemain avec sa mère. Je n'ai plus jamais eu de leurs nouvelles. Mon cœur s'est brisé.

Ouf !!! Si c'est ça son chagrin d'amour, je veux bien lui passer des kleenex.

Jim – Alors tu vois, Léa, tu n'as vraiment pas à avoir honte de ton chagrin. Côté cœur, on est tous dans le même bateau ! Mais t'as pas un autre mec en stock ?

Justine – Si, elle a le bel Adam.

Léa – Je l'ai vu une fois et je ne l'ai jamais rappelé.

Thibault – Affaire à suivre donc !!! Et si, en attendant, on se commandait d'autres pizzas et qu'on ouvrait une bouteille de vin de mon père pour noyer nos chagrins d'amour ?

Nicolas – Putain !!! Voilà un mec qui a le sens des valeurs.

Thibault – Justine, tu m'aides à sortir les verres et les assiettes ?

Bien sûr que j'étais d'accord pour les coupes et pour tout ce qu'il désirait d'ailleurs : ne plus savoir lire pour qu'il puisse m'apprendre et même devenir noire pour qu'il m'appelle Namata. Je ne voyais aucun obstacle. La vie était devant nous avec plein de chemins comme des branches d'arbre (de probabilité l'arbre, bien sûr !) et je pressentais que pour nous tous qui étions réunis, l'amour allait être au rendez-vous...

Retrouvez Justine et la bande des CIK
dans le volume 2

La rencontre qui a tout changé

À bientôt pour la suite...

L'auteur

Après avoir passé toute son enfance à rêver au milieu des livres dans la librairie de son père ou dans l'imprimerie de son grand-père, Sylvaine Jaoui a décidé une fois pour toutes que la vie était un roman. Elle s'est donc mise à raconter des tas d'histoires à dévorer entre deux tranches de carton.

Aujourd'hui, si vous ne la trouvez pas en train d'écrire sur la table de sa cuisine, vous avez quatre possibilités : soit elle écoute son amoureux lui jouer du piano, soit elle regarde des séries avec ses filles en mangeant des ours en chocolat, soit elle négocie avec les taupes de son jardin pour qu'elles aillent plutôt chez le voisin, soit elle est dans son lycée, lisant des romans à sa tribu d'ados.

L'illustratrice

Lorsqu'elle est née, la petite Colonel Moutarde a déclaré à sa maman qu'elle voulait être dessinateuse. C'est chose faite. Il lui faudra cependant quelques années avant d'être publiée, mais on ne décourage pas facilement un Capricorne.

Elle publie dorénavant chez de grands éditeurs de bandes dessinées (sa passion), en presse et en publicité.

Elle aime par-dessus tout mettre en images de chouettes histoires et ne boude pas pour autant les petits plaisirs de la vie comme de réveiller le chat qui fait la sieste, porter des bijoux gothiques pour effrayer ses enfants et s'acheter des tutus.

RAGEOT s'engage pour
l'environnement en réduisant
l'empreinte carbone de ses livres
Celle de cet exemplaire est de :
611 g éq. CO_2
Rendez-vous sur
www.rageot-durable.fr

Achevé d'imprimer en France en avril 2013
chez Normandie Roto Impression sas
Dépôt légal : juin 2011
N° d'édition : 5921 - 06
N° d'impression : 131441